KB273069

셜록 홈즈
배스커빌의 사냥개

초판 1쇄 발행 · 2003년 1월 25일
초판 4쇄 발행 · 2005년 8월 29일

지은이 · 아서 코난 도일
옮긴이 · 김하영
펴낸이 · 이종문
펴낸곳 · (주)국일출판사

편집기획 · 김선, 장현숙, 김명효, 권희진, 김영주, 박귀영
영업마케팅 · 김종진, 오정환, 김성학
디자인 · 이희욱, 양지현
웹마스터 · 견진수
관리 · 최옥희, 박주선
제작 · 유수경

등록 · 제2-1720호
주소 · 경기도 파주시 교하읍 문발리
        파주출판문화정보산업단지 514-6 B1
영업부 · Tel 031)955-6050 | Fax 031)955-6051
편집부 · Tel 02)2253-5291 | Fax 02)2236-8842

평생전화번호 · 0502-237-9101~3
홈페이지 : www.ekugil.com
 E-mail : kugil@ekugil.com

값은 표지 뒷면에 표기되어 있습니다.
잘못된 책은 바꾸어 드립니다.

ISBN 89-7425-404-2 (03840)

셜록 홈즈

배스커빌의 사냥개

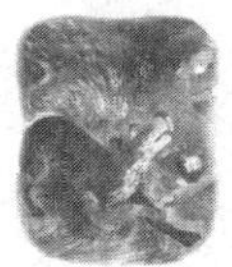

아서 코난 도일 지음

김하영 옮김 | 정태원(추리소설비평가) 해설

국일 미디어

『배스커빌의 사냥개』 등장 인물

▪ 헨리 배스커빌 경
찰스 배스커빌 경의 조카이자 배스커빌 가의 유일한 상속자로, 찰스 경의 비극적인 죽음 후 배스커빌 저택으로 오게 된다. 저택으로 오는 여행길에서 경고문을 받고 황무지에서는 이상한 울음소리를 듣는 등 불길한 일들이 일어나자 두려워한다.

▪ 찰스 배스커빌 경
헨리 배스커빌 경의 큰아버지. 뛰어난 인품으로 마을 주민을 헌신적으로 돕고 마을의 번영에도 관심을 기울인다. 평소 심장이 약한데다 가문에 내려오는 배스커빌 가의 사냥개에 대한 공포로 늘 불안에 떨다가 어느 날 황무지에서 심장마비로 사망한다.

▪ 모티머
찰스 배스커빌 경의 주치의이자 유언 집행자. 찰스 경이 비극적으로 죽자 배스커빌 가문에 전해 내려오는 공포의 사냥개에 대한 전설을 홈즈와 왓슨에게 알린다. 헨리 배스커빌 경을 보호하는데 헌신적이고 애향심이 깊다.

▪ 배리모어 부부
조상 대대로 배스커빌 가문의 집안 일을 맡아왔으며 배리모어 부부도 집사로 일한다. 그런데 밤마다 저택 안을 거닌다든가 여인의 울음소리가 들리는 등의 일로 헨리 경과 왓슨의 의심을 받는다.

▪ 스태플턴 자매
오빠 스태플턴은 자신의 이름을 붙인 나방이 있을 정도로 유능하면서도 약간 광기 어린 면이 있는 박물학자이다. 반면 동생은 아주 아름다운 외모를 가진 여인으로 헨리 경의 마음을 사로 잡는다.

▪ 로라 라이언즈 부인
프랭클랜드의 딸. 아버지의 반대를 무릅쓰고 마을에 여행 온 화가와 결혼하였으나 남편에게 괴롭힘을 당해 어려움을 겪는다. 그런 어려움 가운데 찰스 경과 스태플턴에게 경제적인 도움을 받는다.

▪ 프랭클랜드
로라 라이언즈 부인의 아버지로 붉은 얼굴에 회색 수염을 길렀다. 반대했던 결혼을 강행한 딸과 의절하고 지낸다. 소송으로 전 재산을 탕진하는 등 마치 소송을 위해 사는 듯한 노인.

▪ 셀든
아주 잔혹하고 흉포한 범죄자. 탈옥하여 온 마을 사람들에게 두려움을 준다. 나중에 우연한 사고로 비극적인 죽음을 맞이하게 된다.

배스커빌의 사냥개

The Hound of the Baskervilles

친애하는 로빈슨에게

이 작은 이야기는 자네가 들려준 잉글랜드 서부 지방의 전설에
서 아이디어를 얻어 쓰게 되었네. 그런 이야기를 해주고 작품을
쓰는 동안 자네가 준 도움에 깊이 감사하네.

진실한 벗, A. 코난 도일

셜록 홈즈

밤을 꼬박 샌 날이 아니면 보통은 아침 늦게 일어나는 것이 습관인 홈즈가 그날도 식탁에 앉아 늦은 조반을 들고 있었다. 나는 벽난로 앞에 깔려 있는 깔개 위에 서서, 전날 밤 이곳을 찾아왔던 손님이 놓고 간 지팡이를 집어 들어 살펴보고 있었다.

그것은 묵직하고 질이 좋은 나무를 써서 만든 것으로 '페낭 로여'(말라카 해협에 있는 페낭 섬에서 자라는 작은 야자나무로 만든 지팡이)라고 불리는 지팡이였다. 손잡이인 윗부분은 둥글고 손잡이 바로 아래에는 폭이 3센티미터 정도 되는 은테가 둘러져 있었는데, 거기에 '1884, 왕립 외과 의사회 회원 제임스 모티머에게, C.C.H.의 친구들이'라는 글이 새겨져 있었다. 내가 보기에는 나이가 지긋한 개업의가 들고 다닐 법한 그런 품위 있고 견고한 지팡이였다.

"왓슨, 그 지팡이에서 뭐 좀 알아낸 것이 있나?"

홈즈는 내게 등을 보인 채 앉아 있었기 때문에 내가 무슨 행동을 하고 있는지 볼 수 없는 위치였다.

"내가 지팡이를 살펴보고 있는지 어떻게 알았지? 자넨 뒤통수에 눈이라도 달려 있는 것 같군."

"그럴 리야 있겠나. 그저 내 앞에 반짝반짝 윤이 나는 은주전자가 있을 뿐일세. 어쨌거나 왓슨, 그 지팡이를 보고 알아낸 것이나 이야기해보게. 때마침 우리가 자리에 없어서 그 지팡이의 주인을 만나보지 못했으니 찾아온 용건을 알 수가 있나. 하지만 그가 놓고 간 지팡이가 중요한 단서가 될 수 있지. 그러니 지팡이를 한번 자세히 살펴보고 그 손님이 어떤 사람인 것 같은지 자네의 생각을 말해보게나."

"내가 보기에는 말야……."

나는 가능한 한 홈즈가 사건을 추리하는 방법대로 해보려고 애쓰며 이야기했다.

"모티머라는 사람은 성공한 늙은 의사야. 아는 사람들이 이렇게 지팡이까지 선물한 것을 보면 존경받는 사람임이 분명해."

"좋았어! 훌륭한데!"

홈즈가 감탄한 듯 말했다.

"그리고 걸어서 왕진 다니는 일이 많은 시골 의사일 가능
성이 높아."

"어째서 그런가?"

"이것도 처음에는 아주 괜찮은 고급 지팡이였겠지. 하지만
지금 보면 상당히 낡았다는 것을 알 수 있어. 그런데 도시의
개업의들이 이런 것을 들고 다닐 리 있겠나. 지팡이 끝의 두
툼한 쇠 부분이 닳은 걸 보면 이걸 들고 꽤 많이 걸어다닌 것
이 확실하네."

"완벽하군!"

"그리고 'C.C.H.의 친구들'이라고 새겨진 것을 보면, 여기
서 H는 사냥(Hunt)의 머릿글자로 생각되네. 아마도 사냥과
관련 있는 클럽 정도 되겠지. 모티머 선생이 이 클럽의 회원
을 치료해주었을 테고, 치료를 받은 사람이 그에 대한 고마움
의 표시로 이 지팡이를 선물했음이 틀림없어."

"왓슨, 정말이지 최고야."

홈즈가 의자를 뒤로 밀고 담뱃불을 붙이며 말했다.

"하지만 이 말은 해줘야겠네. 자네는 내가 이룩한 업적들
에 대해서는 작은 것까지도 자세히 기술해놓고 있지. 하지만
그러한 업적들을 이루는 과정에서 자네의 역할이 컸음에도
자네는 습관적으로 자신의 능력을 과소평가 해왔네. 자네는
스스로 빛을 내는 사람은 아닐지 몰라도 빛을 전달해주는 사

람인 것만은 분명해. 천재성을 가지고 있지는 않지만 천재를 자극하는 놀라운 힘을 가진 사람들이 있지 않은가. 왓슨, 자네에게 내가 큰 빚을 지고 있다는 것을 고백해야겠네."

홈즈가 이런 칭찬을 들려준 것은 처음 있는 일이어서 나는 무척이나 기분이 좋았다. 홈즈가 사건을 해결해나가는 과정을 옆에서 지켜보면서 나는 그의 놀라운 능력에 감탄해 마지 않았고, 그것을 기록하여 사람들에게 알리려고 노력해왔다. 그러나 홈즈는 나의 그러한 노력에 대해서는 항상 무관심했고, 그 때문에 서운했던 적이 한두 번이 아니었던 것이다.

그런데 홈즈가 그만의 독특한 방식으로 사건을 해결해나가는 과정을 내가 완전히 익히고 적용하는 데 있어 그에게 인정받을 정도가 되었다고 생각하니 자부심마저 들었다. 내 손에서 지팡이를 받아든 홈즈는 몇 분 동안 그것을 이리저리 살펴보았다. 그러더니 흥미가 당긴다는 표정으로 담배를 내려놓고는 지팡이를 창문 쪽으로 가지고 가서 확대경으로 다시 자세히 관찰했다.

"재미있군. 별것 아니지만 말야."

홈즈는 자신이 애용하는 등받이 의자에 앉으며 말했다.

"이 지팡이에는 뭔가를 나타내주는 흔적이 남아 있어. 그것을 기초로 해서 몇 가지 추론을 해볼 수 있지."

"내가 뭐 빠뜨린 거라도 있다는 건가?"

나는 자신 있다는 듯 물었다.

"중요한 점은 내가 다 지적한 것 같은데?"

"왓슨, 유감스럽게도 자네가 내린 결론에는 틀린 곳이 많다네. 솔직히 말하면 아까 내가 자네에게 자극을 받는다고 말했던 것은 자네가 범한 오류를 통해 진실에 도달하는 경우가 종종 있었다는 뜻이었어. 물론 이 지팡이에 대한 자네의 추리가 다 틀렸다는 이야기는 아니네. 지팡이의 주인이 시골 의사인 것은 틀림없으니까. 그리고 많이 걸어다니는 사람이라는 것도 틀림없지."

"그러면 내 말이 맞잖는가."

"거기까지는 맞지."

"거기까지라니, 다 맞힌 게 아니란 말인가?"

"아니지, 왓슨. 결코 아니네. 예를 들면 사냥 클럽보다는 병원 쪽이 의사에게 선물을 한 가능성이 더 높아. 'C.C.'라는 머리글자를 병원(Hospital) 앞에 놓고 보면 '차링 크로스'(Charing Cross)라는 단어가 아주 자연스럽게 떠오르지."

"자네 말이 맞을 수도 있겠군."

"가능성은 그쪽에 있다고 보네. 그렇게 가설을 세운다면 어제 우리를 찾아온 손님에 대해 다시 이야기해볼 새로운 근거를 갖게 되는 셈이지."

"글쎄, 그렇다면 'C.C.H.'가 '차링 크로스 병원'을 의미한다고 쳐보자구. 그 다음에는 어떻게 추리해야 하지?"

"이렇게 말해도 뭐 떠오르는 것 없나? 자네는 내가 사건을 해결해나가는 방법을 알고 있지 않은가. 그 방법을 적용해보게!"

"이 지팡이의 주인이 시골로 내려가기 전에 도시에서 의사 생활을 했다는 것은 확실한 것 같은데, 더 이상은 모르겠군."

"거기에서 생각을 조금 더 진전시켜볼 수 있지. 가령 이런 관점에서도 생각해볼 수 있다네. 보통 어떤 경우에 이렇게 선물을 주고받을까? 어떤 때 동료들이 돈을 모아 이런 성의를 표시하지? 틀림없이 모티머 선생이 개업하기 위해서 병원을 그만두던 때였을 거야. 그런 때라면 분명 선물을 주고받았을 테지. 또 그가 도시 병원에서 시골 의원으로 옮겼다는 것도 확실해. 그렇다면 이 지팡이가 모티머 선생이 도시 병원을 그만두면서 선물로 받은 것이라고 추리해볼 수 있지 않겠나?"

"그럴 가능성도 있어 보이는군."

"여기까지의 추리를 통해서 자네는 모티머 선생이 그 병원의 전문의가 아니었다는 것을 알 수 있을 걸세. 런던에서 어느 정도 자리를 잡은 의사라야 그런 지위에 오를 수 있었을 테니 말이지. 그리고 그런 사람이 뭐가 아쉬워 시골로 내려가겠나. 결국 모두 종합해볼 때 모티머 선생이 병원에서 어떤 위치인지를 어느 정도는 추측할 수 있지 않을까? 모티머 선생이 그 병원에서 근무했지만 전문의가 아니었다면 아마 외과나 내과 레지던트였겠지. 의대 실습생과 별반 차이가 없는 위치야. 그리고 5년 전, 지팡이에 새겨진 연도에 병원을 그만두었어. 자, 이렇게 보면 자네가 생각한 나이 지긋한 개업의의 모습은 어디론가 사라지게 되고 서른 살 미만의, 호인이고 야망도 없으며 정신을 놓고 다니는 젊은 의사가 등장하게 되네. 그 의사는 개를 키우는 것 같은데, 테리어 종보다는 크고 마스티프(번견이나 군용견으로 사용되는 아주 큰 개)종보다는 작은 개가 아닌가 싶어."

나는 못 믿겠다는 듯 웃었지만, 홈즈는 의자에 기대앉아 천장을 향해 담배연기를 반지 모양으로 만들어 연신 내뿜었다.

"개에 대해서는 자네 말이 맞는지 틀리는지 알아볼 길이 없지만, 적어도 자네가 추리해낸 연령과 경력사항을 지닌 의사들을 확인해보는 것은 어렵지 않지."

이렇게 말하고 나는 의학서적들이 꽂혀 있는 작은 책장에서 의료인 명부를 꺼내 '모티머'라는 성을 찾아보았다. 똑같은 성을 가진 사람은 여러 명이었지만, 우리를 방문했을 법한 사람은 단 한 사람밖에 없었다. 나는 그에 대한 기록을 큰 소리로 읽었다.

"제임스 모티머, 1882년 영국 외과 의사회 회원, 데번셔 다트무어의 그림펜에 거주. 1882～1884년까지 차링 크로스 병원에서 외과 레지던트로 근무. '질병은 격세유전하는가?'라는 제목의 논문으로 비교병리학 부문에서 잭슨상 수상. 스웨덴 병리학회 회원. '격세유전의 변화'〈란셋, 1882〉, '인간은 진보하는가?'〈심리학회지, 1883년 3월〉 등의 논문 저술. 그림펜, 소슬리, 하이 배로우 지역의 보건소 근무."

홈즈가 장난스럽게 웃음을 지으며 말했다.

"왓슨, 사냥 클럽에 대한 언급은 없군 그래. 하지만 자네가 생각한 대로 시골 의사는 분명하네. 내가 추리한 것이 꽤 들어맞았어. 내 기억이 정확한지는 모르겠지만, 나는 모티머 선생을 두고 호인이면서 욕심은 없지만 정신을 놓고 다니는 버릇이 있는 사람이라고 말했네. 내 경험상 그런 호인들은 감사의 선물 같은 것을 받게 마련이거든. 또 야심 있는 사람이라면 런던을 떠나 시골로 낙향하지는 않지. 그리고 자네의 사무실에서 한 시간이나 기다리다 가면서 명함을 남겨두는 것도 잊어버린 채 지팡이나 두고 가는 것을 보면 정신을 놓고 다니는 사람이 틀림없어."

"그럼 개는 어떤가?"

"개는 이 지팡이를 물고 주인을 따라다니는 습관이 있는 것 같네. 지팡이가 무겁기 때문에 지팡이 한 가운데를 꽉 물고 다녀야 했을 거야. 여기 개의 이빨 자국이 아주 선명하게 남아 있군."

홈즈가 자리에서 일어나 방 안을 이리저리 거닐며 말했다.

"이빨 자국 사이의 간격을 보면 이 개를 테리어라고 보기에는 넓고, 마스티프라고 보기에는 조금 좁아. 그 개는 아마…… 그렇군, 그 개는 털이 굽슬굽슬한 스페니얼일세."

그는 어느새 창가에 멈춰섰는데, 마지막 말을 너무도 자신 있게 말해서 나는 놀란 얼굴로 홈즈를 쳐다보았다.

"홈즈, 자네는 어떻게 그렇게 확실하게 말할 수 있나?"

"지금 그 개가 우리 집 계단을 오르고 있는 모습을 보고 있거든. 개 주인이 초인종을 누르고 있군. 부탁이니 이 방에 그냥 있게, 왓슨. 저 사람과 자네는 의사라는 같은 직업에 종사하고 있지 않은가. 그러니 자네가 여기 있는 게 나한테도 도움이 될 거야. 자, 이제 가슴 떨리는 운명의 순간이군. 계단을 오르는 저 발소리 주인공과의 만남이 좋은 인연이 될지 나쁜 인연이 될지. 의사 제임스 모티머 선생이 범죄 전문가인 셜록 홈즈에게 부탁하려는 것은 무엇일까? 예, 들어오십시오."

전형적인 시골 의사를 상상했던 나는 방문객의 모습을 보고 매우 놀랐다.

그는 키가 크고 마른데다 긴 매부리코를 가진 젊은 남자였다. 미간은 좁았고 회색빛 두 눈이 금테 안경 너머에서 유난히 반짝거렸다. 정장을 하기는 했지만 입고 있던 프록코트에는 때가 끼어 있었고 바지도 해어져 있는 걸 보니 옷차림에는 거의 신경을 쓰지 않는 듯했다. 아직 젊은 나이였는데도 긴 등은 벌써 구부정했고 고개를 앞으로 숙이고 걸었다. 그러나 전체적으로는 온화하고 친근한 신사라는 인상을 풍겼다.

그는 안으로 들어서자 홈즈의 손에 들려 있는 지팡이를 보고는 기쁨에 차 소리를 지르며 달려갔다.

"지팡이를 여기다 두고 갔는지 해운회사 사무실에 두고 갔는지 알 수가 없어 애를 태웠는데 정말 기쁘군요. 온 세상을 다 준다고 해도 이 지팡이와는 절대로 바꾸지 않을 겁니다."

"그 지팡이는 선물로 받으신 겁니까?"

홈즈가 물었다.

"그렇습니다."

"차링 크로스 병원에서 받으셨죠?"

"결혼하던 날, 같이 근무하던 친구들에게서 받은 겁니다."

"이런, 이런, 틀렸구만!"

홈즈가 고개를 저으며 말했다. 모티머는 놀란 듯 안경 너머로 눈을 깜박였다.

“틀렸다니요? 뭐가 틀렸다는 거죠?”

“아, 우리는 선생이 어떤 분일까 추리하고 있었는데 보기 좋게 빗나갔습니다. 결혼식 때 이 지팡이를 선물로 받으셨다구요?”

“예. 결혼하면서 그 병원을 그만두었습니다. 전문의가 되려던 희망도 포기했지요. 가정을 꾸려나가야 했으니까요.”

"오, 결국 우리의 추리가 아주 틀린 것은 아니군요. 그런데, 제임스 모티머 박사님……."

"박사라는 호칭은 가당치 않습니다. 저는 그저 영국 외과의사회 회원에 지나지 않습니다."

"그리고 꼼꼼한 성격이신 것도 분명하지요."

"단지 과학을 좋아할 뿐입니다. 저는 과학이라는 거대한 미지의 바닷가에서 조개를 줍는 사람에 불과할 뿐이죠. 그런데 실례합니다만, 선생님의 존함이 셜록 홈즈 맞습니까?"

"맞습니다. 그리고 이 사람은 제 친구 왓슨입니다."

"만나뵙게 돼서 기쁩니다, 홈즈 씨. 왓슨 박사님과 더불어 명성은 많이 들었습니다. 죄송한 말씀이지만 홈즈 씨의 외모에는 저 같은 사람의 흥미를 자아낼 만한 면이 많이 있군요. 저는 홈즈 씨처럼 안면의 상하 길이가 길고 앞이마가 발달한 사람은 보지 못했습니다. 실례가 되지 않는다면 제가 머리를 만져봐도 될까요? 어느 인류학 박물관이든 홈즈 씨 정도의 두개골 모형이라면 훌륭한 진열품이 될 수 있을 것입니다. 듣기 좋으라고 하는 말이 아니라, 정말 홈즈 씨의 두개골은 훌륭하군요."

홈즈는 이 특이한 방문객에게 의자에 앉으라는 손짓을 했다.

"모티머 선생은 뭔가 한 가지에 빠지면 거기에 완전히 몰입하는 성격이신 것 같군요. 저처럼 말이죠. 선생의 집게손가락을 보니 궐련을 피우시는 것 같은데, 주저하지 마시고 한 대 태우십시오."

모티머는 종이와 담배를 꺼내더니 놀라울 정도로 능숙하게 종이에 담배를 말았다. 가늘게 떨고 있는 그의 긴 손가락은 곤충의 더듬이처럼 예민해 보였다.

홈즈는 말은 않고 있었지만 눈이 반짝반짝 빛나는 것으로 보아 이 방문객에게 흥미를 느끼고 있음이 분명했다.

홈즈가 마침내 입을 열었다.

"모티머 선생이 내 두개골이나 살펴보려고 어젯밤과 오늘 다시 이곳에 발걸음을 하신 것은 아니시겠죠?"

"물론, 아닙니다. 홈즈 씨의 두개골을 이렇게 볼 수 있게 되어 기쁘기는 하지만 말입니다. 홈즈 씨, 내가 여기 온 이유는 내가 실제 일을 잘 처리하는 사람이 아니라는 사실을 깨달은데다, 갑자기 아주 중대하고 기이한 문제에 부딪혔기 때문입니다. 그 방면에서는 홈즈 씨가 유럽에서 두 번째로 뛰어난 전문가니까……."

"모티머 선생! 그러면 누가 일인자인지 여쭤봐도 괜찮겠습니까?"

홈즈가 조금 무뚝뚝한 말투로 물었다.

"베르티용(1853~1914, 실제 인물로 파리 경찰의 유명한 범죄학자)입니다. 그는 치밀한 과학적 사고를 하는 사람들에게 강력한 호소력을 발휘하죠."

"그렇다면 그에게 도움을 구하시는 게 더 낫지 않을까요?"

"홈즈 씨, 제가 말씀드리지 않았습니까. '치밀한 과학적 사고를 하는 사람들에게'라고 말입니다. 실제적인 문제를 해결하는데는 홈즈 씨가 독보적인 존재이시죠. 제가 그냥 생각 없이 온 게 아니라……"

홈즈가 말을 끊었다.

"잠깐만요, 모티머 선생. 장광설은 빼고 지금 저의 도움을 필요로 하는 문제가 어떤 것인지 본론만 간단하게 설명해주시면 훨씬 좋을 것 같습니다."

배스커빌 가에 내린 저주

"제 주머니에 문서가 하나 있습니다."

제임스 모티머가 말했다.

"모티머 선생이 방에 들어오실 때부터 알고 있었습니다."

홈즈가 말을 받았다.

"아주 오래된 문서입니다."

"위조한 게 아니라면 18세기 초기에 작성된 것 같군요."

"아니, 그걸 어떻게 아셨습니까?"

"주머니에서 문서가 조금 삐져나와 있길래 선생께서 말씀하시는 동안 계속 살펴보았습니다. 문서의 작성 연도를 추정하는데 10년 정도의 오차를 보인다면 전문가라고 할 수 없지요. 읽어보셨는지 모르지만 나는 이 주제에 대해 논문을 쓰기도 했습니다. 내 추정으로는 그 문서의 작성 연도는 1730년대입니다."

"정확한 연도는 1742년입니다."

모티머가 주머니에서 문서를 꺼냈다.

"3개월 전에 찰스 배스커빌 경이 내게 맡긴 것인데, 배스커빌 집안에 대대로 전해 내려오는 문서입니다. 찰스 배스커빌 경은 갑작스럽게 비극적인 죽음을 맞이하여 데번셔를 충격에 빠뜨린 분이죠. 저는 찰스 경의 주치의였을 뿐만 아니라 친한 친구였습니다. 그분은 심지가 굳고 빈틈없으며 현실적이라 저처럼 상상력이 풍부한 분은 아니었습니다. 그런데도 찰스 경은 이 문서를 매우 중요하게 여겼고, 결국 그렇게 끔찍한 최후를 맞이할 것이라고 예견하고 계셨던 것 같았습니다."

홈즈는 문서를 건네 받아 무릎 위에 펼쳐놓았다.

"왓슨, 이것 좀 보게. 긴 s와 짧은 s가 번갈아 나오고 있어. 이 점도 내가 문서 작성의 시기를 알아낼 수 있었던 몇 가지 징표들 중 하나였네."

나는 홈즈의 어깨 너머로 누런색 문서에 쓰여진 흐릿한 글자를 살펴보았다. 머리 부분에는 '배스커빌 저택'이라고 쓰여 있고, 그 밑에 흘려 쓴 글씨로 '1742'라는 숫자가 커다랗게 적혀 있었다.

"무엇인가를 기록해놓은 것 같은데요."

"예, 배스커빌 가에 내려오는 전설을 기록한 문서입니다."

"그런데 모티머 선생께서 전설 같은 옛날 이야기 때문에 저희를 방문하신 것은 아니겠죠?"

"물론입니다. 옛날 이야기가 아니라 아주 최근의 사건 때문에 왔습니다. 그것도 24시간 이내에 결정해야 하는 급박한 문제입니다. 그 문서는 별로 긴 내용도 아니고, 또 제가 앞으로 말씀드릴 사건과 밀접한 관련이 있습니다. 허락하신다면 제가 읽어드리겠습니다."

홈즈는 그렇다면 할 수 없다는 듯 의자에 기대며 양손을 포개고 눈을 감았다. 모티머는 불빛 쪽으로 문서를 펼쳐놓은 후, 높은 어조와 떨리는 목소리로 다음과 같은 기괴한 옛날 이야기를 읽어갔다.

배스커빌 가의 사냥개가 언제 어떻게 나타났는가에 대해서는 이런저런 말들이 많다. 나는 휴고 배스커빌의 직계 자손으로, 아버지께서 이 이야기를 내게 직접 들려주셨으며, 아버지께서는 할아버님으로부터 직접 들으셨으니, 이 이야기가 분명한 사실이라는 확신을 가지고 기록한다.

자손들아, 죄를 벌하시는 정의의 하나님은 한편으로는 죄를 자비로이 용서하시는 분이시니 아무리 무서운 저주라도 기도와 회개를 통해 씻어낼 수 있다는 믿음을 갖게 되기를 바란다. 너희들은 이 이야기를 교훈으로 삼아 지난날의 과오로 인한 결과를 두려워만 하지 말고 앞으로는 신중하게 처신하도록 하라. 그리하여 우리 가문에 그토록 비참한 고통을 안겨준 사악한 욕정이 다시 나타나 우리 가문을 파멸로 이끄는 일이 없도록 해야 할 것이다.

당시는 청교도 혁명의 시대였다(청교도 혁명에 대해서는 박학하신 클래렌든 경이 저술한 내란사를 읽어볼 것을 추천한다). 배스커빌 영지의 주인은 휴고 배스커빌이었는데, 그가 아주 거칠고 저속하며 신을 믿지 않는 불경스런 인물이었다는 것은 반론의 여지가 없는 사실이었다. 사실 그의 이웃들은 이러한 휴고 배스커빌이라는 인물의 됨됨이에 대해서는 체념하고 있었는데, 이는 그 지역이 원래 성인(聖人)들의 출현과는 거리가 멀다고 여겨졌기 때문이기도 했던 것 같다. 아무튼 그는 방종함과 잔인한 성격으로 인해 서부 전 지역에 악명이 높았다.

그런데 이 휴고 배스커빌이 어쩌다 배스커빌 영지 근처에 땅을 가지고 있는 자작농의 딸을 사랑하게 되었다(그렇게 음흉한 욕정에 사랑이라는 아름다운 이름을 갖다 붙인다는 것이 적당한지 모르겠다). 그러나 사려 깊고 평판이 좋은 그 처녀는 악명 높은 휴고가 두려워 계속해서 그를 피해 다녔다. 그러던 중 어느 해인가 성 미카엘 축일(대천사 미카엘을 기리는 날로 9월 29일)에 휴고는 건달 친구들 대여섯 명과 함께 그 농장에 침입해 그녀를 납치했다. 처녀의 아버지와 오빠들이 집을 비운 사이에 일을 저지른 것이었다.

휴고와 그 일당들은 그녀를 배스커빌 저택으로 데려와 위층에 있는 방에 가둔 후, 여느 때와 다름없이 흥청거리며 밤늦게까지 술을 마셨다. 위층에 있던 그 불쌍한 처녀는 아래층에서 들려오는 노랫소리, 고함소리, 험한 욕설에 무서워 벌벌 떨고 있었을 것이다. 휴고 배스커빌이 술에 취해 내뱉은 말들은 너무도 끔찍하고 저주스러운 내용들이었기 때문이다. 마침내 처녀는 공포를 견디지 못하고 가장 용감하고 혈기 왕성한 남자조차도 시도하기 어려운 일을 저질렀다. 남쪽 벽을 덮고 있던 담쟁이 덩굴을(그 덩굴은 지금도 여전히 벽을 덮고 있다) 타고 밑으로 내려와 자기 집으로 도망가려고 황무지를 달리기 시작한 것이다. 배스커빌 저택에서 아버지의 농장까지의 거리는 14킬로미터나 되었다.

처녀가 탈출한 줄도 모르고 휴고는 갇혀 있는 그녀에게 먹을 것과 마실 것을 가져다주려고(아마 다른 사악한 짓도 하려 했을 것으로 짐작된다) 건달 친구들을 남겨 둔 채 위층으로 올라갔다. 하지만 새장에 가둬둔 새는 도망쳐버렸고 새장은 텅 비어 있었다. 그는 순간 악마로 돌변한 듯 계단을 뛰어내려와 식당 안으로 달려들어가더니 포도주병과 접시들을 내던지며 커다란 식탁 위로 뛰어올라갔다. 그리고는 여자를 붙잡기 위해서라면 악마에게 자신의 영혼과 육신을 바치는 것도 불사하겠노라고 버럭버럭 악을 썼다. 술에 취해 흥청대던 건달 친구들은 그가 미쳐 날뛰는 것을 보고 크게 놀라 멍해 있는데, 그 중 한 명이(그자는 아마 다른 이들보다 더 사악한 자거나 아니면 더 취한 자였을 것이다) 사냥개를 풀어 그 처녀를 쫓게 하자고 외쳤다. 그 말을 듣고 휴고는 밖으로 달려나가 하인들에게 자신의 말에 안장을 얹으라고 명하고는 사냥개에게 그 처녀의 손수건 냄새를 맡게 한 뒤 처녀를 쫓아 나섰다. 달빛이 환하게 빛나는 황무지에 사냥개들의 짖는 소리가 크게 울려 퍼졌다.

홍청망청 즐기던 건달 친구들은 순식간에 벌어진 상황을 얼른 파악하지 못하고 잠시 동안 멍하니 서 있었다. 그러나 이내 정신을 차리고 앞으로 황무지에서 벌어질 일이 어떤 것인지 깨닫고는, 총이 필요하다느니 말을 끌어와야 한다느니 술이 더 필요하다느니 하며 야단법석을 떨었다. 그러다 마침내 13명의 건달들이 말을 타고 추격하기 시작했다. 밝은 달빛 아래에서 그들은 처녀가 집으로 도망가기 위해 반드시 지나갔을 것으로 생각되는 길로 서둘러 말을 몰았다.

3킬로미터쯤 추격해갔을 무렵, 13명의 건달들은 황무지에서 야간근무를 서고 있는 양치기 한 명을 보았다. 그들은 그 양치기에게 처녀를 쫓고 있는 휴고를 보았냐고 큰 소리로 물었다. 전해오는 이야기에 따르면, 두려움에 벌벌 떨며 말조차 제대로 하지 못했던 양치기는 겨우 입을 열어 그 불행한 처녀와 그녀를 쫓고 있던 사냥개들도 보았다고 말했다고 한다. 양치기는 겁에 질려 '제가 본 게 그게 다는 아닙니다. 휴고 배스커빌 경이 검은 말을 타고 제 옆을 지나갔는데, 아! 지옥에서 온 것 같은 무시무시한 짐승이 소리 없이 그를 뒤쫓아 달리고 있었어요. 저는 하나님이 지켜주신 덕분에 무사했습니다'라고 말했다. 그 말을 듣자 추격자들은 양치기에게 무슨 헛소리냐며 욕설을 퍼붓고 계속해서 말을 달렸다. 하지만 곧 그들은 엄청난 공포에 떨지 않을 수 없었다. 검은 말이 입에 허연 거품을 물고 빈 안장에 고삐를 질질 늘어뜨린 채 그들 옆을 달려 지나갔기 때문이다.

추격자들은 무서움을 느낀 나머지 서로간의 간격을 좁힌 채 말을 몰았다. 만일 그들이 혼자 몸이었다면 망설임 없이 말머리를 돌려 달아났을 것이다. 추격자들은 이렇게 천천히 말을 타고 나아가다 마침내 사냥개들을 발견했다. 용맹성이 뛰어나다는 명성이 무색하게 사냥개들은 깊은 구덩이 앞에서 떼를 지어 낑낑대고 있었다. 몇 마리는 꼬리를 내린 채 살금살금 달아나려 했고, 또 몇 마리는 목덜미 털을 빳빳하게 세우고 앞에 있는 좁은 계곡을 쳐다보고 있었다.

추격자들은 일단 멈추었다. 대부분 출발할 때에 비하면 술이 많이 깬 상태였다. 그들은 더 이상 앞으로 나아가려 하지 않았지만, 그래도 그 중에서 가장 용감한 사람, 아니 술이 가장 덜 깬 사람일지도 모르지만, 아무튼 3명이 말을 타고 아래로 내려갔다. 그러자 선사 시대 사람들이 세워놓은 커다란 선돌(신석기 시대와 청동기 시대의 돌기둥 유적) 두 개가 놓여 있는 넓은 공간이 눈앞에 펼쳐졌다. 그 선돌은 아직도 거기에 가면 볼 수 있다. 달은 이 빈터를 밝게 비추고 있었고, 그 중앙에는 공포와 탈진으로 숨이 끊어진 불쌍한 처녀가 쓰러져 있었다.

그러나 이 용감한 술꾼들을 머리카락이 곤두설 정도의 공포에 떨게 만든 것은 그 처녀의 시체도, 그 옆에 있는 휴고 배스커빌의 시체도 아니었다. 그것은 휴고의 몸뚱이에 올라타 그의 목덜미를 물어뜯고 있는 끔찍한 괴물이었다. 사냥개의 모습을 하고 있긴 했지만 이제까지 인간이 보아 왔던 어떤 사냥개보다 덩치가 컸다.

그들은 마치 발이 땅에 붙은 듯 꼿꼿이 서서 휴고 배스커빌의 목덜미를 갈가리 찢고 있는 그 괴물을 넋을 잃고 바라보았다. 갑자기 괴물이 이글거리는 눈과 피가 뚝뚝 떨어지는 주둥이를 돌려 그들을 쏘아보았다. 그러자 그들 셋은 고래고래 비명을 지르며 정신 없이 말을 타고 죽을 힘을 다해 황무지를 가로질러 도망갔다. 셋 중 한 명은 그 장면을 목격한 바로 그날 밤에 죽었고, 나머지 두 명은 폐인이 되어 생을 마감했다고 전해진다.

후손들이여, 이것이 그 이후 우리 집안에 가혹한 고통을 몰고온 사냥개의 출현에 얽힌 사연이다. 내가 이 이야기를 기록하는 이유는 사실을 분명히 알고 있는 것이 막연히 추측하는 것보다 두려움을 더는 데 도움이 되리라고 생각했기 때문이다. 우리 집안에는 불행하게도 급사나 비명횡사를 당한 사람이 유별나게 많다는 사실을 부인할 수 없다. 그러나 서너 세대 아래의 죄 없는 후손들에게는 하나님께서 무한한 자비를 베푸셔서 지켜주실 것이다. 후손들아, 나는 악의 세력들이 날뛰는 어두운 밤에는 황무지에 나가지 말 것을 너희들에게 권고하는 바이다.

— 휴고 배스커빌의 후손인 로저와 존에게 이 이야기를 전하며, 누이 엘리자베스에게는 반드시 비밀로 할 것을 당부한다.

모티머는 이 기괴한 이야기를 다 읽고는 안경을 이마 위로 밀어올린 채 셜록 홈즈를 쳐다보았다. 홈즈는 하품을 하더니 담배꽁초를 난로에 던졌다.

"끝입니까?"

홈즈가 말했다.

"흥미로운 이야기 같지 않습니까?"

"민담 수집가라면 그렇게 생각했겠죠."

모티머는 주머니에서 접혀 있던 신문을 꺼냈다.

"그럼 홈즈 씨, 좀더 최근의 것을 보여드리죠. 이것은 올해

5월 14일자 〈데번셔 신문〉입니다. 여기에는 며칠 전에 일어난 찰스 배스커빌 경의 죽음에 대한 기사가 실려 있지요.”

홈즈는 몸을 약간 앞으로 숙여 집중하는 자세를 취했다. 모티머는 안경을 고쳐 쓰고 다시 읽기 시작했다.

얼마 전에 발생한 찰스 배스커빌 경의 갑작스런 사망 사건으로 주 전체가 술렁거리고 있다. 그는 중부 데번셔 지역의 차기 자유당 후보로 유력한 인물로 알려져 왔다. 찰스 경이 배스커빌 저택에 거주한 기간이 비록 길지는 않았지만, 온화하고 관대한 성품 때문에 그를 아는 모든 사람들의 사랑과 존경을 받았다. 졸부들의 기세가 등등한 요즘 세상에, 유서 깊은 가문의 후손이 열심히 노력해 성공을 거두고 몰락한 집안을 다시 일으키고자 고향으로 돌아온 것은 참으로 신선한 화젯거리였다.

널리 알려져 있는 바대로 찰스 경은 남아프리카로 건너가 투자를 하여 많은 재산을 축적했다. 어리석은 욕심을 부렸던 사람들과 달리 그는 현명하게도 자신이 벌만큼 벌었다고 생각하고 재산을 챙겨 영국으로 돌아왔다.

찰스 경이 배스커빌 저택에 정착한 것은 2년 남짓 되었으며, 계획했던 어마어마한 규모의 재건축 공사와 보수 공사는 현재 그의 죽음으로 인해 중단된 상태이다. 경은 슬하에 자녀가 없기 때문에 생전에 자신의 재산으로 지역사회에 이바지하겠다는 뜻을 공공연하게 밝혀왔었다. 이 때문에 많은 사람들이 그의 갑작스런 죽음을 특히 애석하게 여기고 있다. 경이 지역의 자선단체에 기부를 했다는 소식들은 본지에도 종종 보도된 바 있다.

찰스 경의 죽음과 관련된 배후가 수사에 의해 완전히 드러났다고 말할 수는 없겠만, 최소한 이 지방에 떠도는 미신에서 비롯된 소문을 가라앉혔다고는 볼 수 있다. 경이 살해됐을 가능성은 희박하며, 또한 경의 죽음에 납득할 수 없거나 과학적으로 설명이 되지 않는 어떤 원인이 있었다고 보기도 힘들기 때문이다.

찰스 경은 상처한 뒤 혼자 살고 있었는데, 그 정도 지위나 재산을 가진 인물로서는 보기 드물게 소탈한 성격에다 검소한 생활을 했던 것으로 알려졌다. 배스커빌 저택에도 하인이라고는 배리모어 부부뿐이었는데 남편은 집사 일을, 아내는 가정부 일을 맡아보았다.

주변사람들에 따르면 찰스 경은 한동안 건강이 좋지 않았다고 한다. 특히 안색이 나빠지고 호흡곤란 및 갑작스런 우울증 발작을 일으키는 등 심장병 증세를 보였다는 것이다. 고인의 친구이자 담당 의사였던 제임스 모티머 선생도 같은 증언을 했다.

이 사건의 진상은 간단하다. 찰스 경은 매일 밤 잠자리에 들기 전에 배스커빌 저택의 유명한 주목(朱木) 오솔길을 산책하는 습관이 있었다. 배리모어 부부의 증언에 따르면 이는 경의 오래된 습관이었다. 5월 4일, 찰스 경은 배리모어에게 다음 날 런던에 갈 것이라며 짐을 꾸리도록 일렀다. 그날 밤에도 경은 여느 때처럼 야간 산책을 나갔고, 산책하는 동안 습관대로 담배를 피웠다.

자정 무렵에 배리모어 집사는 그 시각까지 현관문이 열려 있는 것을 발견하고 깜짝 놀라서 등불을 밝히고 주인을 찾아나섰다. 그날은 습했기 때문에 오솔길에는 찰스 경의 발자국이 선명하게 남아 있었다. 오솔길을 반쯤 가다보면 황무지로 나가는 문이 하나 있는데 그곳에는 찰스 경이 한동안 서 있었던 흔적이 남아 있었다. 찰스 경의 발자국을 따라 계속해서 오솔길을 내려갔고, 그 길이 끝나는 곳에서 찰스 경의 시신을 발견했다.

이상한 것은 찰스 경의 발자국이 황무지로 통하는 문을 지난 다음부터 모양이 바뀌었다는 것이다. 그 앞의 발자국과는 달리 그곳에서부터는 계속 발꿈치를 들고 걸었던 것처럼 보였다는 것이 배리모어의 진술이다. 황무지 근처에 머피라는 집시 상인이 있었는데 술에 만취해 있었기 때문에 비명소리를 듣기는 했지만 그 소리가 어디서 들려왔는지는 알 수 없었다고 진술했다.

찰스 경의 몸에서는 폭행을 당한 흔적이 발견되지 않았지만 얼굴은 심하게 일그러져 있었다. 얼마나 심하게 일그러졌는지 모티머는 자기 앞에 누워 있는 사람이 정말로 자신의 친구이자 환자였던 찰스 경인지 알아보기 힘들 정도였다고 했다. 이러한 현상은 호흡곤란이나 심장마비로 사망하는 경우에 종종 나타난다고 한다. 사체 부검을 통해 찰스 경이 만성 심장질환을 앓고 있었다는 것이 드러났고, 검시 배심원단은 이런 의학적 증거에 따라 판결을 내렸다.

이처럼 과학에 바탕을 둔 판결이 내려진 것은 다행스러운 일이라고 할 수 있다. 왜냐하면 고인의 상속인이 쓸데없는 미신 따위에 현혹되지 않고 배스커빌 저택에 정착하여 중단된 선업을 계속 하는 것이 무엇보다 중요하기 때문이다. 부검의가 합리적인 판단을 통해 이번 사건과 관련하여 떠도는 뜬소문을 불식시키지 못했다면, 배스커빌 저택의 주인을 찾는 일은 어려웠을 것이다.

찰스 배스커빌 경의 상속자는 고인의 남동생의 아들인 헨리 배스커빌 씨로 알려졌다. 이 젊은이는 현재 미국에 거주하고 있는 것으로 알려졌는데, 그를 찾는 작업이 활발히 진행되고 있으므로 조만간 그를 찾아 유산 상속 소식을 전하게 될 전망이다.

모티머는 신문을 접어 다시 주머니에 집어넣었다.

"홈즈 씨, 지금까지 읽어드린 내용이 찰스 배스커빌 경의 죽음에 관해 공식적으로 알려진 사건의 진상입니다."

"먼저 이렇게 흥미로운 사건을 알려주셔서 감사를 드려야 할 것 같군요. 당시에 나도 그 사건에 관한 신문 기사를 보긴 했습니다. 하지만 바티칸의 카메오 사건 때문에 바빴지요. 교황님께 봉사하는 일에 열중하다보니 영국에서 발생한 흥미로운 사건들에 신경을 쓰지 못했습니다. 그런데 이 기사에 실린 내용이 공식적으로 알려진 사실의 전부입니까?"

"그렇습니다."

"그렇다면 이제 비공식적인 사실들에 대해서 말씀해주시지요."

홈즈가 두 손을 모으고 몸을 뒤로 기댄 채 아주 냉정하고 날카로운 분위기를 풍기며 말했다.

모티머가 감정의 동요를 보이며 말했다.

"그렇게 하지요. 지금 드리는 말씀은 제가 아직까지 아무에게도 털어놓지 않은 이야기입니다. 검시관이 심리할 때 이 이야기를 하지 않은 이유는 과학자인 제가 미신 같은 비과학적인 전설에 동조하는 모습이 공개적으로 드러나는 것을 원치 않았기 때문입니다. 거기다 신문에도 보도됐듯이 그렇지 않아도 배스커빌 저택에 관해 좋지 않은 소문이 떠돌고 있는 마당에 저까지 그런 이야기를 보탠다면 그곳에 들어가 살 사람이 어디 있겠습니까? 이런 이유 때문에 제가 알고 있는 것을 사실대로 말하지 않는 게 더 낫다고 생각했습니다. 설사 제가 전부 말한다 해도 득이 될 것은 별로 없습니다. 그렇지만 홈즈 씨한테까지 사실을 털어놓지 말아야 할 이유는 없지요.

황무지에는 거주하는 인구가 그다지 많지 않기 때문에 가까이 사는 사람들과는 한 가족과 다름없이 친하게 지냅니다. 그래서 저도 찰스 배스커빌 경을 자주 뵙게 되었지요. 래프터 저택의 프랭클랜드 씨와 박물학자 스태플턴 씨를 제외하면, 근처에 내세울 만큼 교육을 받은 사람은 없습니다. 찰스 경은 사교성이 있는 분은 아니었지만 병을 앓고 있어 인연을 맺게 되었고, 과학이라는 공동 관심사 때문에 더욱 친해지게 되었습니다. 그분은 남아프리카에서 과학에 관한 정보를 많이 수집해서 돌아왔습니다. 그래서 우리는 부시맨과 호텐토트 족 사이의 비교 해부학에 대해 토론하면서 함께 즐거운 시간을 보냈지요.

그런데 지난 몇 달 동안 찰스 경의 신경이 점점 날카로워져 심각한 상태까지 이르렀다는 것을 확연하게 느낄 수 있었습니다. 그분은 제가 여러분에게 읽어드린 배스커빌 가의 전설을 너무 심각하게 마음에 담아두었던 것 같았습니다. 밤에 영지를 산책하긴 했지만, 절대로 그곳을 벗어나서 황무지 쪽으로 나가는 일은 없었습니다. 홈즈 씨, 선생은 믿기 힘드시겠지만 찰스 경은 정말로 무서운 운명이 자신의 집안을 위협하고 있다고 확신하셨습니다. 게다가 역대 조상들이 남긴 기록은 경의 마음을 더욱 불안하게 만들었지요. 정체 모를 두려운 존재에 대한 근심에 늘 괴로워하셨습니다. 제게도 밤에 왕진을 다니다가 이상한 동물을 보거나 사냥개가 짖는 소리를 들은 적이 있는지 여러 차례 묻곤 하셨는데, 특히 사냥개에 대한 질문을 하실 때는 불안하신지 목소리가 떨리는 걸 느낄 수 있었습니다.

그 운명적인 사건이 일어나기 3주 전 무렵, 경의 저택으로 마차를 몰고 갔던 그날 저녁을 생생히 기억합니다. 마침 찰스 경은 현관에 나와 있었고, 저는 마차에서 내려 그분 앞으로 갔지요. 그런데 그분이 이상하게도 제 뒤에 시선을 고정한 채 잔뜩 겁에 질린 얼굴로 무언가를 뚫어지게 쳐다보고 있지 않겠습니까? 그래서 내 뒤에 뭔가 있나 싶어 저도 뒤를 돌아보았는데, 커다란 검은 송아지 같은 동물이 길 아래쪽으로 지나가는 것이 언뜻 보였습니다. 찰스 경이 너무나 놀라신 것 같아 저는 그 동물이 지나간 곳으로 내려가 주위를 둘러보지 않을 수 없었지요. 그러나 그 동물은 사라지고 없었습니다.

이 사건으로 인해 그분은 건강에 아주 좋지 않은 심적 충격을 받으신 것 같았어요. 저는 그날 저녁 내내 그분과 함께

있었는데, 찰스 경이 자신이 왜 이렇게 불안해하는가를 설명
해주시더군요. 그리고 제가 홈즈 씨에게 조금 아까 보여드렸
던 문서도 그때 저에게 맡겼습니다. 제가 이런 말씀을 드리는
이유는 그 이후에 발생했던 비극적인 사건과 관련지어보면

그때의 일이 중요한 의미를 갖는다고 생각했기 때문입니다. 그러나 당시에는 그 일을 별것 아닌 걸로 여겼고, 찰스 경이 그토록 두려워하는 것도 과민반응일 뿐이라며 가볍게 생각했었습니다.

찰스 경이 런던으로 가려 했던 것도 제가 그렇게 하라고 권해드렸기 때문이었습니다. 심장도 약한 분이 그렇게 끊임없는 불안 속에서 지내고 있다가는 건강에 심각한 타격을 받게 될 것이 분명했습니다. 그래서 저는 경이 도시로 가서 분주하게 몇 달 지내다보면 건강한 모습을 되찾을 수 있을 거라고 생각했습니다. 친하게 지냈던 스태플턴 씨도 경의 건강상태를 무척 걱정하고 있었기 때문에 저와 같은 의견이었습니다. 그런데 그곳을 떠나기 하루 전날에 이런 끔찍한 일이 일어난 거지요.

찰스 경이 사망하던 날 밤에 배리모어 집사가 그분의 시체를 발견하고 마부 퍼킨스를 통해 저에게 알렸습니다. 저는 늦게까지 자지 않고 있었기 때문에 사건이 발생한 지 한 시간도 안되어 배스커빌 저택에 도착했지요. 심리를 통해 알려진 사실들은 제가 그때 점검하고 확인한 것들입니다.

저는 오솔길에 나 있는 발자국을 따라가보았습니다. 얼마간 가다보니 황무지로 통하는 쪽문이 보였고 그분이 그곳에서 서성댔음을 보여주는 흔적도 볼 수 있었습니다. 그 지점부터 발자국의 모양이 바뀌어 있더군요. 자갈이 깔린 길 위에 배리모어의 발자국 이외에 다른 발자국은 없었습니다. 저는 그때까지 아무도 손대지 않은 그분의 시신을 주의깊게 살펴 보았습니다. 찰스 경은 두 팔을 벌린 채 엎드려 있었는데 손가락은 땅에 박혀 있는 상태였습니다. 또 심리적으로 강한 충격을 받았는지 안면 경련으로 근육이 뒤틀려 얼굴을 알아보지 못할 정도였습니다. 외상은 전혀 없었지요. 참, 그리고 배리모어 집사의 진술에는 틀린 부분이 있습니다.

그는 시신 주변에 다른 발자국은 없었다고 말했지만, 제가 자세히 살핀 결과 다른 것을 발견했지요. 거리는 약간 떨어져 있었지만 아주 선명했습니다."

"발자국을 발견하셨단 말씀입니까?"

"네."

"남자 발자국이었습니까, 여자 발자국이었습니까?"

모티머는 잠시 이상야릇한 표정으로 우리를 바라보았다. 그리고 거의 속삭임에 가까운 작은 목소리로 대답했다.

"홈즈 씨, 그것은 엄청나게 커다란 개의 발자국이었습니다!"

문제점

모티머가 떨리는 목소리로 대답한 순간, 나는 온몸에 소름이 돋았다. 우리에게 들려준 이야기를 그 자신도 매우 심각하게 생각하고 있는 것 같았다. 홈즈는 흥미를 느꼈는지 앞으로 다가앉았다. 두 눈이 반짝거리는 것으로 보아 몹시 흥미 있는 사건이라고 생각한 모양이었다.

"개의 발자국을 보셨다구요?"

"제가 지금 홈즈 씨를 보는 것처럼 똑똑히 보았지요."

"그런데 왜 그에 대해선 아무런 말도 하지 않았습니까?"

"말해봐야 무슨 소용이 있었겠습니까?"

"다른 사람은 왜 그걸 보지 못했을까요?"

"개 발자국은 시체가 있는 곳에서 18미터 가량 떨어져 있었기 때문에 아무도 그것을 눈여겨보지 않았습니다. 배스커빌 가의 전설을 알지 못했다면 저도 역시 무심히 넘겼을 겁니다.”

“황무지에는 양을 지키는 개가 많지 않습니까?”

“물론 많지요. 그렇지만 그 발자국은 양을 지키는 개의 발자국이 아니었습니다.”

“발자국이 그렇게 컸단 말이죠?”

“엄청나게 컸지요.”

“그런데 그 발자국이 남겨진 위치로 보아 그 개가 시체에 접근한 흔적은 없었다는 말씀이지요?”

“예.”

“그날 밤 날씨는 어땠나요?”

“습도가 높았고 쌀쌀했습니다.”

“비가 오지는 않았나요?”

“예.”

“오솔길은 어떤 모습입니까?”

“길 양쪽으로 높이가 3.6미터 정도 되는 오래된 주목(朱木)들이 빽빽하게 들어차 울타리를 이루고 있고 그 가운데로 폭이 2.5미터 가량 되는 길이 나 있습니다.”

“주목들과 길 사이에 다른 것은 없습니까?”

“양쪽으로 폭이 2미터 정도 되는 풀밭이 있습니다.”

“주목 울타리에 문이 하나 뚫려 있다고 했지요?”

“예, 황무지로 나갈 수 있는 작은 쪽문이 있습니다.”

"또 다른 문은 없나요?"

"없습니다."

"그렇다면 주목 오솔길로 들어서려면 배스커빌 저택을 통하든지 아니면 황무지로 통하는 쪽문으로 들어가야겠군요?"

"오솔길 끝에 있는 여름 별장을 통해서 드나들 수도 있습니다."

"찰스 경이 거기까지 가셨던가요?"

"아닙니다. 경의 시체가 발견된 곳은 여름 별장에서 50미터 정도 떨어진 곳이었습니다."

"모티머 선생, 이건 아주 중요한 사항인데 선생이 본 발자국이 풀밭에 찍혀 있었습니까, 아니면 오솔길 위에 찍혀 있었습니까?"

"풀밭에는 아무런 흔적이 없었습니다."

"그 개의 발자국이 황무지로 나 있는 쪽문 쪽에 있었습니까?"

"예."

"정말 흥미롭군요. 한 가지 더, 그 쪽문은 닫혀 있었나요?"

"예, 닫힌 채 자물쇠가 채워져 있었습니다."

"쪽문의 높이는 얼마나 됩니까?"

"1미터 정도 됩니다."

"그 정도 높이라면 문을 뛰어넘는 것이 어렵지는 않겠군요."

"그렇습니다."

"쪽문 주위에 다른 발자국은 없었습니까?"

"특별한 건 없었습니다."

"세상에! 거기를 조사한 사람이 아무도 없었습니까?"

"아니요, 제가 조사했습니다."

"그런데 아무것도 발견하지 못하셨나요?"

"그 점이 좀 이상했습니다. 찰스 경은 틀림없이 5~10분 정도 거기에 서 있었던 것이 확실하거든요."

"무슨 근거로 그렇게 확신을 하시는 거죠?"

"담뱃재가 두 군데 떨어져 있었습니다."

"대단하십니다! 왓슨, 이분의 추리력은 우리 같은 탐정 수준이야. 그런데 발자국은 어떻게 된 겁니까?"

"찰스 경은 쪽문 옆 자갈이 깔려 있는 길에 발자국을 남겨 놓았습니다. 그런데 그것이 한두 개가 아니라 엄청 많았습니다. 그리고 경 이외의 다른 사람들의 발자국들은 없었습니다."

홈즈는 무릎을 치면서 안타까워했다.

"내가 그곳에 있었어야 했는데! 이건 정말 대단히 흥미 있는 사건이자 과학자에게는 특별한 경험이 될 만한 사건이기도 합니다. 내가 거기 있었더라면 그 자갈길에서 많은 단서를 얻었을 텐데……. 지금은 시간이 많이 지나 빗물에 씻기고, 호기심 많은 사람들이 몰려드는 바람에 알아볼 수가 없게 됐을 겁니다. 모티머 선생, 진작 저희를 찾아주셨으면 사건을 해결하는데 많은 도움이 되었을 텐데 아쉽습니다."

"홈즈 씨, 저에게도 나름대로 사정이 있었습니다. 선생을 찾게 되면 사건이 세상에 알려질 것 아니겠습니까? 저는 사건이 세상에 알려지는 것을 원하지 않았습니다. 그 이유는 아까 말씀드렸던 대로입니다. 게다가……."

"주저 말고 말씀해보시지요."

"아무리 유능하고 경험 많은 탐정이라도 어떻게 해볼 수 없는 부분이 있습니다."

"과학으로는 설명되지 않는 초자연적인 부분에 대한 말씀이십니까?"

"꼭 그렇다는 말은 아닙니다."

"그러나 모티머 선생의 생각은 그런 것 같습니다."

"홈즈 씨, 이번 비극적인 사건 후 과학으로는 설명하기 어려운 이야기들을 듣게 되었습니다."

"예를 들자면?"

"그 끔찍한 사건이 일어나기 전에 몇몇 사람들이 배스커빌의 전설에 등장하는 괴물의 모습과 일치하는 짐승을 황무지에서 보았다는 겁니다. 그 짐승은 과학적으로 확인되어 우리가 알고 있는 그 어떤 짐승과도 달랐습니다. 그 짐승을 본 목격자들은 그것이 빛을 내는 거대하고 무시무시한 괴물이었다

고 입을 모아 말했습니다. 제가 그 목격자들을 만나 확인해보았는데, 그 중 한 명은 고집불통의 시골사람이고, 다른 한 명은 대장장이였으며, 또 한 명은 황무지의 농부였습니다. 이 무시무시한 괴물에 대해 이들이 들려준 이야기를 들어보았더니 모두 일치하더군요. 전설에 등장하는 지옥의 개와 완전히 똑같은 모습이었다는 겁니다. 지금 마을사람들은 두려움에 휩싸여 있으며, 웬만한 강심장의 소유자가 아니고는 밤중에 함부로 황무지에 나가지 못한다고 합니다."

"그렇다면 교육을 받은 과학자로서 모티머 선생은 초자연적인 그 괴물의 존재를 믿습니까?"

"저도 잘 모르겠습니다. 혼란스러워요."

"지금까지 제 탐정 업무의 범위는 이 현실 세상이었습니다. 저는 합리적인 방법으로 악과 싸워왔지요. 하지만 보이지 않는 악의 근원 자체와 대결하는 것은 너무나 거대한 일이 될 것 같군요. 아무튼 그 개가 물리적인 흔적인 발자국을 남겼다는 사실을 볼 때, 이 사건이 현실 세상의 영역에 포함되는 사건임은 틀림없는 것 같습니다."

"전설 속의 괴물이 사람의 목을 물어뜯었다는 것을 보면 현실 세상에 존재하는 게 맞지요. 하지만 그 괴물은 과학으로는 설명이 불가능한 악마의 화신이었습니다."

"이제 보니 선생은 여전히 초자연적인 생각에서 헤어나지 못하시는 것 같군요. 그런 입장을 고수하고 계시다면 도대체 무엇 때문에 제게 상담을 하러 오셨습니까? 찰스 경의 사망 사건을 조사하는 것은 소용없는 일이라고 방금 말씀해놓고, 내가 그 사건에 대해 조사해주기를 바라는 건 또 뭡니까?"

"저는 홈즈 씨가 조사해달라고 부탁드리지는 않았습니다."

"그렇다면 제가 어떻게 도와드릴까요?"

"헨리 배스커빌 경을 어떻게 모셔야 할지 의견을 듣고 싶습니다."

모티머가 시계를 보며 말했다.

"정확히 한 시간 십오 분 후에 그분이 워털루 역에 도착하실 겁니다."

"상속인 말씀입니까?"

"예. 찰스 경이 돌아가시고 난 후 우리는 여기저기 수소문한 끝에, 그분이 캐나다에서 농사를 짓고 있다는 것을 알아냈습니다. 우리가 입수한 보고서에 따르면 헨리 배스커빌 경은 여러 면에서 뛰어난 인물입니다. 이것은 의사로서가 아니라, 찰스 경의 유언 집행자의 자격으로 말하고 있는 겁니다."

"다른 상속인은 없습니까?"

"없더군요. 알아본 바에 따르면 불행하게 작고하신 찰스 경은 3형제의 장남이었고, 둘째는 젊어서 돌아가셨는데 그분이 바로 헨리 배스커빌 경의 아버지되십니다. 막내는 로저 배스커빌이라는 인물인데, 집안의 사고뭉치로 배스커빌 가의 나쁜 기질을 모두 이어받았으며 조상 휴고와 외모가 많이 닮았다고 합니다. 그는 영국에서 사고를 쳐서 결국 중앙아메리카로 도망쳤고, 1876년 그곳에서 황열병으로 죽었답니다. 그러니 헨리 경이 배스커빌 가문의 마지막 후손이지요. 이제 한 시간 오 분 후면 저는 그분을 워털루 역에서 만나게 됩니다. 오늘 아침 사우샘프턴에 도착했다는 전보를 그분으로부터 받았거든요. 홈즈 씨, 제가 경을 만나 어떻게 하면 좋을까요?"

"조상 대대로 살았던 집으로 모셔가면 되지 않습니까?"

"그래야 당연하겠지요. 그러나 그곳에 갔던 배스커빌 가 사람들은 모두가 불행한 운명을 맞았습니다. 찰스 경이 살아 계셨다면, 유서 깊은 가문에 남은 마지막 후손이자 거액의 유산을 상속받을 헨리 경을 저 죽음의 저택으로 데려가지 말라고 틀림없이 제게 경고하셨을 겁니다. 그렇지만 가난하고 궁색한 이 지방이 번영하려면 그분이 꼭 필요하다는 것도 부정할 수가 없습니다. 그리고 배스커빌 저택에 상속자가 없게 된다면, 찰스 경이 해오신 모든 선행은 헛수고가 될 것입니다. 저는 이 문제에 제 사건이 개입되어 현명하지 못한 결론을 내리고 있다고 생각했습니다. 그래서 홈즈 씨의 조언을 구하러 온 것입니다."

홈즈는 잠시 생각에 잠겨 있었다.

"간단히 말하면 문제는 이렇군요. 모티머 선생의 생각에 따르면, 다트무어에는 악마가 있어 배스커빌 가문의 사람에게는 안전한 곳이 아니라는 말씀이시죠?"

"안전한 곳이 아니라고 확실히 말할 수는 없지만, 적어도 그렇다고 말할 수 있는 증거가 있습니다."

"알겠습니다. 그러나 모티머 선생의 초자연적인 이론이 옳다면, 그 악마적 존재는 헨리 경이 런던에 있든 데번셔에 있든 상관없이 위협적인 존재가 될 것입니다. 악마가 교구 위원회처럼 특정 지방에서만 힘을 쓸 수 있다는 것은 얼토당토않은 얘기가 아닙니까?"

"홈즈 씨는 이 문제를 별것 아닌 걸로 생각하시는 것 같군요. 허나 직접 이 사건과 관련이 있었다면 그렇게 간단하게 말씀하지는 못하셨을 겁니다. 홈즈 씨 말씀은 헨리 경에게는 런던이나 데번셔나 마찬가지라는 것 아닙니까. 아! 50분 후에는 그분이 도착할 텐데 정말 어떻게 하면 좋을까요?"

"우선 마차를 불러 현관문을 긁어대고 있는 저 스패니얼 개를 데리고 헨리 배스커빌 경을 마중하러 워털루 역으로 가십시오."

"그 다음에는요?"

"저도 이 사건에 대해 생각을 정리할 시간이 필요하니 당분간 헨리 경에게는 아무 말도 하지 마십시오."

"생각을 정리하는 데 얼마나 걸리겠습니까?"

"24시간만 주시면 됩니다. 모티머 선생, 내일 10시에 이곳을 다시 방문해주시면 감사하겠습니다. 헨리 배스커빌 경과 함께 오신다면 제가 앞으로의 계획을 세우는 데 도움이 될 것입니다."

"그렇게 하겠습니다, 홈즈 씨."

모티머는 셔츠 소매에 약속시간을 급히 적고 나서 서둘러 나갔다. 갑자기 홈즈가 계단을 내려가려는 그를 불러 세웠다.

"모티머 선생, 하나만 더 물어봅시다. 찰스 배스커빌 경이 죽기 전에 황무지에서 그 괴물을 보았다고 말한 사람이 몇 사람이었죠?"

"세 사람이었습니다."

"그 뒤에는 본 사람이 없습니까?"

"없었습니다."

"고맙습니다. 안녕히 가십시오."

홈즈는 만족한 표정으로 자리에 돌아와 앉았다. 흥미 있는 일을 맡았을 때면 볼 수 있는 표정이었다.

"왓슨, 외출할 건가?"

"자네를 도울 일이 없으니까."

"그렇지. 하지만 일단 행동을 개시하면 자네의 도움이 필요하다네. 왓슨, 이 사건은 아주 흥미롭군. 독특하기도 하고. 자네, 외출하는 길에 브래들리의 가게에 들러 제일 독한 담배로 500그램만 배달해달라고 말해주겠나? 고맙네. 그리고 가능하다면 밖에서 일을 보다가 저녁때에나 돌아왔으면 하네. 그런 다음 오늘 아침 우리에게 맡겨진 이 흥미 있는 문제에 대해 의견을 나눌 시간을 갖는 것이 좋겠어."

나는 홈즈가 증거들의 세세한 부분들을 조사하고, 여러 가설들을 세운 뒤, 그것들을 서로 비교하고 판단하는 고도의 집중력을 필요로 하는 동안에는 아무 방해도 받지 않고 혼자 있어야 할 필요가 있다는 것을 알고 있었다. 그래서 클럽에서 시간을 보내다 저녁 9시경이 되어서야 베이커 가로 돌아왔다.

나는 문을 열었다가 불이라도 난 줄 알았다. 테이블 위에 있는 램프 불빛이 흐릿하게 보일 정도로 연기가 자욱했기 때문이다. 그러나 알고 보니 불이 난 것이 아니라 담배 연기였다. 그 연기가 얼마나 독했던지 기침이 절로 나왔다. 실내복을 입은 채 검정 도기 파이프를 입에 물고 안락의자에 앉아 있는 홈즈의 모습이 담배 연기 속에서 희미하게 보였다. 그의 주위에는 둘둘 말은 종이들이 널려 있었다.

"자네, 감기 걸렸나?"

홈즈가 물었다.

"아니, 이 탁한 공기 때문일세."

"그러고 보니 실내공기가 탁한 편이기는 한 것 같군."

"탁한 편이라구? 참기 힘든 정도라네, 이 사람아."

"그 정도라면 창문을 열게. 자네 하루 종일 클럽에 있었지?"

"대단하군!"

"내 말이 맞나?"

"맞아. 그런데 어떻게 알았지?"

홈즈는 나의 당황해하는 표정을 보고 웃었다.

"왓슨, 자네에게는 순진한 면이 있네. 그 때문에 내가 지닌 약간의 능력으로 자네를 놀라게 하면 아주 재미가 있다네. 소나기가 내려 질척거리는 날 외출을 나간 신사가 모자와 구두

에 얼룩 하나 없이 나갈 때와 다름없는 깨끗한 모습으로 저녁
에 돌아왔네. 당연히 하루 종일 한 곳에서만 가만히 머물러
있다가 온 것이라고 추측할 수가 있지. 그리고 그 신사한테는
친한 친구들도 많지 않아. 그렇다면 그 신사는 과연 어디에
다녀왔겠나? 뻔하지 않나?"

"글쎄, 뭐 그렇게 생각해볼 수도 있겠군."

"자네는 오늘 내가 어디에 있었다고 생각하나?"

"하루 종일 이곳에 있었겠지."

"아닐세. 나는 데번셔에 다녀왔네."

"몸이 다녀온 게 아니라 마음이 다녀왔을 테지?"

"그렇다네. 마음이 다녀오는 동안 몸은 이 의자에 남아 유감
스럽게도 커피 두 주전자를 마셨고 엄청난 양의 담배를 피워
댔지. 자네가 외출한 뒤 나는 스탬포드 상점에 사람을 보내 데
번셔의 지도를 구했네. 내 마음은 하루 종일 데번셔를 헤매고
다녔지. 그래도 어쨌든 길을 제대로 찾게 되어 기분이 좋네."

"대축적지도겠지?"

"맞다네. 매우 큰 지도지."

홈즈가 무릎 위에다 지도를 한 장 펼쳐놓았다.

"이곳이 우리가 관심을 두고 있는 지역이네. 가운데 있는
것이 배스커빌 저택이야."

"숲으로 둘러싸여 있군."

"맞아. 이름이 표기되지는 않았지만 여기가 오솔길 같아. 이 선을 따라 쭉 펼쳐져 있을 테지. 그리고 그 오른편이 황무지야. 건물들이 모여 있는 이곳이 모티머 선생의 거처가 있는 그림펜 마을일 테고. 반경 8킬로미터 안쪽에는 자네도 보다시피 흩어져 있는 인가가 몇 집 안되네. 그리고 여기가 모티머 선생이 아까 얘기했던 래프터 저택이야. 여기에 표시된 집은 내가 이름을 제대로 기억하고 있는지 모르겠지만, 스태플턴이라는 박물학자가 살고 있는 곳이겠지. 황무지에는 두 개의 농가가 있는데, 하이 토어와 파울마이어라네. 그리고 20킬로미터 떨어진 곳에 프린스타운 교도소가 있네. 여기 드문드문 흩어져 있는 점들 사이에는 사람이 살지 않는 황무지가 펼쳐져 있네. 이곳이 바로 그 비극의 무대야. 우리들이 활약해야 할 곳이지."

"썰렁한 곳이구만."

"그래. 이 사건에 딱 걸맞는 무대지. 악마가 정말로 인간세계의 일에 끼어들고자 했다면 말일세."

"악마라는 말을 하는 걸 보니 자네도 그 초자연주의적인 설명 쪽으로 마음이 쏠리고 있는 모양이군."

"악마가 피와 살을 가진 인간을 대리인으로 내세웠을지도 모르지. 안 그런가? 이 사건을 풀기 시작하려면 먼저 두 가지 문제를 생각해볼 필요가 있네. 하나는 이 사건이 평범한 사고가 아니라 범죄의 요소가 있는 사고인가 하는 것이고, 다른 하나는 범죄의 요소가 정말 있었다면 어떤 범죄이며 어떻게 저질러졌는가 하는 것이지. 물론 모티머 선생이 추측한 대로 이 사건이 과학의 범위를 넘어서는 것이라면 우리는 손을 떼야겠지. 하지만 그렇게 결론을 내리기 전에 다른 모든 가설들을 철저히 검토해봐야 하네. 왓슨, 이제 괜찮다면 창문을 다시 닫았으면 좋겠는데. 밀폐된 공간이라야 정신집중이 잘 되니 어쩌겠나. 그렇다고 해서 내가 무슨 상자 속에라도 들어가서 생각할 사람이라는 얘기는 아니네. 그나저나 자네는 이 사건에 대해 생각 좀 해보았나?"

"많이 생각해봤지."

"그래? 그렇다면 자네 생각 좀 말해보게나."

"뭐가 뭔지 혼란스럽기만 하네."

"이 사건은 확실히 독특한 사건이야. 다른 사건들과는 확실히 뭔가 틀려. 발자국 모양이 변한 것을 예로 들어보세. 거기에 대한 자네 생각은 어떤가?"

"찰스 경이 그 지점에서부터 발꿈치를 들고 걸었다는 게 모티머 선생의 말이었지 않았는가."

"모티머 선생은 어떤 멍청한 사람이 심리 때 한 진술을 그대로 다시 옮겼을 뿐이라네. 생각해보게. 산책을 하는데 발꿈치를 들고 걸어야 할 이유가 뭐가 있겠나?"

"그렇다면 발자국 모양이 바뀐 이유가 뭔가?"

"달리고 있었던 게지. 왓슨, 찰스 경은 절대절명의 위기를 맞아 필사적으로 달리다가 마침내 심장파열로 쓰러져 죽은 거야."

"왜 그렇게 달린 걸까?"

"그게 바로 문제지. 달리기 전에 찰스 경은 엄청난 공포에 휩싸여 있었음이 확실해."

"무슨 근거로 그렇게 확신하나?"

"찰스 경은 황무지를 가로질러 자신에게 다가오는 그 무언가를 보고 공포에 떨게 되었다는 것이 내 추측이네. 잔뜩 겁에 질린 경은 방향감각을 잃게 되어 배스커빌 저택 쪽으로 달려가는 대신 그 반대쪽으로 내달렸던 거지. 집시의 진술이 사실이라면, 찰스 경은 아무도 도와줄 사람이 없는 쪽을 향해 도와달라고 비명을 지르며 달려갔다는 얘기가 되네. 또 찰스 경이 그날 밤 누구를 기다리고 있었는지도 수수께끼야. 더구나 자신의 저택도 아니고 그 오솔길에서 말이지."

"찰스 경이 누군가를 기다리고 있었다고?"

"찰스 경은 늙고 몸도 약한 사람이었어. 저녁 산책을 하는 것이 습관이라고는 해도 그날은 땅도 젖어 있던 데다 날씨도 쌀쌀한 편이었네. 모티머 선생이 담뱃재를 보고 추론했던 것처럼, 찰스 경이 5~10분 정도 거기 서 있었던 이유는 무얼까? 아무튼 담뱃재로 그런 추리를 끌어낸 점에 대해서는 모티머 선생에게 높은 점수를 주고 싶네."

"하지만 그날도 여느 때와 다름없는 산책이 아니었을까?"

"그렇다고 찰스 경이 매일같이 황무지로 통하는 쪽문 앞에서 누군가를 기다렸다고 보기도 힘든 일 아닌가? 경이 평소에 황무지 쪽으로 가는 것을 꺼려 했다는 걸 보여주는 증거도 있어. 경은 그날 밤에 거기에서 누군가를 기다렸던 거야. 그 다음 날은 경이 런던으로 떠나기로 한 날이었구. 왓슨, 이젠 이 사건의 윤곽이 잡히는 것 같네. 내 바이올린 좀 건네주겠나? 내일 아침 모티머 선생과 헨리 배스커빌 경을 만날 때까지 이 사건에 대한 생각은 잠시 미뤄두기로 하세."

헨리 배스커빌 경

우리는 아침 식사를 일찌감치 마친 후 약속된 방문객을 기다리고 있었다. 우리의 손님들은 약속시간을 정확하게 지켰다. 시계가 10시를 치자 모티머 선생이 젊은 준남작과 함께 나타났다. 준남작 헨리 배스커빌 경은 키는 크지 않았으나 민첩해보였고 나이는 30세 가량 된 것 같았다. 검은 눈동자에 짙은 눈썹이 호전적이며 강인한 면을 보여주었다. 그는 붉은 트위드 정장을 입고 있었는데, 야외에서 많은 시간을 지낸 사람 특유의 햇볕에 그을린 얼굴을 하고 있었다. 그러나 침착한 눈빛에 조용하면서도 자신감에 가득 찬 태도에서는 신사다운 풍모가 느껴졌다.

"헨리 배스커빌 경이십니다."

모티머가 경을 소개했다.

"예, 제가 헨리 배스커
빌입니다. 홈즈 씨, 만약
이 친구가 오늘 아침 이곳
을 방문하자고 말하지 않
았더라도 아마 저 혼자 직
접 홈즈 씨를 찾아왔을 겁
니다. 물론 홈즈 씨는 여
러 사건들을 해결하느라
바쁘시겠지만, 오늘 아침
제 능력으로는 도저히 무
슨 영문인지 알 길 없는
이상한 일을 겪어서 말입니다."

"앉으시지요, 헨리 경. 런던에 도착해서 이상한 일을 겪으
셨다는 말씀입니까?"

"뭐 그렇게 큰 사건은 아닙니다, 홈즈 씨. 누군가 장난을
친 것이겠지요. 이걸 한번 보시겠습니까? 오늘 아침에 제가
받은 편지입니다. 이런 것도 편지라고 할 수 있는지 모르겠지
만 말입니다."

헨리 배스커빌이 탁자 위에 봉투를 올려놓자 우리 시선은
모두 그 봉투로 향했다. 보통 볼 수 있는 흔한 회색 봉투였다.
주소란에는 조잡한 필체로 '노섬버랜드 호텔, 헨리 배스커빌 경 귀하'라고 쓰여 있었고 '차링 크로스'라는 소인이 찍혀 있었는데, 날짜는 어제 저녁으로 되어 있었다.

"경이 노섬버랜드 호텔에 묵을 예정이라는 것을 아는 사람이 누가 있죠?"

홈즈가 날카로운 눈빛을 하고 헨리 경에게 물었다.

"아무도 없습니다. 모티머 선생을 만난 다음에 호텔을 결정했으니까요."

"모티머 선생은 이미 그 호텔에 묵고 계셨겠지요?"

"아닙니다. 저는 친구 집에 머물고 있었습니다."

모티머가 대답했다.

"저는 헨리 경이 그 호텔에 묵을 예정이라는 이야기를 어느 누구에게도 말하지 않았습니다."

"흠! 그렇다면 누군가 두 분의 행동에 깊은 관심을 가지고 있는 것 같군요."

홈즈가 봉투에서 반으로 접혀 있는 편지지를 꺼내어 탁자 위에 펼쳐놓았다. 편지 내용을 펜으로 적은 것이 아니라 인쇄된 활자를 대강 오려 붙여 문장을 만든 희한한 편지였다. 그 내용은 다음과 같았다.

자신의 삶이나 이성을 가치 있게 생각한다면 황무지에 접근하지 말라.

문장에서 황무지라는 단어만이 잉크로 쓰여 있었다.

"홈즈 씨, 도대체 이게 무슨 뜻이지요? 그리고 나의 일에 이렇게 관심이 많은 사람이 도대체 누구일까요?"

"모티머 선생, 당신 생각은 어떠십니까? 어쨌거나 이 사건에 초자연적인 존재 따윈 없다는 것을 인정하셔야겠습니다."

"그렇군요. 하지만 이 편지가 그 사건이 초자연적인 것이었다고 믿고 있는 사람이 보낸 것일 수도 있잖습니까?"

"도대체 무슨 말씀들을 하시는 거지요? 제 일인데도 여러분들이 저보다 훨씬 많이 알고 계신 것 같군요."

헨리 경이 묻자 홈즈가 대답했다.

"헨리 경, 이곳을 나가기 전에 틀림없이 다 말씀드리겠습니다. 하지만 경만 괜찮으시다면 지금은 이 흥미로운 편지에 대해서만 이야기를 하고 싶군요. 이 편지는 어제 만들어 보낸 것이 틀림없습니다. 왓슨, 자네 어제 일자 〈타임스〉를 가지고 있나?"

"이쪽 구석에 있네."

"번거롭게 하는 것 같아 미안하지만 그것 좀 가져다주겠나? 사설이 실려 있는 면이 있어야 해."

홈즈가 신문을 받아들고 빠르게 훑어보았다.

"자유 무역에 관한 사설이 있군. 제가 잠깐 읽어보겠습니다. '사람들은 보호관세를 실시하면 자신의 특수 무역이나

산업이 발달할 것이라고 생각하기 쉽다. 그러나 이성적으로 생각한다면 이와 같은 제도 때문에 결국 국가는 부에 접근하지 못하게 되고, 수입품의 가치는 하락되어, 전반적인 삶의 수준이 저하될 것이 분명하다.' 왓슨, 이 사설에 대해 어떻게 생각하나?"

홈즈가 만족스러운 표정으로 두 손을 비비며 물었다. 흐뭇한 모양이었다.

"좋은 내용 아닌가?"

모티머 선생은 관심이 있다는 듯한 표정이었고, 헨리 배스커빌 경은 무슨 말인지 모르겠다는 눈으로 나를 바라보았다.

"저는 관세 같은 종류의 것에 대해서는 잘 모릅니다. 그러나 지금 신문에서 읽어주신 내용이 이 편지와 관련이 있다고는 생각되지 않습니다만."

"아닙니다, 헨리 경. 그 반대예요. 아주 중요한 단서입니다. 여기 있는 내 친구 왓슨은 제가 사건을 해결하는 방법을 두 분보다 더 잘 알고 있지만, 이 친구도 이 문장의 중요성을 파악하지 못하고 있습니다."

"맞네. 나도 이 편지와 신문이 무슨 관련이 있는지 도무지 모르겠군."

"왓슨, 아주 밀접한 관련이 있지. '자신의, 삶, 이성, 가치, 생각한다면, 접근하지' 등의 단어들을 어디에서 잘라냈는지 아직도 모르겠나?"

"아, 정말 그렇군요! 여기서 잘라냈어요! 편지 작성자가 놀랍도록 교묘한 수법을 썼다고까지는 할 수 없지만, 아무튼 대단하군요, 홈즈 씨!"

헨리 경은 놀라움을 금치 못했다.

"그래도 아니라고 생각하신다면 '생각한다면'과 '접근하지 말라'가 한꺼번에 통째로 오려져 있다는 사실을 봐주시기 바랍니다."

"아, 예. 정말 그렇군요! 홈즈 씨, 홈즈 씨는 제가 생각했던 것보다 훨씬 더 뛰어나시군요."

모티머가 감탄해서 홈즈를 바라보며 말했다.

"그 단어들을 신문에서 오려 붙였다는 생각은 어렵지 않게 할 수 있을지 모르지만, 신문의 이름까지 밝혀내고 거기다 사설에서 오려낸 것까지 알아맞히시다니, 정말 놀랐습니다. 도대체 어떻게 알아내셨죠?"

"모티머 선생, 선생은 흑인의 두개골과 에스키모인의 두개골을 구별할 수 있지요?"

"물론입니다."

"왜 그렇다고 생각하십니까?"

"그 일이 제 취미이기 때문에 깊은 관심을 갖다보니 그렇게 되었지요. 흑인과 에스키모인들의 차이는 뚜렷합니다. 전두골의 상안과 안면각, 그리고……."

"저도 마찬가지입니다. 이것이 제 특별한 취미라는 말씀이죠. 활자들 사이의 차이는 뚜렷합니다. 세련되고 정연한 〈타임스〉의 활자와 조잡한 싸구려 석간신문의 활자 사이의 차이는 흑인의 두개골과 에스키모인의 두개골 사이에서 선생이

느끼는 차이만큼 분명합니다. 활자에 대한 지식은 범죄전문
가라면 누구나 갖추어야 할 기본 사항이지요. 물론 나도 젊었
을 땐 〈리드머큐리〉와 〈웨스턴 모닝 뉴스〉를 혼동했었지만
말입니다. 〈타임스〉의 사설 활자는 아주 독특하기 때문에 이
단어들을 거기에서 오려냈다는 것을 알 수 있지요. 또 이 편
지가 어제 작성된 것이니 어제 날짜의 신문을 사용했을 가능
성이 아주 높았습니다."

"홈즈 씨, 그러니까 누군가가 이 문장을 가위로 오려내
어……."

"손톱용 가위를 써서 말입니다. 여기 '접근하지 말라'라는
단어에 오려낸 자국이 두 번 있는 것을 보실 수 있을 겁니다.
이걸로 보아 날이 아주 짧은 가위라는 것을 알 수 있지요."

"그렇군요. 그렇다면 누군가가 이 문장을 날이 짧은 가위
로 오려내어 풀로 붙인……."

"고무풀이죠."

"고무풀을 사용해 종이에 붙였군요. 그런데 왜 황무지라는
단어는 직접 썼을까요?"

"그 단어가 활자화된 것을 찾지 못했기 때문이지요. 다른
단어들은 모두 자주 쓰이는 말이라서 활자매체에서 쉽게 찾을
수 있지만, 황무지라는 단어는 그리 흔히 쓰이지 않으니까요."

"그런 설명도 가능하겠군요. 그밖에도 이 문장을 통해서

알아낼 수 있는 게 또 뭐가 있을까요, 홈즈 씨?"

"편지 작성자가 단서를 없애려고 무척 애를 쓰긴 했지만 한두 가지 표시가 더 있습니다. 보다시피 주소는 악필로 쓰여 있습니다. 그러나 〈타임스〉의 주된 독자층은 상당한 교육을 받은 지식층이지요. 따라서 이 편지는 무식한 사람으로 보여지길 원했던 한 교육받은 사람이 자신의 필적을 감추기 위해 악필로 작성한 것으로 볼 수 있습니다. 그 이유는 경께서 이 편지 작성자의 필적을 이미 알고 있거나, 아니면 앞으로 알게 될 가능성이 있기 때문일 겁니다. 또 종이 위에 단어들을 풀로 가지런히 붙인 것이 아니라 제멋대로 붙여놓았습니다. 예를 들어 '삶'이란 글자는 자기 위치에서 훨씬 위에 붙어 있지요. 이는 편지를 작성한 자가 조심성이 없는 사람이거나 아니면 급히 서둘렀기 때문일 수 있습니다. 나는 후자가 아닐까 하고 생각합니다. 왜냐하면 조심성이 없는 사람이 이런 편지를 만들었다는 건 별로 있을 법하지 않기 때문입니다. 만약 편지 작성자가 서둘렀다면, 왜 그처럼 서둘러야 했는지 그 이유도 흥미로운 문제라 할 수 있습니다. 편지를 아침 일찍 부친다면 어차피 헨리 경이 호텔을 떠나기 전에는 받아볼 수 있었을 겁니다. 그렇다면 작성자는 서둘러 편지를 작성하는 중에 누군가 방해를 할까 두려워했던 것은 아닐까요? 과연 누구의 방해를 받을 것을 두려워했을까요?"

"이제부터는 추리력을 발휘해야 할 때인 것 같군요."

모티머가 말했다.

"추리력이라기보다는 여러 가지 가능성을 비교 검토해보고 가장 합당한 것을 선택하는 영역이라고 해야겠죠. 사건 해결을 위한 물리적 단서는 항상 존재하게 마련입니다. 그러한 단서를 통해 과학적인 상상력을 동원해야 하겠지요. 추리라고 말씀을 하셨지만, 나는 이 주소를 쓴 장소가 호텔이라고 거의 확신합니다."

"무슨 근거로 그런 확신을 하십니까?"

"주소를 자세히 살펴보면, 편지 작성자가 펜과 잉크 때문에 애를 먹었다는 걸 알 수 있습니다. 펜이 잘 써지지 않아서 한 단어를 두 번이나 써야 했고, 이 짧은 주소를 쓰는 데도 잉크를 세 번이나 찍어야 했습니다. 이건 잉크병에 잉크가 별로 없었다는 것을 의미합니다. 호텔이 아니라 집안에서라면 얼마든지 펜이나 잉크를 보충할 수 있었을 것입니다. 더욱이 펜과 잉크가 동시에 그렇게 문제를 일으킨다는 것은 집에서는 특히 드문 일이지요. 그러나 여러분들도 아시다시피 호텔에 비치되어 있는 잉크와 펜은 별로 좋은 것이 아닙니다. 다른 것을 구할 방법도 없었을 겁니다. 제 생각엔 차링 크로스 근처 호텔들의 쓰레기통을 뒤져 조각조각 오려진 〈타임스〉를 찾아낸다면, 이 알 수 없는 편지를 보낸 사람을 밝혀낼 수 있

을 것 같습니다. 그런데 이건
뭐지?"

홈즈가 편지를 눈에 바짝
갖다대고 주의 깊게 살폈다.

"뭔가?"

"아무것도 아니네."

편지를 다시 내려놓으며
홈즈가 말했다.

"이건 투명무늬조차 없는
백지야. 이 희한한 편지에서
는 이제 더 이상 캐낼 것이

없을 것 같군. 그런데 헨리 경, 런던에 도착한 이후로 또 다른
특이한 경험을 겪지는 않으셨습니까?"

"글쎄요, 뭐 특별한 것은 없었습니다."

"누군가로부터 미행을 당하거나 감시당하는 느낌이 들지
는 않았습니까?"

"마치 내가 탐정소설 속의 인물이라도 된 것 같은 기분이
군요. 도대체 누가 무엇 때문에 나를 미행하고 감시한단 말입
니까?"

"우리도 그 점이 궁금해서 말씀드리려고 했습니다만, 그
전에 먼저 경께서 뭔가 이야기해주실 만한 특이사항 같은 것

은 없습니까?"

"글쎄요, 이런 것도 특이사항이라고 이야기 거리가 될지 모르겠지만……."

"사람들이 일상생활에서 보통 겪는 일이 아니라면 충분히 이야기할 만한 가치가 있지요."

헨리 경이 미소를 지으며 말했다.

"저는 지금까지 대부분의 세월을 미국과 캐나다에서 보냈기 때문에 영국의 일상에서 보통 겪는 일이 어떤 것인지는 아직 잘 모릅니다. 그러나 구두 한 짝을 잃어버린 일이 영국의 일상에서 보통 겪는 일은 아니겠지요?"

"구두 한 짝을 잃어버리셨다구요?"

모티머가 말했다.

"헨리 경, 구두야 어딘가에 있겠지요. 호텔로 돌아가시면 언제 그랬냐는 듯 멀쩡하게 제자리에 놓여 있을 것입니다. 그런 사소한 일에 홈즈 씨가 신경쓰도록 해서는 안 되죠."

"좀 이상한 일이라면 어떤 것이든 얘기하라고 하시니 드린 말씀입니다."

"그렇습니다. 아무리 사소한 일이라도 괜찮으니 말씀해주십시오. 그러니까 구두 한 짝을 잃어버렸단 말씀입니까?"

"네, 맞습니다. 어젯밤에 구두를 벗어 문 밖에 내다놓았는데, 아침에 보니 한 짝만 있더군요. 그래서 구두 닦는 아이에게 물어봤지만 자기도 모르겠다는 겁니다. 어젯밤에 스트랜드에서 새로 사서 한 번도 신지 않은 건데 정말 아깝게 됐습니다."

"한 번도 신지 않았다면 닦을 필요가 없었을 텐데 왜 밖에다 내놓으셨죠?"

"그 신발은 무두질한 가죽 구두라 광을 전혀 내지 않았습니다. 그래서 밖에다 내놓았죠."

"그렇다면 어제 런던에 도착하자마자 바로 나가서 구두 한 켤레를 사신 모양이군요?"

"어제 이것저것 물건을 꽤 많이 샀지요. 여기 계신 모티머 선생과 함께 다녔어요. 제가 지방의 유지가 되려면 그에 걸맞는 옷차림을 갖춰야 한다고 생각했습니다. 비록 과거에는 그런 데에 신경을 쓰고 살지 않았더라도 말입니다. 그래서 산 구두였는데 그만 한 짝을 잃어버리게 된 거지요. 6달러나 주고 산 건데 신어보기도 전에 도둑맞고 말았습니다."

홈즈가 말했다.

"구두 한 짝을 훔쳐서 어디 쓸 데도 없었을 텐데 이상하군요. 하지만 모티머 선생의 말처럼 곧 찾게 되겠지요."

준남작이 씩씩하게 말했다.

"자, 이제 제가 겪은 이상한 일을 다 말씀드렸습니다. 그러니 약속대로 여러분들도 제게 사건의 자초지종을 전부 설명해주시기 바랍니다."

"당연히 그래야 하겠지요."

홈즈가 대답했다.

"모티머 선생, 우리에게 어제 들려주신 대로 경에게도 직접 말씀드리는 것이 가장 좋을 듯싶군요."

홈즈의 권유에 모티머는 어제 아침에 우리에게 했던 대로 주머니에서 서류를 꺼내 읽으며 사건의 전모를 들려주었다. 헨리 배스커빌 경은 열심히 듣고 있다가 가끔씩 놀라움에 탄식을 하기도 했다.

"그러니까 저는 재산뿐 아니라 저주도 함께 물려받게 된 셈이군요."

모티머의 설명을 다 듣고 나서 헨리 경이 말했다.

"물론 그 사냥개에 대해서는 저도 아주 어렸을 때부터 들어왔습니다. 오래 전부터 집안에 전해 내려오는 이야기였지만 심각하게 생각하지는 않았지요. 그렇지만 숙부의 죽음에 대해서는……. 머릿속이 온통 뒤죽박죽이라 아직 잘 모르겠습니다. 여러분들도 이번 사건이 경찰이 나서야 할 사건인지 아니면 성직자가 나서야 할 사건인지 아직 결정하지 못하신 것 같습니다만."

"그렇습니다."

"그런 와중에 의문의 편지 배달 사건이 발생한 것이군요. 제가 보기에는 이 편지 사건도 뭔가 관련이 있는 것 같습니다."

"혹시 황무지에서 일어난 일에 대해 우리보다 더 깊은 내막을 알고 있는 사람이 있는 것이 아닐까요?"

모티머가 말했다.

"편지를 보낸 사람은 경에게 위험을 경고한 것으로 보아 경에게 악의를 품고 있는 사람은 아닌 것 같습니다."

"아니면 다른 목적이 있어 경을 겁주어 쫓아버리려고 하는지도 모르지요."

"물론 그럴 수도 있습니다. 아무튼 모티머 선생, 이렇게 흥미 있는 사건을 접하게 해주셔서 정말 고맙습니다. 그건 그렇고, 지금은 헨리 경이 배스커빌 저택에 들어가는 것이 괜찮은가에 대해 결정을 내려야 합니다."

"그곳에 제가 가지 말아야 할 이유라도 있나요?"

"위험할 수도 있어요."

"우리 집안의 악마 때문에 위험하다는 겁니까, 아니면 사람 때문에 위험하다는 겁니까?"

"글쎄요. 그것을 우리가 알아내야 하죠."

"위험한 것이 악마든 인간이든 간에 저는 결정했습니다. 홈즈 씨, 세상에 악마는 없습니다. 그리고 이 세상의 그 누구도 제가 저희 조상 대대로 내려오는 저택으로 들어가는 것을 막을 수는 없을 겁니다. 이것이 제가 내린 최종 결론이라고 보시면 됩니다."

헨리 경이 얼굴이 벌겋게 상기된 채 짙은 눈썹까지 움직이며 말했다. 배스커빌 가문의 불 같은 기질을 이 마지막 후손도 그대로 물려받은 것이 분명했다.

"여러분들의 말씀을 잘 들었습니다만 생각해볼 시간이 없었군요. 이 사건이 이야기를 듣고 그 자리에서 바로 결정을 내릴 만한 성질의 사건은 아니라고 생각됩니다. 그래서 혼자 조용히 생각할 수 있는 시간을 가졌으면 하는데요. 홈즈 씨, 저는 모티머 선생과 함께 호텔로 돌아가려고 합니다. 지금 시간이 11시 30분이군요. 어떻습니까, 두 분과 함께 2시에 점심 식사를 했으면 하는데요. 그때쯤이면 이 사건에 대한 제 생각도 정리가 되어 좀더 분명하게 말씀드릴 수 있을 겁니다."

"어떤가, 왓슨?"

"나는 괜찮아."

"좋습니다, 헨리 경. 그때 뵙도록 하지요. 마차를 불러드릴까요?"

"아니오. 생각을 정리도 할 겸 걷는 게 낫겠습니다."

"저도 함께 걷겠습니다."

모티머가 말했다

"그러면 2시에 다시 뵙겠습니다. 안녕히 계십시오!"

두 손님이 계단을 내려가는 소리와 현관문이 닫히는 소리가 들렸다. 그 순간 홈즈는 느릿느릿한 몽상가에서 빠릿빠릿한 활동가로 돌변했다.

"모자도 챙기고 신발도 신게, 왓슨! 서둘러야 해. 꾸물거릴 시간이 없네!"

홈즈는 방으로 뛰어들어가 순식간에 프록코트로 갈아입고 나왔다. 우리는 급히 계단을 내려가 거리로 나섰다. 모티머와 헨리 경이 약 200미터 정도 앞에서 옥스퍼드 가를 향해 걸어가고 있었다.

"뛰어가서 저 사람들을 잡을까?"

"무슨 소린가, 왓슨. 지금 내 옆에는 자네만 있으면 되네. 마차를 타지 않고 걷다니. 우리 손님들은 참 현명한 선택을 했군. 산책하기에 딱 좋은 화창한 날씨 아닌가?"

홈즈는 발걸음을 재촉하여 상대방과 약 100미터 정도의 거리를 유지한 채, 옥스퍼드 가를 지나 리젠트 가로 가는 그들을 계속 미행했다. 두 사람이 상점 앞에 멈춰서 진열장을 들여다보면, 홈즈도 그들과 같은 행동을 했다.

얼마 후 홈즈는 무엇이 기쁜지 작은 목소리나마 환성을 올렸다. 그는 길 반대편에 있는 이륜마차를 열심히 보고 있었는데, 그 안에는 한 남자가 타고 있었고 멈춰서 있다가 앞으로 서서히 출발하고 있었다.

"저 사람이야, 왓슨! 최소한 얼굴이라도 확실히 봐두자고."

그 순간 나는 누군가가 우리를 날카롭게 바라보는 시선을 느꼈다. 검은 수염을 텁수룩하게 기른 남자가 그 마차 안에서 옆 창문을 통해 우리를 지켜보고 있었던 것이다. 우리를 알아차린 그가 얼른 마부에게 뭐라고 소리를 지르자 마차는 미친 듯이 리젠트 가를 달리기 시작했다.

홈즈가 다른 마차를 잡으려고 열심히 주변을 둘러보았지만 빈 마차는 전혀 보이지 않았다. 다급한 나머지 홈즈는 마차들이 물결을 이루어 오가고 있는 거리 한가운데로 뛰어들어가 맹렬히 추격하기 시작했다. 그러나 마차는 이미 사라져버린 뒤였다.

"아!"

홈즈가 마차들의 물결 사이를 헤치고 숨을 몰아쉬며 나타나 분하다는 듯이 내뱉었다.

"정말 운도 나쁘군. 멍청하게도 일을 그르쳤어. 왓슨, 자네가 정직한 사람이라면 내 성공담에 오늘 일도 꼭 기록해주게나!"

"그 남자는 누구였을까?"

"나도 모르겠네."

"염탐꾼이 아닐까?"

"글쎄. 우리가 들은 얘기를 종합해보면 헨리 배스커빌은 런던에 도착한 이후로 누군가에게 계속해서 미행당하고 있는 것만은 분명하네. 그렇지 않고서야 경이 노섬버랜드 호텔에 묵을 예정이라는 것을 어떻게 그리 빨리 알 수 있겠나? 누구인지는 모르지만 첫날부터 경을 미행했다면 둘째 날도 미행할 거라고 생각했네. 아까 모티머 선생이 문서를 읽는 동안 내가 두 번이나 창 밖을 살폈던 것을 자네가 알아챘는지 모르겠군."

"그랬었지."

"내가 거리를 어슬렁대는 사람이 있는지 내다보았지만 아무도 없었어. 지금 우리는 아주 영리한 자와 상대하고 있다네, 왓슨. 조사를 좀더 자세히 해보아야겠지만 나는 그자가 선의를 품고 있는지 악의를 품고 있는지는 아직도 잘 모르겠어. 그러나 어떤 음모가 있다는 느낌이 확실히 드는군. 우리 방문객들이 떠나자, 나는 그들을 미행하고 있는 자를 알아내려고 즉시 뒤를 따라나섰네. 그자는 아주 교활해서 걷지 않고 마차를 이용했지. 천천히 뒤를 밟거나 주위를 왔다갔다 해도 눈에 띄지 않을 뿐더러, 미행당하는 사람들이 갑자기 마차를 타더라도 놓치지 않고 계속 쫓아갈 수 있는 장점이 있네. 그러나 마차를 탈 때는 한 가지 단점도 있지."

"마부에게 의지해야 한다는 점이겠지."

"바로 그거야."

"아차, 마차번호를 알아두었어야 했는데!"

"이보게, 내가 아무리 오늘 일을 멍청하게 그르쳤어도 설

마 마차번호까지 놓쳤을 거라고 생각하지는 않겠지? 그자가
탄 마차 번호는 2704번이었네. 그렇지만 지금 당장은 마차번
호가 중요하지 않아."

"홈즈, 자네로서는 할 만큼 충분히 했어."

"그자가 탄 마차를 보자마자 즉시 모른 척 돌아서 다른 쪽
으로 걸어갔어야 했는데. 그리고 슬쩍 다른 마차를 타고 적당
한 거리를 두면서 그 마차를 뒤따라갈 걸 잘못했어. 노섬버랜
드 호텔로 미리 가서 기다리고 있는 편이 나았을 수도 있고.
정체 모를 그자가 배스커빌 경의 뒤를 밟는 동안 우리도 그자
를 역이용해서 행방을 알아낼 수 있는 기회였는데, 그만 들뜬
기분으로 어설프게 행동하는 바람에 놀랍도록 민첩하고 기민
한 상대를 아깝게 놓치고 말았어."

우리가 이런 대화를 나누면서 리젠트 가를 천천히 걸어가
고 있는 동안, 모티머와 헨리 경은 어느 새 사라져 보이지 않
았다.

"이제 우리 방문객들의 뒤를 쫓을 필요가 없군. 우리가 놓
쳐버린 미행자는 다시 돌아오지 않을 테니 말일세. 이제 전열
을 정비하고 다시 시작해야겠지. 자네, 마차 안에 있던 사람
의 얼굴을 확실히 보았나?"

홈즈가 물었다.

"수염을 덥수룩하게 길렀던 것은 확실히 보았네."

"나도 그렇다네. 하지만 아마 그 수염은 가짜였을 거야. 그렇게 용의주도한 자가 수염을 텁수룩하게 길러 눈에 띄게 했겠나? 변장할 목적이 아니고서는 그러지 않았겠지. 자, 저리로 들어가세, 왓슨!"

홈즈는 어느 심부름센터로 들어갔고, 안에서 관리인이 그를 반갑게 맞이했다.

"아, 윌슨! 내가 다행히도 자네를 도울 수 있었던 그 사건을 잊지 않았겠지?"

"그럼요, 선생님. 그걸 어떻게 잊겠습니까? 선생께서 제 명예를 지켜주시고 목숨까지도 구해주신 거나 마찬가지인데요."

"그런 말은 하지 말게. 그 정도는 아니야. 윌슨, 부탁이 있어 왔는데, 자네가 데리고 있는 애들 중에 카트라이트라는 아이가 있었지? 일솜씨가 돋보였던 아이였는데."

"예, 선생님. 지금도 여기서 일합니다."

"그 아이를 좀 불러주겠나? 고맙네! 그리고 이 5파운드 지폐를 잔돈으로 바꿔줬으면 하네."

잠시 후 영리한 얼굴을 한 14세 소년이 관리인의 부름을 받고 나왔다. 소년은 존경하는 눈빛으로 이 유명한 탐정을 바라보며 서 있었다.

"호텔 명부 좀 가져다주겠나?"

홈즈가 말했다.

"고맙다! 자, 카트라이트, 여기 23개의 호텔이 있다. 모두 차링 크로스 병원 주위에 있는 호텔들이야."

"예."

"이 호텔들을 차례로 모두 찾아가는 거야."

"예."

"먼저 호텔 문 밖에 서 있는 포터에게 1실링씩 주도록 하거라. 자, 여기 23실링."

"알겠습니다."

"돈을 준 다음에 어제 나온 폐지를 살펴보고 싶다고 하거라. 중요한 전보가 잘못 배달되어 그걸 찾아야 하기 때문이라고 하면서 말야."

"예, 알겠습니다."

"네가 진짜 찾아내야 할 것은 가위로 오려낸 흔적이 있는 〈타임스〉의 사설이 실린 쪽이다. 이게 그 견본이야. 어때, 쉽게 알아볼 수 있겠지?"

"그럼요."

"네가 호텔 포터에게 이렇게 부탁을 하면 그 사람은 호텔 안에서 근무하는 자를 부를 게다. 그에게도 1실링씩 주거라. 여기 23실링이 더 있다. 아마 23개 호텔 중 20개 정도에서는 전날의 폐지를 소각했거나 치웠을 거야. 나머지 3곳 정도에서는 네가 쓰레기더미를 뒤져봐야 할 것이고. 샅샅이 뒤져서 아까 말한 〈타임스〉를 찾는 거다. 쉽지는 않을 거야. 혹시 무슨 일이 생길지도 모르니 10실링을 더 주마. 저녁 전까지 베이커 가로 전보를 쳐서 결과를 알려다오. 자, 왓슨, 이제 전보를 쳐서 2704번 마부의 신원을 알아내도록 해야겠군. 본드 가에 있는 화랑에서 약속시간까지 시간이나 때우세."

끊어진 희망의 끈

　셜록 홈즈는 하나에 몰입해 있다가 금방 그것을 잊고 다른 쪽에 몰입할 수 있는, 그야말로 놀라울 정도로 자기 정신을 분리시킬 수 있는 능력을 지녔다. 두 시간 동안, 우리를 고민하게 만들던 그 희한한 사건을 금방 잊은 채 홈즈는 현대 벨기에 거장들의 그림에 흠뻑 빠져 있었다. 그는 화랑을 나와 노섬버랜드 호텔에 도착할 때까지도 미술에 대해서만 얘기했는데, 사실 그림에 대해 그렇게 깊은 지식을 가진 편은 못되었다.

　"헨리 배스커빌 경이 위층에서 기다리고 계십니다."

　호텔의 안내인이 우리를 맞았다.

　"선생님들이 오시면 즉시 안내하라고 말씀하셨습니다."

　"숙박부를 좀 보아도 괜찮겠습니까?"

홈즈가 물었다.

"물론입니다."

숙박부에는 헨리 배스커빌 경 이름 밑으로 두 사람의 이름이 더 적혀 있었다. 한 사람은 뉴캐슬에서 온 테오필루스 존슨과 그 가족이었고, 또 한 사람은 하이 로지에서 온 올드모어 여사와 하녀 앨튼이었다.

"이 사람은 내가 알고 있는 그 존슨이 틀림없을 거야."

홈즈가 호텔 직원에게 물었다.

"이분 혹시 백발에 다리를 약간 저는 변호사분이 아닙니까?"

"아닙니다, 선생님. 이분은 탄광을 경영하시는 아주 활달하신 신사분으로 연배도 선생님과 비슷하십니다."

"확실한가요?"

"확실합니다. 오랫동안 저희 호텔을 이용해오신 단골이기 때문에 잘 알고 있지요."

"그렇군요. 그리고 올드모어 여사라……. 이 이름도 어디서 많이 들어본 이름인데요. 자꾸 귀찮게 해서 미안합니다만, 이렇게 누굴 만나러 왔다가 아는 사람을 찾게 될 수도 있지 않겠습니까?"

"올드모어 여사님은 건강이 조금 안 좋으십니다. 그분 부군께서 예전에 글로세스터의 시장을 지내셨지요. 부인께서는 런던에 오실 때면 항상 저희 호텔을 찾아주십니다.”

“고맙습니다. 그분도 내가 아는 사람이 아닌 것 같군요. 그
럼 수고하십시오.”

계단을 올라가면서 홈즈가 조그만 목소리로 내게 말했다.

“왓슨, 호텔 직원을 통해 중요한 한 가지 사실을 확인하였
네. 헨리 배스커빌 경에게 그토록 깊은 관심을 가지고 있는
자들이 이 호텔에 묵고 있지 않다는 사실일세. 경을 눈에 띄
지 않게 몰래 감시하고 있다는 뜻이지. 거기에는 중요한 의미
가 숨어 있어.”

“중요한 의미라고?”

“그게 뭐냐 하면…… 아니, 헨리 경, 무슨 일이십니까?”

계단을 거의 다 올라와 방으로 가려는데 헨리 배스커빌 경
이 밖에 나와 있었다. 얼굴이 벌건 것이 무엇에 단단히 화가
난 모양으로, 한 손에는 먼지가 덮인 낡은 구두 한 짝을 들고
있었다. 그가 얼마나 화가 났는지 처음에는 말도 못할 정도였
는데, 잠시 후 입을 열자 아침에 들었던 것보다 훨씬 심한 서
부 지역 사투리가 튀어나왔다.

“이 몹쓸 호텔이 저를 완전히 가지고 놀지 뭡니까? 사람을
완전히 잘못 봤지, 계속 이런 식이면 뜨거운 맛을 보여줄 거
요! 없어진 구두 한 짝을 찾아 대령하지 않으면 큰코 다칠 겁
니다. 홈즈 씨, 제가 웬만하면 장난을 받아주는 성격입니다

만, 이것은 정도가 좀 지나칩니다."

"아니, 아직도 구두를 찾고 있습니까?"

"예, 꼭 찾아내고 말 겁니다."

"잃어버린 게 새로 산 갈색 구두라고 하지 않으셨나요?"

"맞습니다. 그런데 지금 또 낡은 검정 구두가 없어졌습니다."

"예? 구두를 또 잃어버리셨다구요?"

"글쎄 그렇다니까요. 제가 가진 구두가 세 켤레였습니다. 하나는 새로 산 갈색 구두, 다른 하나는 낡은 검정 구두, 그리고 지금 신고 있는 에나멜 가죽 구두, 이렇게 말입니다. 그런데 어젯밤에 갈색 구두 하나를 가져가더니 오늘은 검정 구두 한 짝을 집어갔지 뭡니까?"

헨리 배스커빌 경은 이번에는 호텔의 직원을 보더니 벌컥 화를 냈다.

"어이, 내 구두 찾았나? 내 구두 찾았냐고!"

"죄송합니다, 손님. 샅샅이 물어보고 다녔지만 보았다는 사람이 없군요."

"어쨌든 저녁까지 구두를 찾아다놓지 않으면, 지배인에게 당장 이 호텔에서 나가겠다고 말하겠소."

"꼭 찾아다 드리겠습니다, 손님. 조금만 기다리시면 꼭 찾아다 드리겠습니다."

"그 구두가 마지막이야. 내 다시 이 도둑놈 소굴에서 물건을 잃어버리나 봐라. 홈즈 씨, 별것 아닌 일로 이렇게 안 좋은 모습을 보여드려서 죄송합니다."

"아, 괜찮습니다. 저라도 화가 났을 거예요."

"홈즈 씨의 표정을 보니 이 일이 이번 사건과 무슨 관련이라도 있는 것 같군요."

"경께서는 이 일을 어떻게 생각하십니까?"

"정말 이렇게 희한한 일은 처음입니다."

"그러실 테지요."

"홈즈 씨는 어떻게 생각하십니까?"

"저도 잘 모르겠습니다. 아주 복잡한 사건이라서 말이에요. 찰스 경의 죽음까지 범위를 넓혀 생각해보면, 내가 처리했던 중요한 500여건의 사건 중에서도 이렇게 어려운 사건은 없었던 것 같습니다. 그렇지만 우리는 몇 가지 실마리를 잡고 있으니 그것을 통해 진실을 밝혀낼 수 있을 겁니다. 엉뚱한 걸 따라가다가 시간을 허비하게 될지도 모르지만, 그래도 곧 진실에 도달할 수 있을 것입니다."

모두들 즐겁게 점심 식사를 했다. 식사를 하는 중에는 아무도 이 사건에 관한 이야기를 꺼내지 않았다. 식사가 끝나고 거실에 모여서야 홈즈는 헨리 경에게 어떻게 할 의향인지 물었다.

"배스커빌 저택으로 들어가야지요."

"언제쯤 가실 겁니까?"

"이번 주말쯤에 갈 생각입니다."

"잘 생각하셨습니다. 여러 증거로 볼 때 경이 미행당하고 있는 것은 확실합니다. 그러나 수백만 명이 살고 있는 이 거대한 도시에서 미행자를 찾아내 그 목적을 알아내기란 쉬운 일이 아니지요. 그들이 나쁜 의도를 가지고 있다면 경에게 해를 끼칠 것이고, 우리가 그것을 막아내기는 쉽지 않습니다. 모티머 선생, 오늘 아침 저희 집을 나섰을 때부터 두 분이 누군가에게 미행당했다는 것을 모르고 계셨죠?"

모티머 선생은 깜짝 놀랐다.

"미행을 했다구요? 누가 말입니까?"

"안타깝지만 저희도 누군지 모릅니다. 다트무어에 사는 이웃이나 아는 사람 중에 검은 수염을 텁수룩하게 기른 사람이 있습니까?"

"없는데요. 아, 생각해보니 찰스 경의 집사 배리모어가 그렇군요."

"그래요? 배리모어라는 사람은 지금 어디서 무슨 일을 하고 있습니까?"

"배스커빌 저택을 관리하고 있지요."

"그 사람이 정말로 거기에 있는지 아니면 혹시라도 런던에 와 있는지 확인해봐야겠습니다."

"어떻게 말씀입니까?"

"전보용지에다가 '헨리 경을 맞을 준비는 다 되었습니까?'라고만 써서 배스커빌 저택의 배리모어 앞으로 보내십시오. 그곳에서 가장 가까운 전신국이 어디지요? 그림펜이라고요? 그렇다면 그림펜의 우체국장에게도 전보를 보내십시오. 이렇게 쓰시면 됩니다. '배리모어 씨 앞으로 보낸 전보는 본인에게 직접 전달해줄 것. 만약 배리모어 씨가 부재중이라면 노섬버랜드 호텔 헨리 배스커빌 경에게 반송바람.' 그러면 배리모어가 데번셔에서 제자리를 지키고 있는지 아닌지 저녁이 되기 전에 알 수 있을 겁니다."

"그렇군요. 그런데 모티머 선생, 배리모어는 어떤 인물이지요?"

헨리 배스커빌 경이 물었다.

"지금은 고인이 된 늙은 집사의 아들입니다. 배리모어까지 지금 4대째 저희 배스커빌 저택을 관리하고 있지요. 제가 알기로는 배리모어 부부는 선량한 사람들입니다. 그 지방 사람들이 대개 그렇지만 말이죠."

"배스커빌 저택에 주인이 살지 않는다면 그 사람들이야 그 큰 저택에서 별로 하는 일 없이 지내도 되는 거 아닙니까?"

"그야 그렇지요."

"찰스 경이 배리모어 앞으로도 유산을 남겼습니까?"

홈즈가 물었다.

"배리모어 부부 앞으로 각각 500파운드를 남기셨습니다."

"아! 그렇군요. 본인들도 그 사실을 알고 있습니까?"

"예. 찰스 경이 생전에 유언 내용에 대해 자주 언급했으니까요."

"아주 흥미로운 얘기군요."

"찰스 경에게 유산을 받았다고 해서 무조건 의심하지는 말기 바랍니다. 찰스 경은 제 앞으로도 1,000파운드를 남기셨으니까요."

"그렇군요! 유산을 받은 사람이 또 누가 있지요?"

"개인들도 있고, 그밖에 공공 자선단체에도 상당한 금액을 남겼습니다. 그 나머지는 헨리 경에게 돌아가지요."

"나머지가 얼마나 됩니까?"

"74만 파운드입니다."

엄청난 거액에 홈즈가 깜짝 놀랐다.

"그렇게 어마어마한 금액일 줄은 몰랐습니다."

"찰스 경이 부자라고 알려지기는 했지만, 재산을 실제로 조사해보기 전까지는 저조차도 그가 얼마나 부자인지 몰랐습니다. 재산 총액이 무려 100만 파운드에 달했습니다."

"굉장하군! 그 정도 재산이라면 필사적으로 매달릴 만하겠군요. 모티머 선생에게 하나 더 묻겠습니다. 기분 나쁜 가정이지만 양해해주시기 바랍니다. 여기 계시는 헨리 배스커빌 경에게 혹시라도 무슨 일이 생기면, 그때는 누가 그 재산을 상속받게 됩니까?"

"찰스 경의 막내 동생인 로저 배스커빌 경이 결혼하지 않고 죽었기 때문에 먼 사촌뻘 되는 데스몬드 가에서 상속받게 됩니다. 제임스 데스몬드는 웨스트모랜드에 살고 있는 나이 지긋한 목사님입니다."

"감사합니다. 자세한 이야기를 들어보니 상당히 흥미를 느끼게 되는군요. 제임스 데스몬드 씨를 만나보신 일이 있나요?"

"예. 예전에 그분이 찰스 경을 만나러 왔을 때 만났지요. 외모에서부터 훌륭하신 인품을 지닌 분이라는 것을 알 수 있을 정도였지요. 성자 같은 삶을 사는 분이었습니다. 찰스 경이 도움을 주려고 했지만 그분은 끝내 거절하셨던 것으로 기억합니다."

"그렇게 소박하게 사시는 분이 찰스 경이 남기신 엄청난 재산의 상속자가 된다는 거로군요?"

"유언에 따라 그렇게 되겠지요. 또한 헨리 배스커빌 경께서 유언장을 변경하지 않는다면 영지뿐 아니라 현금도 받게 됩니다."

"그러면 헨리 경은 유언장을 작성하셨나요?"

"못했습니다, 홈즈 씨. 어제서야 일이 돌아가는 상황을 알게 되었기 때문에 시간이 없었습니다. 그러나 어쨌든 재산과 작위와 영지가 함께 상속되어야 한다는 것이 제 생각입니다. 그것이 숙부님의 유지를 받드는 길입니다. 재산이 충분치 않다면 영지의 주인이 어떻게 배스커빌 가문의 명예를 회복할 수 있겠습니까? 저택, 토지, 재산은 분리되지 않고 모두 함께 가야 합니다."

"지당하신 말씀이십니다. 그런데 헨리 경, 나도 경이 서둘러 데번셔로 가는 것이 바람직하다고 생각합니다만, 누군가와 동행해야지 경 혼자 가시면 안 됩니다."

"모티머 선생이 저와 함께 갈 겁니다."

"그렇기는 하지만 모티머 선생께서는 진료도 봐야 하고, 또 집도 경의 저택에서 멀리 떨어져 있습니다. 도와주고 싶어도 어쩔 수 없을 경우가 있다는 말씀입니다. 경에게는 항상 곁에서 경을 지켜줄 믿을 만한 사람이 필요합니다."

"그렇다면 홈즈 씨가 직접 와주시면 안 될까요?"

"사태가 급박하다면 저도 꼭 현장에 있고 싶습니다. 하지만 맡고 있는 사건과 업무가 워낙 많다보니 오랫동안 런던을 떠나 있을 수가 없습니다. 사실 지금도 영국에서 가장 존경받는 유명 인사의 공갈협박사건을 맡아 무척 바쁜 상태입니다. 그분은 공갈범들의 협박으로 명예가 훼손되었는데, 그 고약한 추문들을 가라앉힐 수 있는 사람은 저뿐입니다. 그러니 제가 다트무어에 갈 여건이 도저히 안 되지요."

"그러면 누구 추천해줄 만한 사람이라도 있는지요?"

홈즈는 나를 추천했다.

"이 친구가 허락만 한다면, 경이 위기에 처했을 때 도움이

되어줄 사람으로 이만한 적임자도 없을 겁니다. 그 점은 제가 보증할 수 있습니다."

홈즈의 말에 나는 깜짝 놀랐다. 그러나 내가 미처 무슨 말을 하기도 전에 헨리 배스커빌 경이 내 손을 꼭 잡더니 말했다.

"오, 왓슨 박사님, 정말 감사드립니다. 박사님은 제 사정과 이 사건에 대해 잘 알고 계시니 정말 적임자라는 생각이 드는군요. 박사께서 배스커빌 저택에 함께 가셔서 저를 도와주신다면, 그 은혜는 절대 잊지 않겠습니다."

모험은 항상 나를 매료시키는데다가, 홈즈가 찬사를 늘어놓고 헨리 경까지 그렇게 바라니 기분이 나쁘지는 않았다.

"기꺼이 가겠습니다. 이렇게 보람된 일이 어디 또 있겠습니까?"

"왓슨, 자네는 나한테 상황을 자세히 알려줘야 하네."

홈즈가 말했다.

"긴급 상황이 닥치면 어떻게 해야 할지 알려주겠네. 헨리 경, 토요일까지는 준비가 모두 끝나겠지요?"

"왓슨 박사님은 어떻습니까?"

"저는 괜찮습니다."

"그럼 특별한 일이 없다면 토요일에 패딩턴발 10시 30분 기차를 타는 승강장에서 보는 걸로 하겠습니다."

우리가 떠나려고 자리에서 일어서는데, 헨리 배스커빌 경이 환성을 지르며 방 한쪽에 있는 옷장 구석에서 갈색 구두 한 짝을 끄집어냈다.

"잃어버렸던 구두예요!"

홈즈가 말했다.

"이번 사건도 이렇게 쉽게 해결되었으면 좋겠습니다."

"찾은 건 다행인데 이상한 일이군요."

모티머가 말했다.

"점심 식사 전에 제가 이 방을 샅샅이 뒤졌는데 그때는 없었습니다."

"저도 전부 뒤져봤는데, 그때는 틀림없이 구두가 없었습니다."

헨리 경이 말했다.

"우리가 식사하고 있는 동안 웨이터가 슬쩍 갖다놓았을지도 모르겠군요."

독일인 웨이터를 불러 물어봤지만 자기는 모르는 일이라고 했고, 결국 구두사건의 범인은 밝혀지지 않았다. 이로써 계속해서 이어지는 이상한 사건들에 또 하나가 추가되었다. 겉으로 봐서는 서로 아무 관련성이 없어보이는 사건들이었다.

찰스 경의 죽음에 관한 괴담은 제쳐놓더라도 신문을 오려 붙여 만든 편지, 마차를 탄 검정 수염의 미행자, 새로 산 갈색 구두 한 짝과 낡은 검은 구두 한 짝의 분실, 그리고 새로 산 갈색 구두 한 짝을 되찾은 사건 등 이틀이라는 짧은 시간 동안 알 수 없는 사건들이 계속 일어났다.

마차를 타고 베이커 가로 돌아오는 동안 홈즈는 아무 말이 없었다. 미간을 잔뜩 찌푸린 채 심각한 표정을 하고 있는 걸로 보아 그도 나처럼 이상하고 관련이 없어보이는 사건들 사이의 연관성에 대해 깊이 생각하는 모양이었다. 홈즈는 저녁 늦게까지도 생각에 잠겨 담배만 연신 피워댔다.

저녁 식사 직전에 전보 두 통이 왔다. 첫 번째 전보는 다음과 같았다.

배리모어가 저택에 있다는 소식을 방금 들었음.

헨리 배스커빌

두 번째 전보의 내용은 이랬다.

지시하신 대로 호텔 23군데를 모두 돌아다녔지만, 조각난 〈타임스〉를 찾지 못했음.

카트라이트

"왓슨, 희망의 끈이 두 개나 끊겼군. 하지만 어려워보이는 사건보다 더 자극을 주는 것은 없다네. 세 번째 희망의 끈을 찾아봐야겠어."

"그렇지. 그 염탐꾼을 태워줬던 마부가 아직 남아 있지 않은가."

"맞는 말일세. 그렇지 않아도 그 마부의 이름과 주소를 알아내려고 전보를 쳤지. 아, 지금 초인종이 울리는구만. 내가 보낸 전보의 답장을 가져온 사람인지도 모르겠군."

그러나 우리를 찾아온 사람은 답장을 가져온 사람이 아니었다. 문을 열고 들어온 험상궂은 얼굴의 남자는 미행자를 태웠던 그 마부임에 틀림없었다.

"사무소에서 이 주소에 사는 신사분이 2704번 마차에 대해 문의하셨다는 말을 들었습니다."

그가 말했다.

"저는 7년 동안 마차를 몰았습니다만 지금껏 손님들의 불평을 들은 적이 없습니다. 뭐가 불만인지 손님께 직접 물어보려고 마차 차고지에서 곧장 이렇게 찾아왔습죠."

"불만이 있어서가 아니네."

홈즈가 말했다.

"그냥 물어볼 게 좀 있네. 솔직하게 대답만 잘 해준다면, 반 파운드 금화를 주겠네."

"아, 그랬군요. 오늘 하루도 저는 실수 없이 손님들을 열심히 모셨고 불평을 들을 일이 없다고 생각했기 때문에 손님이 찾는다고 해서 웬일인가 했답니다."

마부가 웃으며 말했다.

"무엇을 물어보신다는 건지?"

"또 연락하게 될지도 모르니 먼저 이름과 주소를 말해주게."

"저는 존 클레이튼이고, 주소는 버로우의 터페이 3번지입니다. 마차는 워털루 역 근처에 있는 시플레이에 있습죠."

홈즈가 받아적었다.

"자, 클레이튼. 오늘 아침 자네가 태운 손님에 대해 알고 싶네. 당신 마차를 타고 10시경에 와서 이 집을 감시하다가 두 신사가 나오자 그들을 미행할 것을 지시했던 그 승객 말이야."

마부는 놀라고 당황하는 눈치였다.

"선생께서는 이미 제가 아는 것만큼 다 알고 계신 것 같은데요. 더 이상 말씀드릴 필요가 없을 것 같습니다. 사실 그 신사분은 자기를 탐정이라고 하면서 아무에게도 자기에 대한 얘기를 하지 말라고 하셨지요."

"클레이튼, 이건 아주 중요한 일이네. 나한테 뭔가 숨기려 한다면 자네에게 결코 득이 될 게 없을 거야. 그러니까 사실대로 이야기해주게. 그 손님이 자네에게 자기가 탐정이라고 했다 이건가?"

"그랬습죠."

"언제 그 말을 했나?"

"마차에서 내릴 때 말해줬지요."

"다른 얘기는 없었나?"

"자기 이름을 가르쳐줬습니다."

홈즈가 그것 보라는 듯 승리에 찬 눈빛으로 나를 보았다.

"그 손님이 자기 이름을 가르쳐주었다는 말인가? 경솔한 사람이군. 그래, 이름이 뭐라 했나?"

"이름이……."

마부가 대답했다.

"셜록 홈즈라던데요."

마부의 대답을 듣자 홈즈는 기가 찬 모양인지 잠깐 동안 아무 말도 못하고 있다가 갑자기 웃음을 터뜨렸다.

"이럴 수가 있나. 왓슨, 우리가 한방 크게 먹었네!"

홈즈가 말했다.

"대단한 자야. 이쪽을 훤히 꿰뚫고 있는 것 같군. 그러니까 그 손님 이름이 셜록 홈즈였다는 말인가?"

"예, 맞습니다. 그 이름이었어요."

"어쨌든 좋네! 그 손님을 어디서 태웠으며 무슨 일이 있었는지 전부 말해보게."

"9시 30분쯤에 트라팔가 광장에서 그 손님을 태웠습니다. 자신은 탐정인데 하루 종일 아무것도 묻지 않고 시키는 대로만 하면 2기니를 주겠다고 했습니다. 저야 당연히 그렇게 하겠다고 했지요. 먼저 우리는 노섬버랜드 호텔로 갔습니다. 호텔에서 아까 말씀하신 두 신사분이 나오자 그분들이 탄 마차를 뒤쫓아 이 근처까지 왔습죠."

"두 신사가 내린 곳이 이 집 앞이었는가?"

홈즈가 물었다.

"글쎄요. 그건 잘 모르겠습니다만, 제 마차에 타셨던 손님은 이 부근을 잘 알고 계신 것 같았습니다. 우리는 얼마 멀지 않은 곳에서 대기하고 있었지요. 1시간 30분 정도 지나자 두 신사분이 나오시더니 우리 곁을 지나서 걸어가더군요. 우리도 그분들을 쫓아 베이커 가 쪽으로 갔습니다."

"그 다음에는?"

홈즈가 물었다.

"리젠트 가를 4분의 3쯤 내려가고 있을 때였는데 갑자기 그 손님이 전속력으로 워털루 역으로 가라고 소리쳤습니다. 그래서 말들을 채찍질해서 10분도 안 걸려 역에 도착했지요. 그러자 그 손님은 제게 2기니를 주시고 역으로 들어가시더군요. 좋은 분 같았습죠. 그리고 마차에서 막 내리려고 할 때 갑자기 돌아서더니 한 마디 하셨습니다. '오늘 셜록 홈즈 선생을 태웠다는 것을 기억해두면 후에 재미있는 이야기가 될 걸세.' 그래서 그 손님의 이름을 알게 된 것이지요."

"알겠네. 혹시 그 손님을 이후에 다시 보지는 않았나?"

"그때 역으로 들어가는 모습을 본 이후로는 없었습니다."

"셜록 홈즈라는 사람의 생김새는 어땠나?"

마부는 머리를 긁적였다.

"글쎄요, 말로 표현하려니까 좀 어렵구먼요. 나이는 40세 정도 되어보였고, 키는 중간 정도로 선생님보다 5센티미터 정도 작은 것 같았습니다. 멋쟁이 옷차림에 얼굴은 창백하고, 각을 지게 다듬은 검은 수염을 길렀더군요. 그 외에는 특별히 말씀드릴 수 있는 게 없습니다."

"눈동자는 무슨 색이었지?"

"그건 잘 모르겠습니다."

"더 이상 기억나는 건 없나?"

"예, 아무것도 없습니다."

"수고했네. 여기 반 파운드 금화가 있네. 다른 정보를 알려주면 그때도 받을 수 있을 게야. 그럼 잘 가게!"

"안녕히 계십시오, 선생님. 감사합니다!"

존 클레이튼은 얼굴에 웃음을 가득 머금은 채 방을 나갔다. 홈즈는 나에게 어깨를 으쓱해보이며 허탈한 미소를 지었다.

"세 번째 희망의 끈마저 끊어져 버렸네. 출발점으로 다시 돌아왔어. 교활한 놈 같으니라고! 그자는 우리의 주소를 알고 있었고, 헨리 경이 우리에게 자문을 구하리라는 것도 알고 있었네. 또 리젠트 가에서도 나를 알아봤어. 거기다가 내가 마차의 번호를 외워두었다가 마부를 찾아 문의하리라는 것까지도 내다보고 이런 대담한 메시지를 보내왔네. 왓슨, 이번에는 만만치 않은 상대를 만났어. 런던에서는 내가 완전히 당했네. 데번셔에서는 자네에게 행운이 따라야 할 텐데 왠지 마음이 불안하네."

"뭐 때문에 그렇지?"

"자네를 그곳으로 보내는 것 말일세. 이번 사건은 어려워. 어려울 뿐만 아니라 위험하기까지 하네. 이 사건에 대해 알면 알수록 더 맡기가 꺼려지는군. 자네는 웃을지 모르지만 나는 그저 자네가 무사히 베이커 가로 돌아온다면 더 이상 바랄 게 없네."

배스커빌 저택

헨리 배스커빌 경과 모티머는 약속한 날짜에 떠날 준비를 마쳤고, 우리는 예정대로 데번셔를 향해 출발했다. 홈즈는 기차역까지 나와 함께 마차를 타고 갔는데, 헤어지면서 마지막 지시와 충고를 해주었다.

"일을 시작하기 전에 자네가 선입견을 가질 수도 있으니 여러 이야기 길게 하지 않겠네, 왓슨. 자네는 사실을 최대한 있는 그대로 내게 알려주기만 하면 돼. 그리고 사건의 전모를 파헤치는 것은 나에게 맡기게."

"어떤 사실을 알려달라는 말인가?"

"이 사건과 조금이라도 관계가 있는 것처럼 보이는 것은 뭐든지 좋아. 헨리 배스커빌 경과 이웃과의 관계라든가, 찰스 경의 죽음과 관련해 새로운 사실이 있다든가 하면 특별히 신경을 써주게. 지난 며칠 동안 나도 약간 조사를 해봤지만, 신통한 결과를 얻지는 못했어. 한 가지 확실한 것은 다음 상속자인 제임스 데스몬드 씨는 아주 훌륭한 인품을 지닌 노신사여서 이런 일을 꾸몄을 리가 없다는 것일세. 이제 그는 우리가 범인으로 고려하는 대상자 명단에서 완전히 제외되어야 한다는 게 내 생각이야. 그렇다면 남은 사람들은 황무지에서 헨리 배스커빌 경의 이웃에 사는 사람들이 되지."

"우선 배리모어 부부를 제외하는 게 좋지 않겠나?"

"그건 안 되네. 그렇게 하면 돌이킬 수 없는 실수를 저지르는 일이 될 수도 있어. 만일 그들이 죄가 없다면 그것은 가혹한 부당 행위가 될 것이고, 반대로 그들에게 죄가 있다면 벌을 받을 기회를 없애주는 셈이 되네. 안 되지, 안 돼. 그럴 수는 없어. 나는 그들을 용의자 명단에 올려놓을 것이네. 그리고 내가 정확히 기억하고 있는지 모르겠지만, 배스커빌 저택에는 마부가 한 명 있고 황무지에 농부가 두 명이 사네. 우리의 친구인 모티머 선생도 있지. 그분의 정직한 성품이야 내가 전적으로 신뢰하고 있지. 그리고 모티머 선생의 부인이 있는데 그녀에 대한 정보는 전혀 없네. 또 박물학자 스태플턴과 매력적인 미모의 여인으로 알려진 그의 여동생도 있지. 래프터 저택의 프랭클랜드 씨 역시 우리가 잘 모르는 인물이야. 그 외에도 한두 명이 더 있네. 이 사람들이 자네가 특별히 관심을 가지고 지켜봐야 할 대상이야."

"최선을 다하겠네."

"무기는 가지고 가겠지?"

"가지고 간다네. 없는 것보다는 나을 것 같아서 말이야."

"그래야지. 권총을 항상 소지하고 절대로 마음을 놓지 말게."

헨리 배스커빌 경과 모티머는 벌써 일등석을 예약해두고 승강장에서 우리를 기다리고 있었다.

"모티머 선생, 뭐 새로운 소식이라도 있나요?"

"없습니다, 홈즈 씨. 한 가지 확실한 것은 지난 이틀 동안 아무도 우리를 미행하지 않았다는 것입니다. 우리가 밖에 나갈 때마다 주위를 세심하게 살폈기 때문에 누구도 우리 눈을 피해 뒤를 밟을 수 없었을 겁니다."

"두 분이 항상 같이 다니셨지요?"

"어제 오후만 빼고는 그랬지요. 런던을 방문할 때면 저는 순전히 즐거움만을 만끽할 수 있는 시간을 따로 가집니다. 어제 오후에는 의과 대학 박물관에서 그런 시간을 보냈습니다."

"저는 공원에서 사람구경을 했지요. 우리 둘 다 아무런 사고 없이 시간을 보냈습니다."

"경솔하셨네요."

헨리 경의 말에 홈즈가 무거운 표정으로 고개를 저으며 말했다.

"헨리 경, 앞으로는 절대로 혼자 다니지 마세요. 그러다가 큰 불행을 당하게 될 수도 있습니다. 잃어버린 다른 구두는 찾았습니까?"

"못 찾았습니다, 아주 잃어버린 것 같습니다."

"정말 이상한 일이군요. 알겠습니다. 그럼, 조심해서 가십시오."

기차가 플랫폼을 미끄러지듯 움직이기 시작할 때 홈즈가 다시 말했다.

"헨리 경, 모티머 선생이 우리에게 읽어주었던 그 이상한 전설 속의 한 구절을 명심하십시오. 악의 세력들이 날뛰는 어두운 밤에는 황무지에 나가지 말라고 한 그 구절을 말입니다."

기차는 플랫폼에서 점점 멀어지고 있었다. 뒤를 돌아보니 꼼짝도 하지 않고 멀어져가는 우리의 뒷모습을 지켜보고 있는 키 큰 홈즈의 엄숙한 모습이 보였다.

여행은 즐거웠다. 그 두 명의 동행과도 더 친해졌고, 모티머의 스패니얼과도 장난치며 시간을 보냈다. 몇 시간이 지나자 갈색 땅은 붉은 빛을 띠었고 바위들도 화강암으로 바뀌었다. 붉은 소들이 울타리가 쳐진 들판에서 풀을 뜯고 있었는데 울창한 수풀과 푸르른 초목이 이곳이 습하기는 해도 비옥한 지역임을 말해주고 있었다. 배스커빌 가의 젊은 후계자는 창밖을 열심히 바라보다가 데번셔의 낯익은 풍경에 환성을 질렀다.

"왓슨 박사님, 고향을 떠난 이래로 세상에 좋다는 곳을 많이 다녀봤지만 이곳처럼 좋은 곳은 본 적이 없습니다."

"데번셔 출신의 남자들 중 맹세할 때 자신의 고향을 내걸고 맹세하지 않는 사람을 보지 못했습니다. 고향에 대한 애착이 강한 사람들이죠."

내가 말했다.

"그런 애착은 지역이 어디인가도 중요하겠지만 그에 못지않게 인종과도 관련이 있지요."

모티머가 말했다.

"여기 계신 헨리 경은 언뜻 봐도 알 수 있듯이 둥근 두상을 가졌는데, 이는 켈트 족(영국에 가장 먼저 출현한 민족으로 게일 족과 브리튼 족으로 나뉜다)의 특징이죠. 이들은 무언가에 대한 열정과 애착이 강한 특성을 지니고 있습니다. 고인이 된 찰스 경의 머리는 아주 드문 유형이었는데 게일 족(켈트 족의 하나로 아이리쉬와 스코티쉬의 선조)의 특성과 이베리아 족(지중해 인종으로 에스파냐와 포르투갈인의 원조)의 특성이 절반씩 섞인 형태였지요. 참, 헨리 경께서 배스커빌 저택을 마지막으로 본 건 언제인가요? 아주 어렸을 때겠지요?"

"아버지가 돌아가셨을 때 저는 십대 소년이었지요. 당시 우리는 남쪽 해안의 작은 집에서 살았기 때문에 배스커빌 저택을 본 적이 없었습니다. 거기서 살다 아버님이 돌아가신 후에 미국에 있는 친구에게 갔습니다. 그래서 저도 왓슨 박사님과 마찬가지로 배스커빌 저택은 처음이지요. 그곳의 황무지도 꼭 보고 싶습니다."

"그러십니까? 그렇다면 경의 그 바람은 쉽게 이루어질 것 같군요. 저기 황무지가 보이지 않습니까?"

모티머가 차창 밖을 가리키며 말했다.

차창 밖으로 네모반듯하게 정리된 녹색 들판이 펼쳐 있었고 키 작은 숲 위로 음울한 회색빛 언덕들이 들쭉날쭉 솟아 있는 것이 보였다. 멀리서 어렴풋이 보이는 풍경은 마치 꿈속에서나 나올 법한 환상적인 정경이었다. 헨리 배스커빌 경은 한참 동안이나 차창 밖 풍경에서 눈을 떼지 못했다. 조상들이 대대로 살아오면서 깊은 자취를 남긴 저 낯선 땅을 처음 보는 것일 터이니 헨리 경의 감회는 얼마나 남달랐을 것인가. 그의 얼굴 표정은 그런 감정을 여실히 보여주고 있었다.

기차 객실 안의 좌석에 앉아 있던 헨리 경은 트위드 정장 차림이었는데 말투에는 미국식 억양이 섞여 있었다. 그러나 검게 그을린 얼굴하며 표정이 풍부한 얼굴을 보면 그가 유서 깊고 불같이 격렬한 기질에 위엄을 갖춘 집안의 진정한 후손이라는 느낌이 강하게 들었다. 또한 짙은 눈썹과 높은 코, 커다란 갈색 눈에는 자긍심과 용기, 강인함이 엿보였다. 저 불

길한 황무지에서 아무리 어렵고 위험한 사건이 우리 앞에 놓
여 있다 해도, 이 사람은 굴하지 않고 옆에 있는 사람을 지켜
줄 것 같았다.

우리는 길가의 작은 역에 내렸다. 나지막한 하얀색 울타리
너머에 한 쌍의 말이 끄는 마차가 기다리고 있었다. 역장까지
나오고 짐꾼들이 우리의 짐을 운반하기 위해 모여드는 것을
보니, 우리의 등장은 확실히 큰 사건인 것 같았다. 정감 있고
소박한 시골이었지만 검은 제복에 소총을 지닌 군인 둘이 문
옆에서 우리가 지나갈 때 예리하게 주시하는 것을 보고 놀라
지 않을 수 없었다.

잠시 후 우락부락하고 거칠게 생긴 마부가 나와 헨리 배스
커빌 경을 맞이했고, 우리는 곧 마차를 타고 넓은 길을 날 듯
이 달렸다. 길 양쪽으로 완만한 경사의 목초지가 스쳐 지나갔
고 짙푸른 초목들 사이로 박공 지붕의 오래된 집들이 가끔씩
눈에 띄었다. 그러나 평화롭게 햇살이 비추고 있는 시골 풍경
뒤에는 높고 낮은 언덕들이 솟아 있는 음울한 황무지가 저녁
하늘을 배경으로 어둡게 펼쳐져 있었다.

마차는 샛길로 접어들었고, 수백 년 동안 마차 바퀴에 닳고
닳아 양옆으로 높은 둑이 생기고 이끼와 고비가 두껍게 끼어
있는 깊숙한 길을 통과하여 위로 올라갔다. 청동빛 고사리와
얼룩덜룩한 검은 딸기가 석양에 희미하게 빛나고 있었다. 우

리는 오르막길을 계속 오르면서 좁은 화강암 다리와 회색 자갈들 사이를 거품을 일으키며 세차게 흐르고 있는 개울을 지났다. 개울은 길 따라 계속 흐르고 있었는데 그 양쪽으로는 참나무와 전나무 관목이 빽빽히 들어차 있었다.

헨리 배스커빌 경은 길모퉁이를 돌 때마다 주변을 둘러보며 탄성을 질렀고 끊임없이 질문을 했다. 그의 눈에는 모든 것이 아름답게 보였겠지만, 내게는 우울한 모습으로 비쳐졌고 흘러간 세월의 흔적을 지루하게 보여주고 있을 뿐이었다. 바닥에 깔려 있던 노란 나뭇잎들이 마차가 달리면서 공중에 흩날렸다. 썩어가는 낙엽더미에 묻혀 마차의 덜컹거리는 소리는 들리지 않았다. 이것들이 내게는 마치 돌아온 배스커빌 가의 후계자가 귀향하는 마차 앞에 자연이 던져주는 슬픈 선물처럼 보였다.

"맙소사!"

모티머가 외쳤다.

"저게 뭐지?"

황무지 저쪽에 히스 꽃으로 뒤덮여 있는 가파른 언덕이 돌출해 있는데 그 언덕 꼭대기에서 굳은 표정을 짓고 있는 군인이 마치 기마상 같은 모습으로 말을 탄 채 총을 겨누고 있었다.

"퍼킨스, 저자가 지금 뭐하는 건가?"

모티머가 묻자 마부가 우리를 돌아보더니 대답했다.

"프린스타운에서 죄수가 한 명 탈옥했답니다. 벌써 3일이나 되었지요. 경비대원들이 도로와 기차역마다 쫙 깔려서 지키고 있지만 아직도 잡지 못했습니다. 그래서 이 근처 농부들이 불안에 떨고 있지요."

"신고하면 5파운드를 받게 된다는 게 바로 그 얘기였군."

"예. 그렇지만 5파운드를 어디 목숨과 비교할 수 있겠습니까. 아시는지 모르겠지만 그놈은 보통 죄수와는 다르지요. 아주 무자비하고 잔인한 녀석입니다."

"도대체 그 죄수가 누군가?"

"노팅힐 살인범 셀든입니다."

나는 그 사건을 잘 기억하고 있었다. 범행이 너무나 잔혹하고 살인자의 억제되지 않은 무자비성 때문에 홈즈가 깊은 관심을 가졌기 때문이다. 하지만 그렇게 잔혹한 범행을 저질렀어도 그의 정신 상태가 정상이 아니라고 판단되어 사형만은 면했던 것이다. 마차가 오르막길의 정상에 오르자 군데군데 바위산이 솟아 있는 거대한 황무지가 눈앞에 펼쳐졌다.

차가운 바람까지 불어와 모두들 추위에 몸을 떨어야 했다. 저 황량한 평원 어딘가에 악마 같은 인간이 자신을 쫓아낸 종족 전체에 대한 원한을 마음속에 품은 채 야수처럼 풀숲에 숨어 있을 것이다. 버려진 불모의 땅과 차가운 바람, 거기다 어두워지고 있는 하늘까지 더해져 불길한 생각이 절로 들었다.

헨리 배스커빌 경조차도 침묵하며 코트 깃을 여몄다.

우리는 비옥한 땅을 뒤로 한 채 계속 올라갔다. 뒤를 돌아보니 석양빛을 받아 시냇물이 황금빛으로 변해 있었고 막 갈아엎은 붉은 흙과 넓은 숲도 햇빛에 반짝였다. 커다란 자갈들까지 가세해 길은 점점 험해지고 있었다. 이따금 황무지에는 돌로 담을 쌓은 농가가 눈에 띄었는데, 담쟁이덩굴 하나 없어 그 거친 모습이 그대로 드러나고 있었다.

그렇게 길을 가던 우리의 눈앞에 컵같이 움푹 들어간 분지가 나타났다. 분지 주변에는 오랜 세월 동안 비바람에 시달려 구부러진 키 작은 참나무와 전나무들이 서 있었고 그 위로 뾰족한 탑 두 개가 높이 솟아 있었다. 마부가 채찍으로 그곳을 가리키며 말했다.

"배스커빌 저택입니다."

그 말을 듣자 헨리 배스커빌 경은 벌떡 일어나 상기된 얼굴로 눈을 반짝이며 그곳을 바라보았다. 얼마 후에 우리는 저택 정문에 이르렀다. 쇠로 만들어진 환상적인 모양의 문살을 댄 정문의 양쪽에는 비바람에 시달리고 이끼로 얼룩진 낡은 기둥이 서 있었으며 기둥 위에는 배스커빌 가의 상징인 멧돼지 머리 장식이 달려 있었다. 화강암으로 지어진 별관은 서까래가 뼈대만 앙상하게 드러난 채 다 허물어져 있었고, 그 앞에 반쯤 지어진 건물이 서 있었는데 그 건물이 바로 찰스 경이 남아프리카에서 모아온 재산의 첫 결실이었다.

우리는 정문을 지나 현관에 이르는 진입로에 들어섰다. 바닥의 나뭇잎들 때문에 덜컹거리는 바퀴 소리가 다시 잠잠해졌다. 고목들이 머리 위에서 가지를 드리우고 있어 어두운 터널이 만들어졌다. 헨리 배스커빌 경은 길게 뻗쳐 있는 어두운 진입로를 보더니 몸을 부르르 떨었다. 진입로 저 끝에 저택이 유령처럼 그 모습을 희미하게 드러내고 있었다.

"이 길이었나?"

헨리 배스커빌 경이 작은 소리로 물었다.

"아닙니다. 오솔길은 다른 쪽에 있지요."

대답을 듣더니 경은 어두운 얼굴로 주위를 둘러보며 말했다.

"숙부님이 불안에 떠셨던 것도 무리가 아니었군요. 이 정도라면 누구라도 두려웠을 겁니다. 저는 이곳에 전등을 설치할 겁니다. 반년 안에 말입니다. 현관문 앞에 촛불 1,000개의 밝기만큼 되는 전등을 밝히면 두려움도 가시겠지요."

진입로 앞에는 넓은 잔디밭이 있었고 그곳을 앞에 두고 저택이 서 있었다. 희미한 불빛 속에서도 거대한 건물이 보였는데, 현관이 앞으로 조금 튀어나와 있었다. 건물의 앞면 전체는 창문이나 문장이 있는 부분만 제외하고 담쟁이덩굴로 뒤덮여 있었다. 또한 총을 쏠 수 있는 구멍이 수없이 뚫려 있는 고풍스런 쌍둥이 탑이 건물 위로 솟아 있었고 그 좌우에는 검

은 화강암으로 지어진 현대식 건물이 있었다. 쇠창살 사이로 희미한 불빛이 새어나왔고, 가파르게 경사진 지붕 위에 솟아 있는 높은 굴뚝에서는 검은 연기가 피어오르고 있었다.

"어서 오세요, 주인님! 배스커빌 저택에 오신 것을 환영합니다!"

키가 큰 남자 한 명이 현관에서 걸어나와 마차 문을 열었고,

여자 한 명도 뒤따라 나와 남자가 짐을 내리는 것을 도왔다.

"헨리 경, 저는 이제 집으로 가보겠습니다. 괜찮겠죠? 아내가 기다리고 있어서요."

모티머가 말했다.

"저녁이라도 하고 가셔야지요?"

"아니오, 괜찮습니다. 일이 많이 밀려 있습니다. 저도 경에게 저택을 안내해드리고 싶지만, 배리모어 집사가 저보다 훨씬 안내를 잘 해드릴 겁니다. 그럼 안녕히 계십시오. 도움이 필요하시면 언제라도 좋으니 연락하시구요."

헨리 경과 나는 멀어지는 마차 소리를 뒤로하고 집 안으로 들어갔다. 현관문 닫히는 소리가 요란했다. 방은 크고 깨끗했다. 천장은 높았으며 참나무 서까래가 검게 변색되어 이 저택의 고풍스러움을 더해주고 주었다. 커다란 구식 벽난로에서 장작이 탁탁 소리를 내며 타고 있었고 난로 앞에는 쇠로 만든 큼지막한 집게가 놓여 있었다.

오랫동안 마차를 타고 왔기 때문에 손이 얼어 있었던 헨리 경과 나는 난로 앞에서 손을 녹였다. 오래된 색유리를 끼운 창과 참나무 창틀, 수사슴들의 머리, 벽에 걸려 있는 문장 등이 방 한가운데 있는 램프의 불빛 속에서 흐릿하게 그 모습을 드러내고 있었다.

"제가 상상한 그대로입니다."

헨리 경이 입을 열었다.

"조상 대대로 내려온 유서 깊은 집이라는 것이 그대로 느껴지지 않습니까? 바로 이 집에서 나의 조상들이 500년이라는 세월 동안 살아왔다는 것을 생각하니 숙연해지는군요."

주위를 둘러보는 헨리 경의 눈은 어린아이 같은 호기심으로 반짝반짝 빛났다. 램프 불빛 때문에 헨리 경의 그림자가 벽에 길게 드리워졌다.

배리모어가 우리 짐을 가지고 방으로 들어오더니 훈련을 잘 받은 하인처럼 온순한 태도로 우리 앞에 서 있었다. 잘 정돈된 검은 수염을 기른 그는 얼굴이 창백하긴 했지만 키가 큰 미남이었다.

"지금 저녁 식사를 하시겠습니까?"

"식사가 준비되어 있나요?"

"거의 다 되었습니다. 방에 더운물도 준비해놓았습니다. 저와 제 아내는 주인님이 새로 하인을 들일 때까지 주인님을 모실 수 있다면 정말 기쁘겠습니다. 환경이 바뀌면 이 저택에서 일할 사람도 더 많이 필요하게 되겠지요."

"환경이 바뀌다니?"

"찰스 경께서는 조용한 생활을 좋아하셨기 때문에 그분을 모시는 데 저희 부부만으로도 충분했습니다. 그러나 주인님은 여러 사람들과 활발히 교제하기를 바라실 것이니, 집안 살림을 하는 데도 당연히 변화가 있을 거라는 말씀을 드리는 것입니다."

"그 말은 두 사람이 여기를 떠나고 싶다는 뜻인가?"

"주인님이 그게 편하시다면 그렇게 해야지요."

"자네 집안은 몇 대에 걸쳐 이 저택에서 우리와 함께하지 않았는가? 그런 오랜 관계를 깨고 새로이 사람을 들이다니, 안 될 소리지."

나는 집사의 얼굴에서 어떤 감정이 일고 있음을 엿볼 수 있었다.

"저희 부부도 그렇게 생각합니다. 그러나 솔직히 말씀드리면 우리 부부는 찰스 경과 너무 가까이 지냈기에 그분이 돌아가신 것이 저희에게 너무도 큰 충격이라, 그분이 계셨던 이곳에서 지내기가 참으로 고통스럽습니다. 우리는 배스커빌 저택에서 다시는 편히 지낼 수 없을 것 같습니다."

"그렇다면 여기서 나가 무엇을 할 생각인가?"

"무슨 일을 하든 자리를 잡고 살아갈 수 있을 겁니다. 찰스 경께서 은혜를 베푸셔서 저희들에게 얼마간의 재산을 남겨주셨습니다. 그러면 주인님, 먼저 방으로 모시도록 하겠습니다."

홀에 있는 계단을 오르니 건물 끝에까지 이르는 긴 복도가 양쪽으로 나 있는데, 침실 문은 모두 이 복도를 마주보며 나 있었다. 내 침실은 헨리 경의 침실과 같은 쪽 복도에 거의 붙

어 있었다. 이 방들은 다른 곳보다 그나마 현대적으로 보였
고, 밝은색의 벽지와 여러 개의 촛불들로 인해 마음속에 남아
있던 음침한 인상이 조금은 지워지는 듯했다.

그러나 홀 옆에 있는 식당은 어둡고 음울한 분위기였다.
그곳은 상당히 긴 방으로 바닥의 높이가 높은 곳과 낮은 곳으
로 구분되어 있었는데, 높은 부분은 배스커빌 가족이 앉아 식
사를 하는 곳이고 낮은 부분은 하인들이 식사를 하는 곳이었
다. 또 한쪽 구석에는 음유시인을 위한 자그마한 무대도 있었
다. 천장은 연기에 검게 그을려 있었고 서까래도 검은색이었
다. 불을 밝힌 채 떠들썩한 연회라도 벌였더라면 분위기가 훨
씬 부드러워졌을지도 모른다.

그러나 지금은 갓을 씌운 램프의 희미한 불빛 아래 검은
옷을 입은 신사 둘이 앉아 있으니 분위기가 여간 가라앉은 게
아니었다. 엘리자베스 여왕 시대의 기사로부터 섭정기(攝政
期)의 멋쟁이 신사에 이르기까지 다양한 의상을 입은 배스커
빌 가문의 조상들까지 우리를 말없이 내려다보고 있는 듯해
기분이 더욱 가라앉았다. 우리는 거의 말없이 식사만 했다.
식사가 끝나고 현대식 당구장에 들어가 담배를 피우니 기분
이 조금 나아졌다.

"이 저택은 그다지 기분 좋은 장소는 아니군요."

헨리 경이 입을 열었다.

"그러게 말입니다. 이곳의 분위기를 바꿀 수는 있겠지만, 당장은 힘들 것 같군요. 숙부께서 이런 집에서 혼자 사셨으니 심약해지셨던 것도 이해가 갑니다. 왓슨 박사님도 괜찮으시다면 오늘밤은 일찍 쉬는 게 좋겠습니다. 내일 아침이 되면 이곳도 좀 나아보이지 않겠습니까."

나는 잠자리에 들기 전에 커튼을 걷어 창 밖을 내다보았다. 잔디밭이 보였고, 바람이 불어 나무들이 흔들리는 소리가 들렸다. 흘러가는 구름 사이로 달이 빛나고 있었다. 그리고 멀리 바위들이 여기저기 솟아 있는 음울한 황무지의 윤곽이 보였다. 나는 배스커빌 저택에서 느꼈던 어두운 기분도 오늘은 이것으로 끝이겠지 하고 생각하며 커튼을 닫았다.

그러나 끝이 아니었다. 나는 몸은 피곤했지만 잠이 오지 않아 뒤척이고 있었다. 멀리서 15분마다 울리는 시계 종소리만 빼고는 죽음과 같은 정적만이 흘렀다. 그런데 그런 정적을 깨고 갑자기 어디선가 이상한 소리가 선명하게 들려왔다. 그 소리는 슬픔을 가누지 못하고 숨죽여 우는 여자의 울음소리였다.

나는 자리에서 벌떡 일어나 앉아 귀를 기울였다. 멀리서 들려오는 것이 아니라 분명 집 안에서 나는 소리였는데, 잠깐 들리더니 사라졌다. 나는 그 소리가 다시 들릴까 싶어 30분 정도 신경을 곤두세우고 앉아 있었지만, 시계 종소리와 담쟁이덩굴이 바스락거리는 소리 말고는 더 이상 아무 소리도 들리지 않았다.

메리핏 하우스의 스태플턴 남매

다음날 아침의 상쾌함이 헨리 배스커빌 경과 내가 어제 처음 이 저택에서 받은 어두운 느낌을 날려주었다. 나와 헨리 경은 높이 달린 창문을 통해 쏟아져 들어오는 햇빛을 받으며 아침 식사를 했다. 햇살은 창문을 덥고 있는 문장을 비추어 색색의 무늬를 만들어냈고 검은 창살을 청동 빛으로 발하게 하여, 이 방이 어젯밤에 우리 영혼에 그토록 음침한 그림자를 드리웠던 바로 그 방이라고 생각하기 어려울 정도였다.

"문제는 집에 있었던 게 아니라 우리 자신에게 있었던 것 같습니다!"

헨리 배스커빌 경이 말했다.

"여행에 지치기도 했고, 마차를 타고 오는 바람에 추위에 떨어서 이곳이 어둡게 보였나 봅니다. 푹 쉬고 몸과 마음이 회복되니 모든 것이 새롭게 보이는군요."

"맞습니다. 그런데 혹시 어젯밤에 이상한 소리 듣지 못하셨습니까?"

내가 물었다.

"누구인지는 모르지만 여자가 흐느껴 우는 소리가 났던 것 같던데요."

"그거 참 이상합니다. 저도 어제 비몽사몽간에 그 비슷한 소리를 들었지요. 하지만 계속 들리지는 않기에 꿈인가보다 생각했죠."

"헨리 경, 저는 똑똑히 들었습니다. 틀림없이 여자의 울음소리였어요."

"그럼 당장 알아보지요."

헨리 경은 배리모어를 불러들여 어젯밤의 울음소리에 대해 물었다. 주인의 질문에 집사의 창백한 얼굴이 더욱 하얗게 변했다.

"이 집에는 여자가 두 명뿐입니다. 한 명은 부엌에서 일하는 하녀인데 잠자는 곳은 이 건물에 있지 않고 다른 건물에 있습니다. 다른 한 명은 제 아내인데 어젯밤에 울거나 하는 일은 없었습니다."

배리모어가 대답했다.

그러나 그의 대답은 거짓이었다. 아침 식사 후에 나는 복도에서 배리모어 부인과 우연히 마주쳤다. 덩치가 컸으며 무뚝뚝한 표정에 고집이 상당히 세어보이는 여자였다. 햇살이 그녀의 얼굴을 비추고 있어서 똑똑히 볼 수 있었는데, 그녀의 눈이 벌겋게 충혈되고 부어 있었다.

나는 어젯밤에 서럽게 흐느꼈던 여자가 그녀라는 것을 확신할 수 있었다. 눈이 저렇게 부을 정도로 울었다면 그녀의 남편이 모르고 있을 리 없을 터였다. 그럼에도 배리모어가 거짓말을 하며 부인한 이유는 무언가? 그리고 그녀는 무엇 때문에 그렇게 슬피 울었을까?

검은 수염을 기르고 창백한 얼굴에 잘생긴 배리모어에게서 알 수 없는 어두운 분위기가 감돌고 있었다. 찰스 경의 시체를 처음 발견한 것도 이 남자였고, 죽음에 관한 상황도 이 남자의 말만이 거의 유일한 증언이었다. 리젠트 가에서 우리를 농락했던 마차 속 검은 수염의 사나이가 배리모어일까? 그는 마부가 묘사한 대로 수염은 길렀지만 키는 마부가 이야기한 것보다 작았다. 그러나 마부가 잘못 볼 수도 있지 않은가.

어떻게 해야 진실을 알아낼 수 있을까? 우선 그림펜의 우체국장을 만나 홈즈가 보낸 전보가 정말로 배리모어의 손에 직접 배달되었는지 알아봐야 할 것 같다. 결과야 어찌되었든 나는 홈즈에게 보고할 일을 해야만 했다.

헨리 경은 아침 식사 후 적지 않은 분량의 서류들을 검토

해야 했으므로, 나는 혼자 외출할 시간을 가질 수 있었다. 가벼운 마음으로 황무지의 가장자리를 따라 6킬로미터쯤이나 걸었을까, 조그만 외딴 마을이 나타났다. 주위의 다른 건물보다 높은 건물이 두 개가 있었는데, 나중에 알고 보니 하나는 여관이었고 다른 하나는 모티머의 집이었다.

마을의 식료품상도 겸하고 있는 우체국장은 그 전보를 분명하게 기억하고 있었다.

"물론입니다, 선생님. 지시하신 대로 그 전보를 배리모어에게 직접 배달했지요."

우체국장의 대답이었다.

"누가 배달했습니까?"

"여기 있는 제 아들이지요. 제임스, 너 지난주에 배리모어 씨에게 전보를 분명히 전해드렸지?"

"예, 아버지. 전해드렸지요."

"배리모어 아저씨에게 직접 전해드렸니?"

내가 물어보았다.

"아닙니다. 배리모어 아저씨가 안 계셔서 직접 전해주지는 못했고 아주머니에게 대신 전해주었어요. 아주머니가 즉시 그분에게 전해주겠다고 하셨지요."

"배리모어 아저씨를 보았니?"

"아니오, 못 봤습니다. 아저씨는 다락방에 계셨었거든요."

"배리모어 아저씨가 다락방에 있다는 건 어떻게 알았니?"

"그의 아내가 말해주었겠지요."

우체국장이 퉁명스럽게 말했다.

"배리모어 씨가 전보를 받지 못했답니까? 배달사고가 있었다면 배리모어 씨에게 직접 물어보셔야 할 것 같은데요."

더 이상 조사해봤자 소용이 없을 것 같았다. 배리모어가 런던에 왔었는지 여부를 알아보려는 홈즈의 계략은 실패한 것이 분명했다. 찰스 경이 살아 있는 것을 마지막으로 본 사람, 그가 바로 영국에 돌아온 헨리 배스커빌 경을 미행했던 사람이 아닐까? 그는 음모를 꾸민 장본인일까, 아니면 다른 사람의 하수인일까? 배스커빌 집안의 사람들을 처리해서 그가 얻게 되는 이익은 무엇일까?

나는 〈타임스〉의 사설을 오려 만든 이상한 경고문도 궁금했다. 과연 그것도 배리모어가 한 짓일까, 아니면 그의 음모를 방해하려는 자가 한 일일까? 배리모어가 배스커빌 가문을 괴롭히고 있는 범인이라면 그 이유는 무엇일까? 그것에 대해 생각해볼 수 있는 유일한 동기는, 헨리 경마저 겁에 질려 배스커빌 저택을 떠나면 배리모어 부부가 영구적으로 그 저택을 차지할 수 있으리라는 것이었다. 이는 헨리 경이 이미 말했던 바이다.

그러나 그것은 헨리 경 주위에서 은밀히 진행되고 있는 음모에 대한 설명으로 충분하지 않다. 홈즈는 지금까지 놀랍고 충격적인 사건들을 누구보다 많이 맡아왔지만, 그도 이 사건보다 더 복잡한 사건은 없었다고 했다. 나는 왔던 길을 되돌아가면서 내 친구 홈즈가 지금 맡아 하고 있는 일들을 어서 빨리 끝내고 여기로 와서 이 무거운 짐을 내 어깨에서 내려주길 기도했다.

이런저런 생각에 잠겨 있던 나는 갑자기 뒤에서 누군가가 뛰어오며 내 이름을 부르는 소리에 깜짝 놀랐다. 모티머인가 생각하며 돌아보았지만, 나를 쫓아오고 있는 사람은 뜻밖에도 처음 보는 남자였다.

그는 작은 키에 마른 체구였으며 면도를 해서 깔끔한 인상이었는데, 금발머리에 턱이 뾰족했으며 30대 가량으로 보였다. 회색 정장에 밀짚모자를 쓴 채 어깨에 식물표본을 담기 위한 상자를 메고 있었고, 한 손에는 녹색 잠자리채를 들고 있었다.

"왓슨 박사님 맞지요? 아니라면 제 실례를 용서해주십시오."

그가 거친 숨을 쉬며 내가 서 있는 곳까지 뛰어와서 말했다.

"여기 황무지에서는 모두 가족같이 지내기 때문에 정식으로 인사를 나눌 때까지 기다리지 않지요. 아마 선생께서도 모티머 선생에게 제 이름을 들으셨을지도 모르겠군요. 저는 메리핏의 스태플턴이라고 합니다."

"잠자리채와 상자를 들고 있는 걸 보니 그런 것 같군요. 스
태플턴 씨가 박물학자라는 이야기를 들었었지요. 그런데 저
를 어떻게 알아보셨습니까?"

"제가 모티머 선생 댁에 있는데, 진찰실 창 밖으로 박사님
의 모습이 보이더군요. 그때 모티머 선생이 알려주셨지요. 저

도 마침 그쪽으로 가는 길이어서 박사님에게 인사를 해야겠다고 생각했습니다. 헨리 경께서는 아직 여독이 풀리지 않으신 모양이죠?"

"아니오, 이제 괜찮습니다."

"찰스 경이 불행한 일을 당했기 때문에, 저희들은 새로운 상속자께서 이곳으로 오시지 않으면 어쩔까 걱정했습니다. 헨리 경같이 부유한 분에게 이런 곳에서 파묻혀 사시라고 부탁한다는 것이 지나친 부탁이긴 합니다만, 이 일이 이런 시골에서는 얼마나 큰 의미가 있는지는 말씀드릴 필요도 없겠지요. 혹시 헨리 경이 항간에 떠도는 헛소문 때문에 두려워하고 계시지는 않습니까?"

"그렇지는 않은 것 같습니다."

"왓슨 박사님께서도 물론 그 집안에 내려오는 악마 같은 개에 관한 전설을 알고 계시겠지요?"

"알고 있습니다."

"여기 농부들이 그런 헛소문에 휘둘리는 것을 보면 참 순진하지요. 황무지에서 그런 짐승을 본 것이 확실하다며 맹세라도 기꺼이 하겠다는 농부들도 있습니다."

스태플턴은 웃으며 말했지만, 눈빛을 보니 그는 이 사건이 가벼이 볼 것이 아니라고 주장하는 듯했다.

"찰스 경께서는 그 전설을 마음에 담아두셨던 것 같습니다. 그것이 그분의 건강에 안 좋은 영향을 끼쳤고, 그 때문에 결국 불행한 일을 당하게 된 것 같습니다."

"어떻게 안 좋은 영향을 끼쳤다는 거죠?"

"찰스 경은 신경이 아주 쇠약해져 있어서 꼭 무시무시한 사냥개가 아니라 그 어떤 개가 나타났다 해도 약해진 그분의 심장에 치명적인 영향을 주었을 겁니다. 사고가 있었던 날 밤에 오솔길에서 그런 짐승 비슷한 뭔가를 보셨던 게지요. 저는 찰스 경을 존경하고 있었고 그분이 약한 심장 때문에 무슨 불상사가 일어나지 않을까 항상 염려해왔었지요."

"찰스 경의 심장이 좋지 않다는 걸 어떻게 아셨지요?"

"모티머 선생께서 말씀해주셨습니다."

"그렇다면 어떤 개가 쫓아왔고 그로 인한 공포 때문에 찰스 경이 죽었다는 말씀입니까?"

"저로서는 아직은 그렇게밖에 설명드릴 수 없겠는데요. 박사님은 어떻게 생각하십니까?"

"물론 저도 아직 어떤 결론도 내리지 못했습니다."

"셜록 홈즈 씨의 생각은 어떠신지요?"

그 말에 나는 잠시 숨이 멎을 듯 놀랐다. 그러나 아무 변화 없이 침착한 스태플턴의 얼굴과 눈을 보니 나를 놀라게 할 뜻은 없었던 것 같았다.

"왓슨 박사님, 박사님에 대해서는 우리가 모르는 척해도 소용이 없을 겁니다. 탐정이신 셜록 홈즈 씨와 왓슨 박사님의 명성은 이곳까지 잘 알려져 있습니다. 그리고 홈즈 씨의 명성을 아는 사람이 그의 유능한 조력자 왓슨 박사를 모른다면 말이 안 되지요. 아무튼 모티머 선생에게 왓슨 박사님의 이름을 들었을 때 저는 박사님이 명탐정 홈즈의 동료인 그 왓슨 박사라는 것을 알았습니다. 박사님이 여기 오셨다는 것은 셜록 홈즈 씨도 이 사건에 관심을 가졌다는 이야기가 되겠지요. 그러니 저로서는 홈즈 씨가 어떻게 생각하시는지 당연히 궁금할 수밖에요."

"그 질문에는 대답해드릴 수가 없을 것 같습니다."

"그렇다면 홈즈 씨가 직접 여기에 오실 예정인지는 물어봐도 되겠습니까?"

"현재로서는 어려울 것 같습니다. 맡은 사건이 워낙 많아서요."

"저런, 아쉽군요! 그분이라면 미궁에 빠진 이 사건을 해결할 수 있을 텐데 말입니다. 그래도 왓슨 박사님이라도 이렇게 와주셨으니 힘껏 돕겠습니다. 조사하시다가 필요한 게 있으시면 뭐든지 말씀해주십시오. 의심이 가는 부분이라든지 조사 방향 등에 대해 말씀해주시면 지금이나마 도움이나 조언을 드리겠습니다."

"저는 그저 헨리 경을 방문하러 왔을 뿐입니다. 그러니 도움 같은 것은 필요하지 않습니다."

"아, 그렇군요! 죄송합니다. 신중하게 행동해서 나쁠 것은 없지요. 제가 주제넘게 나서서 박사님을 불쾌하게 만든 것 같습니다. 다시는 이 문제에 대해 언급하지 않을 것을 약속드립니다."

우리는 황무지로 향하는 좁고 꾸불꾸불한 오솔길이 있는 곳까지 왔다. 오른쪽으로는 예전에는 화강암 채석장이었지만 지금은 돌멩이가 흩어져 깔려 있는 가파른 언덕이 있었는데, 그 언덕에서도 양치류와 검은 딸기만이 자라고 있는 캄캄한 절벽 쪽이 우리를 향해 모습을 드러내고 있었다. 그리고 그 너머로 회색 연기가 피어오르는 것이 보였다.

"이 황무지 길을 따라가면 저희 집이 나옵니다. 박사님에게 제 여동생을 소개하고 싶은데 시간을 내주실 수 있는지요."

헨리 경 옆을 지켜야 한다는 생각이 들었지만, 곧 그의 책상 위에 흩어져 있는 서류와 청구서 더미가 떠올랐다. 그런 일에는 내가 있어봤자 큰 도움이 되지 않을 게 뻔했다. 게다가 홈즈도 황무지에 사는 주변 사람들의 동태를 살피라고 말하지 않았던가. 나는 스태플턴의 초대를 받아들여 그와 함께 오솔길로 갔다.

"황무지는 정말 멋진 곳이지요."

물결이 출렁이는 것 같은 모습을 하고 있는 언덕과 넓은 초지에 울퉁불퉁 솟아 있는 환상적인 화강암들을 바라보며 스태플턴이 말했다.

"황무지를 아무리 봐도 싫증이 나지 않습니다. 이곳이 얼마나 경이로운 곳인지는 상상도 못하실 겁니다. 정말 광대하고 신비스런 곳이지요."

"스태플턴 씨는 황무지를 잘 아시나보지요?"

"제가 여기에 온 지는 2년밖에 안 됐습니다. 그래서 이곳 사람들은 저를 아직도 여기 사람이라고 부르지 않지요. 우리는 찰스 경이 정착하신 직후에 이사왔습니다. 그렇지만 제 취미 때문에 이곳을 아주 샅샅이 조사하고 다닌지라, 아마 저보다 황무지를 더 잘 아는 사람은 거의 없을 겁니다."

"황무지를 샅샅이 조사하기가 쉬운 일은 아닌가보지요?"

"그렇습니다. 저기 북쪽으로 기묘한 모습의 언덕들이 솟아 있는 거대한 평원을 예로 한번 들어볼까요. 이상한 점을 못 느끼셨습니까?"

"말을 타고 달리기에 좋은 곳인 것 같더군요."

"처음에는 누구나 그렇게 생각하지요. 그러나 그런 생각 때문에 많은 사람들이 목숨을 잃었습니다. 그 위쪽에 흩어져 있는 밝은 녹색 점들이 보이십니까?"

"예, 보입니다. 다른 곳보다 비옥한 곳 같군요."

스태플턴이 웃음을 터뜨렸다.

"저곳이 바로 거대한 그림펜 늪지대입니다. 저곳에 발을 한번 잘못 디디면 사람이든 짐승이든 모두 살아남지 못합니다. 바로 어제만 해도 조랑말 한 마리가 저곳에 빠진 것을 보았지요. 머리만 내민 채 늪 밖으로 나오려고 한참을 허우적거렸지만 결국 빨려들어가고 말았습니다. 건기에도 저곳을 건너는 일은 아주 위험한데 요즘같이 가을비가 내리고 난 후라면 두말 할 나위 없지요. 하지만 저는 그 한가운데서도 살아나올 수 있습니다. 저런, 불쌍한 조랑말 한 마리가 또 늪으로 가고 있군요!"

사초(莎草)들 사이에서 갈색을 띤 조랑말이 버둥거리고 있었다. 긴 목이 보이는가 싶더니 처절한 울음소리가 황무지에 메아리쳤다. 끔찍한 광경에 나는 소름이 끼쳤지만 스태플턴은 나보다 강심장인지 아무렇지도 않아 보였다.

"사라졌군요!"

그가 외쳤다.

"늪이 조랑말을 삼켜버렸습니다. 이틀 만에 두 마리를 삼켰네요. 하지만 그 정도 숫자는 아무것도 아닐지도 모르죠. 왜냐하면 짐승들이 건기에는 아무 일 없이 늪을 지나다니곤 했는데 비가 내린 후 늪이 갑자기 저런 무서운 곳으로 변해버렸으니 그들이 그것을 어떻게 알고 피해가겠습니까? 속수무책으로 당할 수밖에 없지요. 이제 왓슨 박사님께서도 그림펜

늪지대가 얼마나 무섭고 끔찍한 곳인지 아시겠지요?”

“그런데 어떻게 저곳을 통과할 수 있다는 말씀인가요?”

“아주 몸놀림이 빠른 사람만이 지나갈 수 있는 길이 한두 곳 있는데, 제가 그 길을 찾아냈습니다.”

“그런데 왜 저렇게 끔찍한 곳에 들어갈 생각을 다 하셨습니까?”

“저쪽에 언덕이 있지요? 그곳은 늪 때문에 갈 수가 없어서 사방이 막혀버린 섬과 같은 곳이랍니다. 세월이 흐르면서 늪이 점점 퍼져갔지요. 저곳에는 희귀한 식물들과 나비들이 많이 서식하고 있습니다. 저로서는 가볼 욕심을 낼 만하지요.”

“그렇다면 저도 언젠가 한번 가봐야겠군요.”

내 말에 스태플턴은 놀란 표정을 지었다.

“그런 생각은 꿈에도 하지 마십시오. 그러다 박사님이 잘못되기라도 하면 다 제 책임입니다. 저 늪지대에서 박사님이 살아나올 가능성은 조금도 없어요. 저는 나름대로의 복잡한 표식을 만들어놓고 그것들을 기억했기 때문에 살아나올 수 있었던 겁니다.”

“아니, 저게 무슨 소리죠?”

내가 소리쳤다. 길고 낮은 신음소리가 말로 표현할 수 없을 만큼 구슬프게 황무지에 울려 퍼졌다. 어디서 들려오는지 알 수는 없었다. 처음에는 무슨 소리인지 잘 모르는 낮은 중얼거림에서 으르렁거리는 굵은 소리로 커지더니 다시 구슬픈 낮은 소리로 바뀌었다.

스태플턴이 야릇한 표정을 지으며 말했다.

“황무지는 정말 기이한 곳이에요.”

"방금 그게 무슨 소리였죠?"

"여기 농부들은 저 소리를 배스커빌의 사냥개가 먹이를 찾는 소리라고 말합니다. 이전에 한두 번 들어본 적은 있지만 이렇게 크게 들어보지는 못했는데 굉장하군요."

나는 공포에 질린 채 녹색 풀이 곳곳에 나 있는 광야를 바라보았다. 뒤쪽 바위산에서 갈가마귀 한 쌍이 큰 소리로 울어댈 뿐 광야에는 별다른 움직임이 없었다.

"스태플턴 씨는 교육받은 분이시니 말도 안 되는 헛소문을 믿지는 않으시겠지요? 저 기괴한 소리의 원인이 뭐라고 생각하십니까?"

내가 물었다.

"늪에서는 가끔 이상한 소리가 나지요. 주로 진흙이 가라앉거나 물에서 기포가 날 때 들리는 소리 같은 것이죠."

"그건 아닌 것 같은데요. 살아있는 짐승 같은 것이 내는 소리였습니다."

"그럴 수도 있겠죠. 알락해오라기가 우는 소리를 들어보신 적이 있습니까?"

"없습니다."

"알락해오라기는 아주 희귀한 새죠. 영국에서는 거의 멸종 상태이지만, 여기 황무지에서는 살고 있을 수도 있습니다. 무슨 일도 가능한 곳이 여기 황무지이기 때문입니다. 방금 우리가 들은 소리가 마지막 남은 알락해오라기의 울음소리였다고 해도 굉장한 일은 아닙니다."

"생전 처음 들어본 이상하고 섬뜩한 소리였어요."

"여기가 좀 그렇습니다. 저쪽 언덕 중간쯤을 보세요. 저게 무엇 같습니까?"

언덕의 가파른 비탈 전체가 최소한 20개 정도 되어 보이는 동그란 고리 모양의 회색 돌들로 덮여 있었다.

"저게 뭡니까? 양 우리인가요?"

"아닙니다. 저것들은 훌륭한 우리 선조들이 살던 집이었습니다. 선사시대에는 사람들이 이 황무지에 모여 살았지만, 그 이후로는 사람이 살지 않았기 때문에 모든 것이 옛날 그대로 보존되어 있습니다. 저것들은 지붕이 없어진 움집입니다. 안에 들어가보시면 당시에 쓰던 화덕과 잠자리 형태도 볼 수 있습니다."

"꽤 큰 마을 비슷한 것이었군요. 어느 시대 것입니까?"

"정확한 연대는 모르겠지만, 신석기 시대였습니다."

"당시 여기는 무엇을 하던 곳이었나요?"

"이 언덕에서 가축을 방목했지요. 그리고 청동검이 돌도끼를 대체하기 시작하자 주석을 캐는 법도 알게 되었습니다. 반대편 저쪽 언덕에 있는 큰 도랑을 보세요. 신석기인이 남긴 유적입니다. 왓슨 박사님, 이 황무지에는 정말 특별한 것들이 많습니다. 아, 잠깐만요! 저건 틀림없이 사이클로피데스입니다."

파리인지 나방인지 모를 조그만 것이 날아다니자 스태플턴은 그것을 쫓아 달려갔다. 늪 쪽으로 날아갔어도 스태플턴은 멈추지 않고 뒤따라 덤불에서 덤불로 뛰어다녔고, 그에 따라 녹색 잠자리채가 허공에서 춤을 추었다. 회색 옷을 입은 그가 이리저리 뛰어다니는 폼이 마치 커다란 나방처럼 보였다. 나는 그의 정력적인 움직임에 감탄을 표하면서도 한편으로는 발을 헛디뎌 늪에 빠지기라도 하면 어쩌나 하는 마음으로 그를 지켜보고 있었다.

그 순간 발소리가 들렸다. 뒤를 돌아보니 한 여자가 이쪽으로 오고 있었다. 연기가 피어오르는 것으로 보아 메리핏 하우스 방향에서 오고 있었는데, 움푹 들어간 황무지에 가려서 가까이 다가올 때까지 보이지 않았던 것이다.

나는 이 여자가 스태플턴의 여동생이 틀림없다고 생각했다. 이런 황무지에는 여자들이 많지 않을 뿐 아니라 그녀가 굉장한 미인이라고 말했던 것이 기억났다. 나를 향해 다가오고 있는 여자도 대단한 미인이었는데, 오누이 사이가 이렇게 다르게 생길 수가 없었다.

스태플턴은 피부색이 하얀 편이고 머리색은 옅으며 눈동자가 회색인 반면에, 여동생은 영국 여자로는 보기 드물게 까무잡잡한 피부에 늘씬하고 우아한 자태를 자랑했다. 자존심

강해 보이는 단정한 얼굴 윤곽은 섬세한 입과 열정적이며 아름다운 눈이 아니었더라면 냉정한 성격으로 비추어졌을 터였다. 완벽한 외모와 우아한 옷차림 때문에 그녀는 이 외진 황무지와는 어울리지 않아 무슨 기묘한 환영 같아 보였다.

그녀는 오빠의 눈치를 보면서 잰걸음으로 나에게 다가왔다. 모자를 벗어들고 그녀에게 인사를 건네려고 하는 순간, 그녀의 입에서 전혀 예상 밖의 말이 튀어나왔다.

"돌아가세요! 런던으로 곧장 돌아가시란 말이에요."

나는 할 말을 잃고 그녀를 바라볼 수밖에 없었다. 그녀는 타는 듯한 눈으로 나를 보면서 초조한 듯 발을 구르기까지 했다.

"제가 왜 돌아가야 하지요?"

"그건 설명드릴 수 없어요."

그녀는 낮은 목소리로 단호하게 말했다. 말투에는 혀 짧은 소리가 약간 섞여 있었다.

"제발 제 말씀대로 하세요. 런던에 돌아가시고 다시는 이 황무지에 발을 들여놓지 마세요."

"런던으로 가라니요? 금방 이곳에 온 사람에게 난데없이 무슨 소리입니까?"

"제발!"

그녀가 외쳤다.

"다 선생님을 위해 드리는 말씀이니 제발 런던으로 돌아가세요! 오늘밤에 바로 출발하세요! 무슨 일이 있어도 여기를 떠나셔야 해요. 쉿! 오빠가 오고 있어요! 지금 제가 드린 말씀은 절대 입 밖으로 내셔서는 안 돼요. 저기 있는 쇠뜨기말 사이에서 난초를 따다 주시겠어요? 황무지에는 난초가 많아요. 조금만 일찍 오셨더라면 황무지의 아름다움을 감상하실 수 있었을 텐데."

스태플턴은 이상한 곤충을 잡는 것을 포기하고 벌겋게 상기된 얼굴로 숨을 몰아쉬며 돌아왔다.

"베릴이 나왔구나."

스태플턴이 동생을 아는 체했지만 왠지 그 말투가 정겹게 들리지는 않았다.

"오빠, 더운가봐요."

"그래, 사이클로피데스를 쫓고 있었거든. 워낙 희귀해서 늦가을에는 좀처럼 눈에 띄지 않는데, 이렇게 놓치다니 정말 아깝구나!"

스태플턴은 말은 아무렇지도 않은 듯 했지만, 그 작은 눈을 번득이며 그녀와 나를 살피기 바빴다.

"이분에게 인사드렸니?"

"예. 헨리 경에게 조금 일찍 오셨더라면 황무지의 아름다움을 감상하셨을 텐데 늦어서 아쉽다는 말씀을 드리고 있었어요."

"뭐라고? 너, 이분을 누구로 알고 있는 거니?"

"헨리 배스커빌 경이 아니신가요?"

"아, 아닙니다. 저는 그분의 친구이지만 평민일 뿐이지요. 제 이름은 왓슨입니다."

당혹감 때문인지 여자의 얼굴이 붉어졌다.

"서로 사람을 잘못 알고 엉뚱한 얘기를 하고 있었군요."

그녀가 말했다.

"금방 봤을 텐데 무슨 얘기를 얼마나 했다고 그래?"

그녀의 오빠가 의심의 눈길을 거두지 않은 채 말했다.

"왓슨 선생님을 손님이 아니라 이곳에 사는 사람으로 생각하고 말했어요."

그녀가 말했다.

"난이 언제 피고 지는지는 왓슨 선생님에게 중요한 문제가 아니겠군요. 그런데 저희 집에 가시는 길 맞지요?"

조금 걸으니 황량한 황무지 가운데 집이 하나 나왔다. 그 옛날 번영을 누리던 시절에는 어떤 목장주의 농장이었으나 지금은 현대식 주택으로 개조된 집이었다. 집 주위에는 과수원이 있었으나 황무지에서 대체로 그렇듯이 나무들은 잘 자라지 못하고 시들어 있었고, 집 전체가 초라하고 음울해보였다.

우리를 집 안으로 안내한 사람은 관리인으로 보이는 주름투성이의 늙은 남자 하인이었다. 집 안에는 여인의 안목을 말

해주는 우아한 가구들이 갖추어진 넓은 방들이 있었다. 창 밖
으로는 화강암이 곳곳에 솟아 있는 황무지가 저 멀리 지평선
을 이루며 펼쳐 있는 것이 보였다.

나는 이렇게 교육을 많이 받은 남자와 아름다운 여자가 이
거친 황무지에 사는 이유가 정말 궁금했다.

"왜 이런 곳에서 살까 궁금하시겠죠?"

머릿속의 내 질문에 대답이라도 하듯 스태플턴이 말했다.

"비록 이런 곳에서 살긴 해도 우리는 행복하게 잘 살아가
고 있습니다. 그렇지 않니, 베릴?"

"예, 행복하게 살고 있어요."

여인이 말은 그렇게 했지만 정말 행복한 것 같지는 않았다.

"예전에는 학교를 경영했었지요."

스태플턴이 말했다.

"북부지방에 있는 학교였습니다. 그런데 그게 제 성격에는
맞지 않은 일이었지요. 너무 단조롭고 지루했거든요. 그러나
젊은이들과 함께 지내면서 그들의 젊은 영혼이 성장하는 데
보탬이 되고, 또 그들이 인격을 형성하고 이상을 품는 데도
일조를 할 수 있었던 소중한 시간이었습니다. 저는 그것이 교
육이 주는 일종의 특권이었다고 생각합니다. 하지만 운명의
여신은 우리편이 아니었던 모양인지 불행한 일을 당했지요.
학교에 무서운 전염병이 돌아 학생 세 명의 목숨을 앗아갔습

니다. 그 사고의 여파로 학교는 큰 손해를 입게 됐습니다. 그러나 저로서는 더 이상 아이들과 보람된 시간을 보낼 수 없다는 점만 아쉬울 뿐, 오히려 잘 됐다는 생각이 들기도 합니다. 저는 식물과 동물을 좋아하는데, 그에 관한 연구를 하는 데는 여기만한 곳이 없기 때문입니다. 또 제 동생도 저처럼 자연에 관심이 많습니다. 왓슨 박사님, 좀 전에 창 밖의 황무지를 내다볼 때 박사님의 표정을 보니 제가 지금 말씀드린 내용을 많이 궁금해하시는 것 같았습니다."

"맞습니다. 그런데 이곳은 스태플턴 씨에게는 흥미로울지 몰라도 여동생에게는 지루한 곳이 아닌지 모르겠군요."

"아닙니다. 절대 그렇지 않아요."

그녀가 재빨리 말했다.

"우리에게는 책이 있고 연구 과제가 있습니다. 또 재미있는 이웃들도 있지요. 모티머 선생은 자신의 연구 분야에서는 최고 전문가이십니다. 고인이 된 찰스 경도 존경할 만한 분이었죠. 저희 남매는 경과 가까이 지냈기 때문에 저희들이 느끼는 슬픔의 감정이야말로 말로 표현할 수 없을 정도입니다. 제가 오늘 오후에 배스커빌 저택을 방문해서 헨리 경에게 인사를 드려도 실례가 되지 않을까요?"

"실례라니 무슨 말씀입니까? 헨리 경도 틀림없이 기뻐할 겁니다."

"그러면 제가 찾아뵙겠다는 말씀을 박사님이 좀 전해주시지요. 저희는 헨리 경이 새로운 환경에 익숙해질 때까지 조금이나마 도움이 되고 싶습니다. 왓슨 박사님, 2층으로 가셔서 제가 수집한 나비 표본을 구경하시겠습니까? 아마 영국 남서부에서 이보다 잘된 표본은 없을 겁니다. 그것들을 천천히 구경하시다 보면 점심 식사 준비도 거의 다 될 것 같습니다."

그러나 나는 내 본연의 임무로 얼른 돌아가고 싶었다. 음울한 황무지, 불쌍한 조랑말의 죽음, 배스커빌 가의 불길한 전설을 연상시키는 섬뜩한 울음소리, 이 모든 것들이 내 마음을 무겁게 했다. 거기다가 스태플턴 양의 엄중한 경고까지 있었다. 그녀가 그렇게 단호하게 말한 것을 보면 확실히 무언가 내막이 있을 터였다.

나는 점심을 먹고 가라는 스태플턴의 권유를 뒤로하고 바로 집을 나와 왔던 길로 돌아가고 있었다.

그런데 어딘가 지름길이 있는지, 내가 갈림길을 지나 큰길로 들어서기도 전에 길 옆의 바위 위에 스태플턴 양이 먼저 와 앉아 있는 것이었다. 나는 깜짝 놀라지 않을 수 없었다. 급히 뛰어왔는지 아름다운 얼굴은 상기되어 있었고 한 손은 옆구리를 짚고 있었다.

"박사님을 따라잡으려고 계속 뛰어왔어요. 급해서 모자도 못쓰고 나왔지요. 제가 집에 없는 것을 알면 오빠가 저를 찾

을 거라 빨리 돌아가야 하거든요. 제가 박사님을 헨리 경으로 잘못 알고 어리석게도 실수를 했습니다. 죄송해요. 사과 드리겠습니다. 그리고 아까 제가 드린 말씀은 마음에 담아두지 마세요. 박사님과는 전혀 무관한 얘기니까요.”

"스태플턴 양, 어떻게 신경이 쓰이지 않을 수가 있겠습니까? 나는 헨리 경의 친구이고 그의 안전은 저에게 중요한 문제입니다. 헨리 경이 런던으로 돌아가야 하는 이유가 뭔지 말씀해주십시오."

"왓슨 박사님, 여자의 변덕이었다고 이해해주세요. 저에 대해 차차 알게 되면 제 말이나 행동에 항상 분명한 이유가 있는 것은 아니라는 점을 아실 거예요."

"아닙니다. 당신이 제게 경고할 때의 떨리던 목소리와 진지한 눈빛이 생생한데 무슨 말씀이십니까. 스태플턴 양, 제발 솔직히 말씀해주세요. 여기 온 이후로 저는 어둠의 그림자가 제 주위를 둘러싸고 있다는 것을 느끼고 있습니다. 마치 사람을 집어삼키는 무시무시한 그림펜 늪에 빠진 기분이에요. 스태플턴 양, 제발 당신이 한 경고가 무슨 의미인지 말해주세요. 그러면 당신의 경고를 헨리 경에게 전하겠다고 약속드리겠습니다."

순간 스태플턴 양의 얼굴에는 망설이는 듯한 표정이 스쳤지만 잠시였고, 금방 냉정한 얼굴로 돌아와 내게 말했다.

"왓슨 박사님, 제 말을 너무 심각하게 받아들이시는 것 같군요. 오빠와 저는 찰스 경의 죽음에 큰 충격을 받았습니다. 우리는 그분과 아주 가깝게 지냈어요. 그분이 제일 좋아했던 산책길이 황무지를 넘어 저희 집까지 오는 길이었거든요. 찰스 경은 평소 집안에 내린 저주를 무척 두려워하셨습니다. 그래서 이런 비극이 닥치자 저는 당연히 그분이 두려움을 느낀 데에는 무슨 이유가 있을 거라고 생각하게 되었습니다. 그런 상황에 배스커빌 가의 새로운 상속자가 이곳에 정착한다는 이야기를 들었지요. 저는 그분도 위험에 처하지 않을까 매우 걱정이 되었기에 경고를 드려야 한다고 생각했던 겁니다. 그것이 제가 경고를 드리게 된 이유의 전부입니다."

"그 위험이란 게 도대체 뭡니까?"

"박사님도 배스커빌 가의 전설을 아시지 않습니까?"

"나는 그런 이야기를 믿지 않습니다."

"저는 믿어요. 그러니 박사님이 헨리 경을 설득할 수 있으시다면 그렇게 하셔서 빨리 이 위험한 곳을 떠나세요. 세상은 넓습니다. 무엇 때문에 그분이 이런 위험한 곳에서 사셔야 합니까?"

"바로 그거예요. 위험한 곳이기 때문에 머문다는 말씀입니다. 헨리 경의 타고난 성격이 그래요. 모험을 즐기시죠. 단지 전설 때문이라면 그분은 떠나시지 않을 겁니다. 더 자세히 말씀을 해주시지요."

"더는 말씀드릴 게 없습니다. 저도 자세히는 몰라요."

"스태플턴 양, 한 가지만 더 묻겠습니다. 제가 지금 들은 정도의 이야기라면 오빠 몰래 할 필요가 없을 것 같은데 이렇게 하는 이유가 뭐죠? 오빠나 그 외에 다른 사람이 알면 안 되는 이야기라도 됩니까?"

"오빠는 배스커빌 저택에 주인이 들어와 살기를 무척 원하고 있어요. 그래야 황무지에 사는 가난한 사람들의 생활이 나아진다고 생각하거든요. 그러니 제가 황무지를 떠나야 한다는 말을 헨리 경에게 했다는 것을 알아보세요. 얼마나 화를 내겠어요. 이제 제 의무는 다했으니 더 이상 애기하지 않겠습니다. 저는 이만 가봐야겠네요. 제가 없어진 것을 오빠가 알면 박사님을 만나러 나갔다고 의심할 거예요. 그럼 안녕히 가세요."

그녀는 여기저기 흩어져 있는 바위 사이로 사라졌고, 나는 왠지 모를 두려움에 휩싸인 채 배스커빌 저택으로 발걸음을 재촉했다.

왓슨의 첫 번째 보고서

여기부터는 내가 셜록 홈즈에게 보낸 편지를 옮김으로써 사건을 서술해나가려 한다. 물론 나는 당시의 비극적인 사건을 아직도 생생히 기억하고 있다. 한 장이 분실되긴 했지만, 내 기억보다는 이 편지들이 그때의 내 감정과 사건의 정황들을 더 정확히 전해줄 것이다.

10월 13일, 배스커빌 저택에서

친애하는 홈즈에게

내가 보낸 편지를 보았을 테니 하나님에게도 버림받은 이 외진 곳에서 일어난 모든 일들을 자네도 잘 알고 있겠지. 황무지에서 뿜어 나오는 신기(神氣)와 황무지 자체의 거대함, 그리고 그 기묘한 매력들 때문에 여기에 오래 머물수록 영혼은 더 깊이 황무지에 사로잡히게 되네. 일단 황무지에 들어오면 지금 여기가 현대 영국이라는 생각이 잊혀질 정도로 어디서나 선사시대 사람들이 살던 흔적들을 볼 수 있지. 잊혀진 옛 사람들이 살던 집과 무덤으로 보이는 것들, 그리고 제단이라고 추측되는 거석(巨石) 등이 곳곳에 산재해 있네.

산허리에 있는 회색 돌집들을 보게 되면 누구든지 지금이 선사시대인지 현대 영국인지 헷갈리게 되지. 마치 동물의 가죽을 걸친 털북숭이 인간이 금방이라도 그 나지막한 문에서 기어 나와 활을 겨눌 것 같은 분위기야. 이상한 것은 어디보다도 척박한 땅이었을 이곳에 사람들이 모여 살았다는 거야. 내가 고대 역사 연구가는 아니지만, 그들은 호전적이지 못하고 힘이 약했기 때문에 아무도 탐내지 않았던 이 땅에서 살 수밖에 없었으리라는 생각이 드네.

그러나 이 모든 것은 자네가 내게 부여한 임무와는 아무 상관도 없는 이야기니 자네처럼 현실적인 사람에게는 재미없을 걸세. 태양이 지구 주위를 도는지 지구가 태양 주위를 도는지에 대해서 웬만한 사람이면 관심을 가질 법도 한데 자네는 거기에도 도무지 관심이 없었지. 그런 자네의 모습을 나는 여전히 기억하고 있다네. 이제 그만하고 헨리 배스커빌 경에 관한 이야기로 돌아가겠네.

자네가 지난 며칠 동안 내게 아무 보고도 받지 못한 것은

바로 오늘까지도 중요한 일이 별로 없었기 때문이지. 그런데 아주 놀라운 일이 일어났어. 그러나 그 일을 얘기하기 전에 먼저 관련 상황을 설명해야 할 것 같네.

우선 탈옥하여 황무지로 도망친 죄수에 관한 이야기야. 그가 이 지역에서 멀리 떨어진 곳으로 달아나버렸다는 이야기가 신빙성 있게 받아들여져 주민들은 가슴을 쓸어내리며 안도의 한숨을 쉬고 있네. 죄수가 탈옥한 지 2주가 지났는데 그동안 봤다는 사람이 아무도 없으니 그가 멀리 떨어진 곳으로 달아나버렸다고 이곳 주민들이 믿는 것은 당연하지.

또 황무지에 숨어서 2주 동안이나 버틴다는 것도 말도 안되니 주민들로서는 그럴 수밖에 없었을 거야. 물론 은신처는 많네. 산허리에 있는 돌집 중 아무 데고 숨으면 될 테니 말일세. 하지만 황무지에는 먹을 것이 전혀 없어. 거기 놓아기르는 양이라도 잡아먹지 않는 한 말일세.

그래서 우리는 그가 멀리 떠난 것으로 믿었고, 주민들은 두 발 쭉 뻗고 편히 잘 수 있었다네. 배스커빌 저택에는 건장한 남자가 넷이나 있어서 안심이 됐어. 그러나 스태플턴 남매만 생각하면 마음이 편치 않았네. 그 집은 너무 멀리 떨어져 있어 혹시 무슨 일이라도 생기면 도움을 주기도 전에 돌이킬 수 없는 상황이 일어날 수도 있거든. 그곳에는 하녀 한 명과 늙은 하인 그리고 스태플턴 남매가 사는데, 오빠 스태플턴은 완력을 쓰는 것과는 거리가 먼 사람이라네. 만약 탈옥수가 침입하기라도 한다면 스태플턴 남매로서는 어찌 해볼 도리가 없을 거야. 헨리 경과 나는 그런 그들을 걱정하여 마부 퍼킨스를 보내려고도 했지만, 스태플턴은 고집을 피우며 말을 듣지 않더군.

우리의 친구 헨리 경이 아름다운 이웃 아가씨에게 상당한 관심을 보이기 시작했다네. 그토록 활동적인 남자가 이 시골 구석에서 사는 것이 어디 쉬운 일이겠나. 거기다 그녀는 얼마나 매력적이고 아름다운가. 관심을 갖는 것이 당연하지. 이국적인 분위기를 풍기는 스태플턴 양은 차갑고 감정 표현을 하지 않는 오빠와는 아주 대조적이야. 물론 오빠 스태플턴도 내면에 뜨거운 감정이 감춰져 있는 것 같기는 하네.

스태플턴 양은 오빠 말이라면 쩔쩔매는 것 같아. 무슨 말이라도 할 때면 허락이라도 받는 듯이 끊임없이 오빠의 눈치를 보더군. 그래도 여동생이니까 잘해주겠지. 매섭게 빛나는 눈과 꽉 다문 얇은 입술을 보면 그는 집념이 강하고 차가운 성격을 지닌 사람인 듯하네. 하여튼 자네 눈으로 봐도 그는 여러모로 흥미 있는 사람일 거야.

스태플턴은 첫날에는 배스커빌 저택에 인사차 들렀지. 그리고 다음 날에는 배스커빌 가에 내려오는 그 끔찍한 이야기의 무대로 우리 둘을 안내했네. 휴고가 처참히 죽음을 당한 그곳 말일세. 황무지를 가로질러 몇 킬로미터 정도 걸어야 하는 곳이었는데, 어둡고 스산한 것이 딱 그런 전설이 나올 만한 분위기더군.

울퉁불퉁한 바위산 사이에 작은 계곡이 있는데 가까이 가 보니 하얀 황새풀이 여기저기 자라고 있는 풀밭이 있더군. 그 한가운데에 솟아있는 커다란 돌 두 개는 윗부분이 닳아서 뾰족해진 것이 마치 괴물 같은 짐승의 송곳니처럼 보였네. 모든 것이 그 옛날의 끔찍한 전설에 나오는 그대로였어. 헨리 경은 큰 관심을 보였지. 과연 초자연적인 존재가 있어 인간 세상에 그 힘을 발휘할 가능성이 있다는 것을 정말로 믿는지 스태플턴에게 여러 번 묻더군.

스태플턴은 대충 대답은 했지만 속마음을 그대로 이야기하지는 않은 것 같았네. 아마도 헨리 경의 감정을 고려해서 그랬겠지. 스태플턴은 그밖에도 악령 같은 것들로 인해 고통을 겪었던 여러 집안들의 비슷한 사건들을 말해주었네. 어쩌면 그도 이 사건에 대해 주민들과 같은 생각을 하고 있는지도 모른다는 생각이 들더군.

돌아오는 길에 우리는 메리핏 하우스에 들러 점심 식사를 했네. 헨리 경과 스태플턴 양의 첫 대면이 이루어진 자리였지. 우리의 친구 헨리 경은 그녀를 처음 본 순간 그녀의 매력에 푹 빠진 듯했네. 스태플턴 양도 마찬가지였다네. 헨리 경은 그 집에서 나와 배스커빌 저택으로 가는 도중에도 몇 번씩이나 그녀 애기를 꺼냈고, 그때 이후로 거의 하루도 거르지 않고 스탠플턴 남매를 만났다네.

오늘도 그들 남매가 배스커빌 저택으로 와서 함께 저녁 식사를 했고, 다음주에는 우리가 그 집으로 가기로 했지. 그런데 헨리 경과 스태플턴 양이 가까워지는 것을 스태플턴도 오빠로서 반길 것 같지만 그렇지 않다네. 자기 여동생에게 헨리 경이 관심이라도 보일라치면 스태플턴의 얼굴에 기분 나빠하는 표정이 드는 것을 여러 번 보았거든. 여동생을 애지중지 여기고 있으니 여동생이 없으면 물론 쓸쓸하겠지. 하지만 그렇더라도 스태플턴 양이 헨리 경 같은 훌륭한 남자와 결혼하는 것을 방해한다면 너무 이기적인 처사 아니겠나.

어쨌든 그들 두 남녀의 만남이 사랑으로 발전하는 것이 그녀의 오빠가 바라는 바가 아니라는 것은 확실한 것 같네. 스태플턴 양과 헨리 경이 둘만의 시간을 갖는 것을 막으려고 애쓰는 스태플턴의 모습이 내 눈에 여러 번 띄었거든. 가뜩이나 어려운 형편인데 엎친 데 덮친 격으로 연애 문제까지 터지니, 헨리 경 옆에 꼭 붙어 있으라는 자네의 지시를 따르기가 점점 더 어려워질 것 같네. 내가 자네의 지시를 따르면 아무도 나를 좋아하지 않을 걸세.

하루는, 더 정확히 이야기하면 지난 목요일이었네만, 모티머 선생이 우리와 점심을 같이 했네. 이야기를 들어보니 롱다운에서 고분 발굴 작업을 하다가 선사시대의 두개골을 발견했다고 하더군. 굉장히 기뻐하는 모습이었네. 아마 모티머 선생만큼 한 가지 일에 푹 빠져 있는 사람도 없을 거야. 나중에 스태플턴 남매도 합석했네. 사람 좋은 모티머 선생은 헨리 경의 부탁으로 우리를 문제의 오솔길로 데려가서 그 끔찍한 밤에 일어났던 사건의 정황을 정확하게 말해주었네.

길게 뻗은 그 오솔길을 보니 음산한 느낌이 들더군. 주목이 두 줄로 서서 벽처럼 울타리를 이루고 있고, 길 양쪽으로 좁은 잔디밭이 있었어. 오솔길 끝에는 오래되어 다 쓰러져가는 여름 별장이 있고 길 중간쯤에는 황무지로 통하는 쪽문이 있네. 빗장이 달린 흰색 나무문인데 찰스 경이 담뱃재를 떨었던 곳이지. 쪽문 너머에는 드넓은 황무지가 펼쳐져 있더군. 나는 이 사건에 대해 자네가 세웠던 가정을 떠올려보면서 당시 상황이 어땠을까 상상해보았네.

찰스 경은 저곳에 서 있었겠지. 그때 뭔가가 황무지를 가로질러 그에게 다가오고 있었고, 그것을 본 찰스 경은 겁에 질려 제정신이 아닌 채 뛰어 도망갔겠지. 그러다가 결국 극심한 공포와 기력이 소진되어 쓰러져 죽고 말았을 거야. 이 길고 음울한 터널이 찰스 경이 도망쳤던 길이네. 도대체 찰스 경은 무엇에 그렇게 쫓겼던 것일까? 황무지의 양치기 개였을

까? 아니면 유령처럼 소리 없이 다가온 그 끔찍한 검은 사냥
개였을까? 사건의 배후에 인간이 있는 것은 아닐까? 창백한
얼굴에 항상 주위의 눈치를 살피는 듯한 표정을 짓고 있는 배
리모어는 자신이 진술했던 내용 이상은 모르고 있는 걸까?
확실히 드러난 것은 없지만 배후에는 뭔가 어두운 범죄의 그림자가 드리워 있다는 느낌이 드네.

내가 최근에 자네에게 편지를 보내고 난 후에 알게 된 이웃 한 명이 있지. 여기서 남쪽으로 6킬로미터쯤 떨어진 래프터 저택에 살고 있는 프랭클랜드 씨야. 그는 붉은빛의 얼굴에 흰 수염을 기른 불같은 성격의 노인으로, 영국법의 신봉자이어서 소송을 하는 데 큰 돈을 쓰고 있는 사람이라네. 어떻게 보면 재미로 싸움을 하는 사람인 것 같기도 해. 이쪽 저쪽 가리지 않고 소송에 열심인 그를 보면 참으로 값비싼 오락을 즐기는 사람이라는 생각이 들거든.

한번은 마음대로 통행로를 막아버려서 교구 쪽과 다툼을 벌이기도 했다네. 어떤 때는 남의 집 문을 부수어놓고는 거기가 원래 길이 있던 자리라는 황당한 주장을 해서 집주인이 그를 가택침입죄로 고소하게 만들기도 했지. 그는 또 옛 장원제도와 공유재산권에 대해 상당히 깊은 지식을 가지고 있어서, 어떤 때는 그 지식을 마을 사람들을 위해 사용하기도 하고 또 어떤 때는 그 반대로 사용하기도 한다네. 어느 쪽이냐에 따라 프랭클랜드 씨는 큰 승리를 거둔 장군 같은 대우를 받거나 아니면 그를 본딴 인형이 화형을 당하는 험한 꼴을 겪는다네. 내가 볼 때에는 양쪽을 주기적으로 반복하는 것 같아.

현재 그가 관련된 소송만 해도 7개나 되기 때문에 엄청난 비용이 들게 될 것이고, 결국 그 때문에 나머지 재산도 다 날

리게 되면 앞으로는 이빨 빠진 호랑이 신세가 되겠지. 그래도 소송에 열심인 것만 빼면 친절하고 좋은 사람이라네. 내가 그 사람 이야기를 이렇게 늘어놓는 이유는 자네가 이곳에 있는 주위 사람들에 대해 알려달라고 했기 때문이야.

어울리는 것 같지 않지만 프랭클랜드 씨는 아마추어 천문학자이기도 해서 아주 성능 좋은 망원경을 가지고 있지. 요즘 그는 탈옥수를 찾으려고 자기 집 지붕 위에서 그 망원경으로 하루 종일 황무지를 살펴보는 일에 몰두하고 있어. 그가 이런 일에만 정력을 쏟는다면 좋았을 텐데, 또 다른 소문이 돌고 있다네. 롱다운의 고분에서 선사시대의 두개골을 발굴할 때에 모티머 선생이 가까운 친척의 동의를 얻지 않고 무덤을 파헤쳤다며 그를 고소했다는 거야. 참 재미있는 사람이지? 프랭클랜드 씨 때문에 이곳 생활이 지루하지는 않다네. 이 지방에서는 꼭 필요한 활력소 같은 사람이라고 할 수 있지.

그러면 탈옥수와 스태플턴 남매, 모티머 선생, 래프터 저택의 프랭클랜드 씨에 대한 최근 소식을 다 전했으니, 가장 중요하다고 할 수 있는 배리모어 부부에 대한 이야기로 끝을 맺겠네. 어젯밤에 일어난 놀라운 사건일세.

우선 배리모어가 정말로 여기에 있었는지 알아보려고 자네가 런던에서 보냈던 전보에 대한 이야기네. 우체국장의 증언을 들어보니 내가 이미 설명한 대로 결국 우리는 배리모어가 런던에 와 있었는가를 알아보는 데 실패했다네. 헨리 경에게 전보에 관해 이야기하자 그는 직선적인 성격의 사나이답게 즉시 배리모어를 불러서 전보를 직접 받았는지 물었지. 배리모어는 받았다고 대답했네.

"자네가 직접 전보를 받았나?"

헨리 경이 다시 묻자 배리모어는 놀란 표정으로 잠시 무언가 생각하더니 대답했지.

"아닙니다. 저는 그때 다락방에 있어서 아내가 전보를 대신 받아 제게 전해주었습니다."

"회신은 자네가 직접 했나?"

"아닙니다. 제가 내용을 불러주고 아내가 그것을 받아 적었습니다."

그런데 그날 저녁에 배리모어는 그 일을 다시 꺼내더군.

"주인님, 저는 오늘 아침 주인님이 그런 질문을 하신 뜻을 잘 모르겠습니다. 제가 주인님의 신뢰를 저버릴 짓을 했기 때문에 그런 질문을 하신 것은 아니겠지요."

배리모어가 이렇게 나오자 오히려 헨리 경이 배리모어를 달래는 형국이 되어버렸지. 헨리 경 자신이 입던 옷들까지 배리모어에게 챙겨주면서 말이네. 헨리 경이 런던에서 주문한 옷가지가 때마침 도착하는 바람에 그렇게 인심을 쓸 수 있었다네.

배리모어 부인도 매우 흥미로운 사람일세. 큰 체격에 단정한 태도를 지닌 그녀는 융통성이 없는 청교도적 성격을 지니고 있지. 도대체 감정을 드러내지를 않는 여자라네. 여기 온 첫날 밤, 그녀가 슬프게 흐느껴 우는 소리를 들었던 일은 자네에게도 얘기했지? 그런데 그날뿐 아니라 그 뒤로도 그녀의 얼굴에 눈물자국이 남아 있는 것을 여러 번 보았네. 무엇 때문인지는 모르지만 깊은 슬픔에 빠져 있는 것 같았어.

어떤 때에는 그녀가 죄의식 때문에 괴로워하는 것이 아닐까 하는 생각이 들기도 하고, 또 어떤 때에는 배리모어가 그녀에게 폭군처럼 구는 게 아닌가 하는 의심이 들기도 했지. 나는 배리모어가 특이한 성격이고 어딘지 모르게 의심스러운 구석이 있다고 항상 느꼈는데, 어젯밤에 일어난 사건으로 인해 그 의심은 더욱 굳어졌다네. 그러나 이는 어떻게 보면 사소한 일일 수도 있지. 자네도 알다시피 난 잠을 깊게 자지 못하잖나. 더구나 이 집에서는 경계를 게을리해서는 안 되기 때문에 보통 때보다 잠을 더 못 자고 있지.

그런데 어젯밤 새벽 2시쯤 되었을 때야. 누군가 살금살금 내 방을 지나가는 발소리에 잠이 깼어. 나는 자리에서 일어나 문을 살짝 열고 밖을 내다보았네. 검은 그림자가 복도에 길게 드리워져 있더군. 손에 촛불을 들고 살며시 복도를 걸어가는 남자의 그림자였네. 맨발에 셔츠와 바지 차림의 남자였지. 어두워서 윤곽만 보았지만, 큰 키로 보아 배리모어라는 것을 알수 있었네. 그는 느릿느릿 조심스럽게 걷고 있었는데, 그 모습에서 뭐라 구체적으로 말은 할 수 없지만 좋지 못하고 비밀스런 일이 있다는 느낌이 들더군.

이 복도는 중간에 홀을 돌아가는 발코니로 끊겼다가 발코니 건너편에서 다시 연결된다는 것은 이전에도 자네에게 말한 적이 있지? 나는 그가 시야에서 사라질 때까지 기다렸다가 다시 뒤따라갔네. 내가 발코니를 지났을 때, 그는 건너편 복도 끝에 있더군. 문틈으로 새어나오는 희미한 불빛을 통해 나는 그가 어느 방으로 들어갔다는 것을 알았네.

그런데 그쪽에 있는 방들은 가구도 없고 사용하지도 않는 빈 방들이었기 때문에 그의 행동은 더욱 이상하게 보였어. 문틈으로 새어나오는 불빛이 움직이지 않는 것으로 보아 그는 그냥 가만히 서 있는 것 같았네. 나는 최대한 소리를 내지 않은 채 복도를 기어가 문틈으로 방 안을 몰래 엿보았지.

배리모어는 손에 촛불을 들고 유리창에 몸을 바짝 갖다댄 채 몸을 쭈그리고 있었네. 컴컴한 황무지를 바라보는 그의 옆얼굴을 훔쳐보니, 긴장한 듯 딱딱하게 굳어 있는 것 같았어. 몇 분 동안 그렇게 창 밖을 바라보고 서 있더니 깊은 신음소리를 내며 급히 촛불을 꺼버리더군. 나는 즉시 내 방으로 돌아왔고, 뒤이어 배리모어가 조심스럽게 걸어가는 발소리가 들렸네. 그러다 나도 선잠이 들었는데 어디에선가 자물쇠를 여는 소리가 잠결에 들렸네. 그러나 어디에서 소리가 났는지는 정확히 알 수가 없었어.

이 모든 것이 대체 무엇을 의미하는지 알 수는 없었지만, 하여튼 이 음침한 집에서 비밀스런 일이 벌어지고 있는 것만은 확실하다는 느낌이 들어. 우리가 곧 그 실체를 밝혀내야겠지. 내 의견을 제시해 자네를 헷갈리게 만들지는 않겠네. 자네가 오직 사실만을 전해 달라고 부탁했으니 그 부탁에 충실해야겠지.

나는 오늘 아침에 헨리 경과 오랫동안 이야기를 나누었네. 그리고 어젯밤에 내가 본 것을 토대로 작전 계획을 세웠어. 하지만 그 계획이 어떤 것인지 지금 당장 자네에게 말하지는 않겠네. 아마 다음 번 보고서는 재미있을 걸세.

왓슨의 두 번째 보고서
황무지의 불빛

10월 15일, 배스커빌 저택에서

친애하는 홈즈에게

내가 이 임무를 맡은 지 얼마 안 되었을 때는 자네에게 많은 소식을 전하지 못했을지 모르지만, 이제는 그때 허비한 시간을 벌충하고 있다는 걸 인정해야 할 걸세. 지금은 사건들이 정신없이 일어나고 있어.

지난 보고서에서는 배리모어가 홀로 한밤에 창가에 있었다는 이야기로 끝을 맺었지. 이번에는 자네를 놀라게 할 만한 굉장한 소식이 한 보따리 있네. 내가 크게 오해하고 있는 것이 아니라면 말이야.

사건은 내가 예상치 못한 방향으로 진행되고 있네. 48시간이 흐르는 동안 한편으로는 사건이 더 명확해지기도 했고, 또 한편으로는 더 복잡해지기도 했어. 아무튼 자네에게 전부 보고할 것이니 잘 판단하길 바라네.

날이 밝자 나는 아침 식사도 하기 전에 건너편에 있는 복도를 지나 전날 밤 배리모어가 들어갔던 방을 조사해보았네. 배리모어가 밖을 열심히 내다보던 서쪽 창문에는 집 안의 다른 보통 창문들과는 다른 점이 있더군. 그 창을 통해 보니까 황무지가 아주 잘 보였어. 두 그루의 나무 사이에 트인 공간이 있어 창문을 통해 황무지가 훤히 내다보이더군. 집 안의 다른 창문을 통해서는 황무지가 그렇게 훤히 내다보이지 않거든.

결국 배리모어는 다른 창문들과는 달리 바깥이 잘 보이는 이 창문을 통해 황무지에 있는 누군가를, 혹은 무엇인가를 찾아보고 있었던 것이 틀림없었네. 하지만 어젯밤은 칠흑같이 어두웠기 때문에 그가 창 밖의 뭔가를 볼 수 있었다고는 생각되지 않네. 그가 혹시 부인 몰래 바람을 피우고 있는 것은 아닐까 하는 생각이 문득 들더군. 그렇게 생각하면 그의 은밀한 행동과 부인의 불안해하는 모습들이 다 이해가 되거든.

배리모어는 시골 처녀의 마음을 사로잡기에 충분할 정도로 미남이라서 그런 가정이 전혀 근거가 없는 것은 아니었네. 내가 잠결에 들었던 문 여는 소리는 그가 비밀스런 약속을 지키기 위해 밖으로 나가는 소리가 아닐까 하는 생각을 했지.

이렇게 나는 아침 동안 내 나름대로 추리를 했는데, 그것들은 근거 없는 것이었네.

그러나 배리모어가 지난 밤에 그 이상스러운 행동을 한 진짜 이유가 어디에 있든 간에, 진상이 밝혀질 때까지 나 혼자만 그것을 알고 있어야 한다는 부담감은 견디기 힘들었어. 그래서 나는 아침 식사가 끝난 후 헨리 경을 서재에서 만나 내가 본 것을 모두 얘기해버렸네. 경은 별로 놀라는 눈치가 아니었어.

"배리모어가 밤에 돌아다닌다는 것은 저도 알고 있었습니다. 그래서 저도 그를 만나 한번 물어보려던 참이었지요. 저도 왓슨 박사님이 말씀하신 바로 그 비슷한 시각에 배리모어 집사가 복도를 오가는 발소리를 두세 번 정도 들었거든요."

"그렇다면 매일 밤마다 그 창문을 찾는다는 말이군요."

"그럴 가능성도 있지요. 밤에 배리모어를 몰래 따라가서 그가 찾고 있는 것이 무엇인지 알아보면 어떨까요? 이럴 때에 홈즈 씨가 여기에 계셨다면 어떻게 했을지 궁금하군요."

"홈즈도 아마 경께서 말씀하신 대로 배리모어를 몰래 뒤따라가 그가 무엇을 하는지 조사했을 겁니다."

"그러면 우리도 해보지요, 뭐."

"하지만 배리모어가 눈치를 챌 텐데요."

"그는 가는귀가 먹어 소리를 잘 듣지 못합니다. 그리고 그 정도 위험은 각오해야지요. 오늘 밤 내 방에서 그가 지나갈 때까지 기다리기로 합시다."

헨리 경은 기쁜 듯 손을 비비며 이 뜻밖의 모험을 반겼네. 단조롭기 짝이 없는 황무지 생활의 활력소가 될 거라고 생각하는 것 같았어.

예전에 찰스 경의 의뢰를 받아 설계를 맡았던 건축가와 런던의 건축업자들과도 헨리 경이 계속 연락을 취하고 있는 것으로 보아, 곧 이곳에 큰 공사가 있을 것 같다는 생각이 드네. 플리머스에서도 실내 장식가와 가구 상인들이 이곳을 방문하고 있으니 우리의 친구 헨리 경이 가문의 옛 영광을 회복하기 위해 비용과 노력을 아끼지 않고 있는 것이 분명해. 저택을 개조하고 가구를 갖추고 나면 다음으로 그에게 필요한 것은 아내일 거야. 스태플턴 양이 허락하기만 하면 될 텐데 그게 잘 안 되는 것 같네.

헨리 경은 스태플턴 양에게 열중해 있어. 지금의 헨리 경만큼 한 여자에게 푹 빠져 있는 남자는 아마 없을 거라고 생각될 정도라네. 그러나 헨리 경의 진지한 사랑의 행로는 예상보다 수월하게 진행되고 있지는 않네. 오늘만 해도 전혀 예상하지 못한 파문이 일어 잔잔하던 수면이 거칠게 출렁인 사건이 일어났지. 그 때문에 헨리 경은 아주 당황했고 곤혹스러워했네.

배리모어에 대한 얘기를 끝내고 헨리 경은 모자를 쓰고 나갈 준비를 했네. 당연히 나도 그랬지.

"외출하실 겁니까, 왓슨 박사님?"

헨리 경이 이상한 표정으로 나를 바라보며 물었네.

"저의 외출여부는 경이 황무지에 나가시는지 나가지 않으시는지에 달렸지요."

내가 대답했네.

"저는 황무지로 갈 겁니다."

"경도 제 임무를 잘 알고 계시지 않습니까? 경의 사생활을 침해하는 것 같아 죄송합니다만, 경의 옆에 꼭 붙어 있으라고 홈즈가 얼마나 간곡히 부탁했는지는 경께서도 잘 알고 계실 겁니다. 특히 황무지에 나갈 때에는 절대로 혼자 가시면 안 됩니다."

헨리 경은 웃으며 내 어깨에 손을 얹더니 이야기했네.

"왓슨 박사님, 홈즈 씨가 아무리 뛰어나신 분이라 해도 제가 황무지에 온 뒤 일어난 일들을 예상하지는 못했습니다. 제 말이 무슨 뜻인지 아시겠지요? 혹시 박사님은 분위기를 깨뜨리는 그런 분은 아닐 테지요. 저 혼자 나가겠습니다."

나는 순간 아주 난처한 처지에 놓이게 됐네. 무슨 말을 어떻게 해야 할지 정리를 하기도 전에 헨리 경은 지팡이를 집어들고 나가버렸어.

하지만 이유야 어떻든 간에 헨리 경을 혼자 가게 내버려둔 것 때문에 양심의 가책을 느꼈지. 마음이 몹시 불편했어. 런던으로 돌아가서 자네의 지시대로 하지 않아 불행한 일이 일어났다고 보고하면 내가 어떤 심정일지 상상해봤네. 생각만 해도 얼굴이 화끈거리더군. 바로 나가면 헨리 경을 따라잡을 수 있을 것 같아 나는 즉시 메리핏 하우스 쪽으로 서둘러 출발했네.

전속력으로 뛰어갔지만 황무지 갈림길에 도착할 때까지 헨리 경은 보이지 않았네. 혹시 내가 길을 잘못 든 것은 아닌가 해서 먼 곳까지 볼 수 있는 언덕으로 올라갔지. 컴컴한 채석장이 있는 그 언덕이었네. 아니나다를까, 저 멀리 헨리 경이 보이더군. 그는 500미터 가량 떨어진 황무지 오솔길에 있었는데, 가만히 보니 혼자가 아니라 웬 여자와 함께였네. 그 여자는 다름아닌 스태플턴 양이었어.

그들은 이야기 몇 마디를 주고받았는데, 약속을 하고 만난 것이 틀림없었어. 둘은 천천히 걸으면서 열심히 대화를 나누고 있었네. 스태플턴 양은 손을 빠르게 움직이면서 뭐라고 진지하게 얘기를 했고, 헨리 경은 심각하게 듣고 있다가 절대 찬성할 수 없다는 듯 한두 번 고개를 가로젓더군. 나는 바위 틈에 서서 두 사람을 훔쳐보고 있었지만 무엇을 어떻게 해야 할지 전혀 생각이 나지 않았네. 따라가서 저들의 은밀한 대화를 방해하는 것이 지나친 행동이긴 하겠지만, 어느 때고 헨리 경의 일거수 일투족을 감시하고 그를 지키는 것이 내가 맡은 임무 아닌가.

친구를 몰래 감시하는 일은 정말 못할 짓이었지만, 이 언덕에서 그를 지켜보는 것 외에는 더 좋은 방법이 떠오르지 않았어. 그래서 나중에라도 헨리 경에게 내가 한 일을 고백하여 용서를 받으면 양심의 가책이 덜어질 것이라고 생각했네. 내가 이렇게 먼 곳에 있으면 헨리 경에게 갑작스러운 위험이 닥쳤을 때 그를 보호하기 어려운 것이 사실이었지만, 내가 아주 난처한 처지에 있었고 그 외에 별다른 수도 없었다는 것에 자네도 동감할 걸세.

우리의 친구인 헨리 경과 스태플턴 양은 오솔길에 멈춰 서서 대화에 열중하고 있더군. 그때 나는 그 둘을 지켜보고 있는 것이 나 혼자가 아니라는 것을 알게 됐네. 공중에 녹색의 무언가가 떠다니는 게 언뜻 보였기 때문이야. 자세히 보니 울퉁불퉁한 땅 위에서 한 남자가 들고 있는 막대기 끝에 달린 잠자리채였네. 그 남자는 바로 스태플턴이었어. 그는 그 두 남녀에게 나보다 훨씬 더 가까이 있었는데, 그들을 향해 다가가고 있더군.

그때 헨리 경이 갑자기 그녀를 와락 끌어안았지. 헨리 경의 팔은 그녀를 안고 있었지만, 스태플턴 양은 그를 외면하며 밀쳐내려고 하는 것 같았네. 헨리 경이 그녀를 향해 머리를 숙였지만 그녀는 손사래를 치며 그를 거부했어. 다음 순간, 두 남녀는 화들짝 놀라며 떨어지더니 서로 등을 돌리더군. 스태플턴이 나타났기 때문이네. 그는 어울리지 않게 잠자리채를 등뒤에 매달고 두 남녀가 있는 곳으로 미친 듯이 뛰어가고 있었어. 무척이나 흥분을 했는지 두 사람 앞에서 손짓발짓을 해가며 난리를 쳐대더군.

도대체 그게 무슨 뜻인지는 이해가 되지 않았지만 헨리 경에게 욕을 퍼붓는 것 같았어. 헨리 경은 뭔가 해명을 하려는 듯했는데, 이게 스태플턴을 더 화나게 했는지 그는 경의 말을 들으려 하지도 않았네. 숙녀는 아무 말도 하지 않은 채 오만한 태도로 옆에 서 있더군. 마침내 스태플턴이 휙 돌아서서 여동생을 손짓하여 불렀네. 그녀는 어찌할까 주저하며 헨리 경을 쳐다보다가 곧 오빠를 따라가버렸지. 스태플턴은 자기 동생에 대해서도 몹시 화가 난 것 같았네. 헨리 경은 잠시동안 사라져가는 그들 남매의 뒷모습을 바라보다가 고개를 푹 숙인 채 걷기 시작했네. 풀이 죽은 모습을 보니 마음에 깊은 상처를 입은 것 같더군.

방금 벌어진 광경이 무얼 뜻하는지는 잘 모르겠지만, 아무튼 친구 몰래 그의 사적인 부분을 몰래 훔쳐본 것 같아 몹시 부끄러웠네. 그래서 나는 언덕을 뛰어내려가 밑에서 헨리 경

과 만났지. 그는 화가 잔뜩 나서 얼굴이 뻘게진 채 인상을 쓰고 있었기 때문에 이마에는 크게 주름이 져 있었네. 열이 나서 어찌할 바를 모르는 사람 같더군.

"아니, 왓슨 박사님 아니십니까! 여긴 어떻게? 제가 그토록 말씀드렸는데도 설마 저를 쫓아온 것은 아니겠죠?”

나는 그에게 전부 털어놓았네. 헨리 경을 혼자 나가게 할 수는 없어서 어떻게 그를 뒤따라갔는지, 그리고 내가 직접 보게 된 것들을 말일세. 경은 잠시 화가 난 눈으로 나를 쏘아보았지만 나의 솔직함에 이내 화를 풀고 처량한 웃음을 짓더군.

“들판 한가운데라면 사적인 은밀한 만남을 갖기에 꽤 안전한 장소라고 생각했는데 이런 제기랄, 마을 주민들 모두 다 내가 구애하는 것을 보고 있었다는 겁니까? 그런 형편없는 구애를 말입니다. 왓슨 박사님은 어디에 자리를 잡고 그 장면을 보셨습니까?”

“나는 저 언덕 위에 있었습니다.”

“뒤쪽에서 보셨군요. 그녀의 오빠는 상당히 가까이 있었던 모양 같던데……. 왓슨 박사님은 그가 우리에게 미친 듯이 달려오는 것을 보셨습니까?”

“봤습니다.”

“박사님은 혹시 그 오빠라는 사람이 미쳤다고 생각한 적이 없습니까?”

“그런 적은 없었습니다.”

“저도 그랬지요. 조금 전까지만 해도 저는 그가 정상적인 사람이라고 생각했습니다. 그러나 지금은 그 사람 아니면 내가 정신병원에 가야 하는 것 아닌가 하는 생각이 드는군요.

도대체 제게 무슨 문제가 있다는 건지 알 수가 없네요. 왓슨 박사님은 몇 주 동안 저와 함께 지내셨으니 저라는 사람에 대해 잘 아실 테지요. 그러니 솔직히 말씀해주십시오! 제가 사랑하는 여자에게 좋은 남편이 되지 못할 결격사유라도 있습니까?"

"별말씀을 다하십니다. 그런 건 없습니다."

"저의 사회적인 지위에 대해서는 뭐라고 할 리 없을 것이니, 그가 문제삼는 것은 나라는 사람 자체인 게 분명합니다. 나의 어떤 점이 그렇게 싫은 것일까요? 저는 지금까지 살아오면서 아는 사람들에게 해를 끼친 적이 없습니다. 그런데 그 오빠라는 사람은 제가 자기 여동생을 손끝 하나도 건드리지 못하게 하겠답니다."

"그가 직접 그렇게 말하던가요?"

"아이구, 그 이상입니다. 왓슨 박사님, 다 말씀드리지요. 제가 스태플턴 양을 알게 된 지는 몇 주밖에 안 됐지만 그녀를 처음 본 순간부터 제 짝이라고 생각했습니다. 그녀도 저와 함께 있을 때면 행복해했어요. 정말입니다. 그건 그녀의 눈빛을 보면 알 수 있습니다. 입에서 나오는 말보다 더 많은 진실을 담고 있는 것이 여인의 눈빛이니까요. 하지만 그녀의 오빠 스태플턴 씨가 절대로 우리 둘이 같이 있도록 내버려두지 않았기 때문에, 저는 오늘에서야 처음으로 그녀와 단 둘이 몇 마디를 나눌 수 있는 기회를 가졌습니다. 그녀는 저를 만나 기쁘다고는 했지만, 그녀의 입에서 나온 말은 우리의 사랑에 대한 것이 아니었습니다. 그녀는 이곳은 위험한 곳이니 내가 여기 있으면 자기의 마음이 결코 편하지 않을 거라는 말을 했습니다. 하지만 저는 그녀를 이곳에서 만난 이상, 이곳을 떠나고 싶지 않으며 정말로 내가 이곳을 떠나기를 원한다면 나와 함께 같이 가자고 그녀에게 애원했습니다. 이렇게 하면서 저는 그녀에게 청혼을 했지요. 그런데 그녀가 대답을 하기도 전에 그녀의 오빠라는 사람이 미친 사람의 얼굴을 하고 우리에게 달려들었습니다. 그의 얼굴은 화가 나서 창백해졌고, 눈은 분노의 불길이 타오르고 있더군요. 제가 그녀에게 무슨 짓을 했다고 이러는 것일까요? 그녀가 저를 싫어했다면 제가 그렇게 청혼까지 할 수 있었겠습니까? 제가 귀족이라서 뭐든지 제가 좋아하는 일은 내키는 대로 할 수 있다고 생각했던 것일까요? 그자가 스태플턴 양의 오빠만 아니었다면 저도 그렇게 당하고만 있지 않았을 겁니다. 저는 그에게 스태플턴 양에 대한 나의 감정에는 한 점 부끄러운 것이 없으며, 그녀가 내 아내가 되어주기를 바란다고 말했습니다. 그러나 그렇게 말했음에도 불구하고 사태는 전혀 진정되지 않았고, 저도 더 이상 화를 참지 못해 그와 심하게 언쟁을 하게 되었지요. 스태플턴 양이 옆에 있다는 걸 생각하면 그러지 말았어야 했습

니다. 그러고 나서는 박사님도 보셨다시피 그가 스태플턴 양
을 데리고 떠나버린 것으로 끝이 났습니다. 저는 지금 살아오
면서 가장 황당한 경험을 했습니다. 왓슨 박사님, 도대체 이
게 어찌된 영문인지 말씀 좀 해주시면 그 은혜 평생 잊지 않
겠습니다.”

그에게 설명을 해보려 했지만 사실 나 자신도 이해가 되지
않기는 마찬가지였네. 헨리 경으로 말하자면 작위, 재산, 나
이, 인품, 외모 어디 하나 부족한 데 없는 남자가 아닌가. 배
스커빌 집안에 내려오는 어두운 숙명 말고는 흠 잡을 데 없는
사람이지. 그런데도 헨리 경의 구애가 그녀 자신의 의사와는
상관없이 황당하게 거절당한 것이나, 그녀가 아무 말 없이 그
런 상황을 받아들이는 것 모두 너무 놀라웠네.

그러나 우리의 의문들은 당일 오후 우리를 방문한 스태플
턴에 의해 해결되었지. 그는 자신이 행한 무례를 사과하러 왔
다며 헨리 경과 서재에서 오랫동안 이야기를 나누었고, 결국
화해를 했어. 그 표시로 우리는 다음 주 금요일에 메리핏 하
우스에서 저녁 식사를 하기로 했지.

“하지만 저는 지금도 스태플턴 씨가 제정신이라고는 말 못
하겠습니다.”

헨리 경이 말했네.

“저는 오늘 아침 그가 저를 향해 달려들 때의 그 눈빛을 잊

을 수가 없습니다. 하지만 그가 어느 누구보다도 정중하게 사과를 했다는 점만은 인정해야겠군요.”

“스태플턴 씨가 자신이 아침에 했던 행동에 대해 뭐라고 설명을 하던가요?”

“그는 여동생이 자기 인생의 전부라고 말하더군요. 그거야 아주 당연한 일이지요. 스태플턴 씨가 여동생이 지니고 있는 매력의 가치를 알아보았다는 것은 저로서도 기쁜 일입니다. 그들 남매는 계속 함께 지내왔고, 그의 말에 따르면 자신은 여동생만이 유일한 친구였을 정도로 외롭게 살았다고 합니다. 그래서 그런동생을 잃는다는 생각에 견딜 수가 없었다는군요. 그는 제가 그녀에게 연정을 품고 있었다는 것을 처음에는 몰랐다고 했습니다. 그런데 직접 자기 눈으로 확인하고 나니 그녀가 자신을 떠나게 될지도 모른다는 생각이 들었고, 그 충격으로 잠시 이성을 잃고 분별없이 행동했다는 겁니다. 그는 아침에 일어난 일에 대해 아주 미안하게 생각하며 여동생처럼 아름다운 여인을 평생 자기 곁에 잡아두려는 생각이 얼마나 어리석고 이기적인 것인지를 깨달았다고 했습니다. 그리고 그녀가 자기 곁을 떠나야만 한다면, 다른 사람보다는 저와 같은 이웃에게 가는 편이 더 낫다는 생각을 했답니다. 그러나 어쨌든 여동생이 자기 곁을 떠난다는 사실이 그에게는 큰 충격이니 마음의 준비를 할 시간이 조금 필요하다고 말하더군요. 그는 제가 석 달 동안 결혼 문제를 꺼내지 않고 그녀와 연인이 아닌 친구로 지내는 것으로 만족하겠다고 약속한다면, 자기도 여동생과 제가 결혼하는 데 아무런 반대를 하지 않겠다고 했습니다. 저도 그렇게 하겠다고 약속했지요. 결혼 문제는 일단 그렇게 매듭지어졌습니다."

이렇게 해서 우리가 풀어야 할 수수께끼 하나가 해결되었네. 우리가 허우적대고 있던 깊은 수렁의 바닥을 친 일이었지. 스태플턴이 여동생의 구혼자, 그것도 헨리 경같이 아주 괜찮은 구혼자에게 왜 그렇게 적대감을 나타냈는지 알게 되었네. 이제 복잡하게 엉켜 있는 실타래를 풀기 위한 또 다른 실마리를 찾으려하네.

한밤에 들려오던 울음소리, 눈물자국으로 얼룩진 배리모어 부인의 얼굴, 배리모어가 밤마다 몰래 서쪽 창을 찾는 이유 같은 것들 말일세. 친애하는 홈즈, 축하해주게. 내가 자네의 대리인으로서 자네를 실망시키지 않았다는 것과 나에 대한 자네의 신뢰를 저버리지 않았음을 알아주기 바라네. 하룻밤의 고생으로 모든 문제가 깨끗하게 해결되었거든.

내가 하룻밤의 고생이라고 했지만 사실은 이틀 밤의 고생이었네. 왜냐하면 첫날은 완전히 헛수고를 했기 때문이지. 나와 헨리 경은 경의 방에서 새벽 3시가 될 때까지 잠을 자지 않고 기다리고 있었지만, 계단에서 울리는 시계종소리 외에는 어떤 소리도 듣지 못했네. 참으로 허망한 불침번 근무였던 셈이지. 결국 우리 두 사람은 의자에 앉은 채 잠이 들고 말았어.

그러나 이렇게 포기할 수는 없지 않은가. 우리는 다시 시도하기로 결심했네. 다음 날 밤, 우리는 헨리 경 방에서 램프의 빛을 줄이고 담배를 피우면서 쥐죽은 듯이 조용히 앉아 있었네. 시간은 느리게 흘러갔고 무척 지루했지만, 우리는 사냥감이 걸리기를 바라며 덫을 지켜보고 있는 사냥꾼 같은 심정으로 끈기와 호기심을 가지고 기다렸지. 시간이 새벽 1시를 넘어 2시가 다 되어가는데도 아무 일이 일어나지 않았어. 이번에도 틀렸구나, 이제 포기해야 하나 하는 생각을 하며 실망에 잠겨 있을 때였네.

갑자기 헨리 경과 나는 피곤에 지친 신경을 곤두세우고 재빨리 의자에 똑바로 앉으며 자세를 잡았네. 복도에서 삐걱거리는 발소리가 들렸기 때문이었지. 우리는 최대한 소리를 내지 않은 채 발소리가 멀어질 때까지 기다렸어. 이윽고 발소리가 멀어지자 헨리 경은 조용히 방문을 열었고, 우리는 몰래 추적을 했지. 쫓고 있는 사람은 이미 복도를 돌아 지나갔기 때문에 우리는 앞이 보이지 않을 정도로 컴컴한 가운데 추적을 했네.

우리는 조심스럽게 뒤를 밟아 발코니 건너편 복도까지 갔지. 큰 키에 검은 수염을 기른 배리모어의 모습이 보였네. 그는 어깨를 웅크린 채 발끝으로 살금살금 걸어서 이틀 전에 들어갔던 그 방으로 들어가더군. 촛불이 어둠 속에서 잠시 흔들리는 것 같더니, 곧이어 어두운 복도에 한 줄기 노란 빛이 흘러나왔네. 우리는 발자국 소리가 날까봐 발을 조심조심 내디디며 그 방으로 다가갔지. 소리가 날까봐 미리 구두를 벗어놓기까지 했지만, 그래도 낡은 바닥이라 삐걱거리는 소리가 들렸네.

우리는 배리모어가 인기척을 느끼지 않았을까 하고 걱정했지만, 다행히 그는 귀가 어두운데다가 자신이 하고 있는 일에 정신을 집중하느라 우리가 다가오는 것을 모르고 있었네. 마침내 우리는 문 앞에 이르러서 안을 들여다보았어. 배리모어가 손에 촛불을 든 채 창 밖을 보고 있더군. 창백한 얼굴로 긴장한 채 바깥을 보고 있는 것이 이틀 전에 본 것과 똑같은 모습이었네.

우리는 일단 지켜보자는 생각이었을 뿐, 그 다음에 어떻게 한다는 계획은 따로 없었네. 그러나 헨리 경은 직접 부딪히는 것이 가장 낫다는 생각을 가진 직선적인 성격의 사람이지 않은가. 그런 성격의 사람답게 그는 이것저것 생각할 것 없이 방 안으로 걸어들어갔네.

방 안에 들어선 헨리 경의 모습을 보자 배리모어는 앗 하는 소리를 내며 깜짝 놀라더군. 그리고는 창가에서 물러서더니 잔뜩 겁에 질린 얼굴로 떨고 있었네. 두려움과 놀람으로 가득 찬 검은 눈으로 헨리 경과 나를 바라보더군. 검은 눈을 깜빡거리고 있으니 창백한 얼굴이 더 도드라져 보였지.

"배리모어, 여기서 뭘 하고 있는 건가?"

"아, 아무 일도 …… 아닙니다, 주인님."

너무나 떨어서 배리모어는 말도 하지 못할 정도였네. 손에 들려 있는 촛불도 떨려 그림자들이 넘실넘실 춤을 추고 있는 듯했지.

"주인님, 창문 때문입니다. 밤마다 창문이 잘 잠겼는지 돌아다니면서 살펴보거든요."

"2층까지 말인가?"

"예, 주인님. 모든 창문을 전부 살펴보지요."

"이보게, 배리모어."

헨리 경이 정색을 하고 이야기했네.

"우리는 자네에게 진실을 듣기로 작심했으니 엉뚱한 생각 말고 다 이야기하게. 나중에 말하는 것보다 지금 말하는 게 자네에게 이로울 걸세. 자, 거짓말하지 말고 어서 말하게! 저 창문 앞에서 무얼 하고 있었나?"

배리모어는 체념한 듯 우리를 바라보다가 절망의 극에 달한 사람처럼 두 손을 꽉 쥐더군.

"아무 짓도 하지 않았습니다, 주인님. 저는 그저 촛불을 들고 창문 앞에 서 있었을 뿐입니다."

"무엇 때문에 그랬나?"

"묻지 말아주십시오, 주인님! 제발! 부탁입니다. 이 일은 저 혼자만의 비밀이 아니라서 주인님에게 말씀드릴 수가 없습니다. 그렇지 않았다면 숨기지 않고 벌써 말씀드렸지요."

그 순간 퍼뜩 드는 생각이 있었네. 그래서 나는 떨고 있는 배리모어의 손에서 촛불을 빼앗아 들고 말했네.

"이 사람은 신호를 보내기 위해 촛불을 사용했던 게 확실합니다. 응답이 오는지 어디 한번 보지요."

나는 그가 했던 것처럼 촛불을 들고 어둠 속을 바라보았네. 달이 구름에 가려져 있었지만 희미하게나마 시커먼 나무 숲과 그보다는 조금 더 밝은 넓은 황무지를 구별할 수 있었네. 잠시 후 나는 기쁨의 소리를 질렀어. 어둠의 장막에서 작은 점같이 보이는 노란 불빛이 반짝이기 시작했기 때문이지.

"저겁니다!"

내가 소리치자 배리모어가 끼어들었네.

"아닙니다, 저건 아무것도 아닙니다. 정말이에요!"

"왓슨 박사님! 촛불을 움직여보세요."

헨리 경이 소리쳤네.

"보십시오! 저쪽의 불빛도 같이 움직이고 있지 않습니까? 이런 나쁜 사람, 이래도 신호가 아니라고 부인할 텐가? 이제

다 말해보게! 저쪽에 있는 자네 공모자는 누군가? 대체 무슨 음모를 꾸미고 있는 거지?"

그러자 배리모어의 얼굴에 노골적인 반항의 표정이 떠오르더군.

"이 일은 제 개인적인 일입니다. 주인님과는 상관없는 일이지요. 그러니 말씀드리지 못하겠습니다."

"그렇다면 당장 이 집을 나가게!"

"알겠습니다. 나가야 한다면 나가지요."

"자네는 지금 이 배스커빌 저택에서 불명예스럽게 쫓겨나고 있는 것이네. 수치스럽지도 않은가? 자네 집안은 우리와 100년도 넘게 한 지붕 아래서 살아왔어. 그런 자네가 나를 해칠 흉악한 음모를 꾸미고 있다니. 어떻게 이럴 수가 있는가?"

"아, 아닙니다, 주인님! 주인님을 해치려는 게 아닙니다."

갑자기 여자의 목소리가 들려왔네. 돌아보니 배리모어 부인이 남편보다 더 창백한 얼굴과 겁에 질린 표정을 하고 문 옆에 서 있었어. 아마 진지한 얼굴 표정만 아니었다면 커다란 덩치에 숄과 치마를 걸친 그녀의 모습은 우습게 보였을 것이네.

"일라이저, 우린 떠나야 해. 이젠 다 끝났어. 가서 짐을 싸도록 하라구."

집사가 말했네.

"오, 존! 제가 어쩌다 당신을 이 지경으로 만들었는지…….

주인님, 모두가 저 때문에 일어난 일입니다. 남편은 단지 저를 위해서 이런 일을 했을 뿐입니다. 모두 제가 부탁했기 때문이에요."

"도대체 무슨 일인가? 어서 말해보게!"

"제 불쌍한 동생이 황무지에서 굶어 죽어가고 있습니다. 그러니 저희 부부가 어찌 가만히 있을 수 있겠습니까? 이 불빛은 음식이 준비됐다는 걸 동생에게 알리는 신호지요. 이렇게 하면 저쪽에서도 불빛으로 음식을 가져다 놓을 장소를 이쪽에다 알려주는 것입니다."

"그러면 동생이 바로……."

"맞습니다. 탈옥수 셀든이 제 동생입니다, 주인님."

"사실입니다, 주인님."

배리모어가 말했네.

"그래서 저만의 비밀이 아니기 때문에 말씀드릴 수 없다고 했던 것입니다. 그러나 이제 다 들으셨으니, 뭔가 숨기는 일이 있긴 했어도 주인님을 해치려는 의도는 없었다는 것을 아셨을 겁니다."

이것이 한밤중에 몰래 했던 그 비밀스런 행동에 대한 설명이었네. 헨리 경과 나는 이 엄청난 현실에 놀라움을 감추지 못하고 배리모어 부인을 멍하니 바라보았네. 둔감하고 선량해보이기만한 이 여인이 온 나라에 악명을 떨치고 있는 범죄자와 같은 핏줄이라니, 이럴 수가 있는가?

"예, 주인님. 제 처녀 시절의 성이 셀든이었습니다. 그리고 탈옥수 셀든이 제 남동생이지요. 그 애는 어렸을 때부터 뭐든 자기 마음대로 하며 응석받이로 자랐습니다. 그 결과 세상 무서운 줄 모르고 자기만 아는 사람이 되었지요. 그리고 나이가 들면서 나쁜 친구들을 사귀기 시작했습니다. 그러다 악마가 씌었는지 제 어머니의 속을 그렇게 썩이고 저희 집안의 이름을 더럽혔지요. 그 애는 점점 더 악질 범죄자가 되었고, 결국 형장의 이슬로 생을 마감하게 되었는데, 하나님이 자비를 베푸셔서 저렇게 목숨만은 부지할 수 있게 되었습니다. 그러나 주인님, 제 눈에 그 애는 여전히 돌봐주고 보살펴줘야 하는 곱슬머리 어린애로 보일 뿐입니다. 그 애가 탈옥한 이유도 바로 저 때문이지요. 제가 여기 살고 있다는 것과 자기를 모른 척하지는 않을 거라는 것을 동생은 알고 있던 겁니다. 그 애가 어느 날 밤 경비대원들에게 쫓겨 지치고 굶주린 몸을 이끌고 나타났습니다. 그러니 어쩌겠습니까? 동생을 보살펴줄 수밖에 없었지요. 그러던 중에 주인님이 오셨고, 제 동생은 수색이 끝날 때까지 지내기에는 다른 어떤 곳보다 황무지가 가장 안전할 거라고 생각되어 그곳에 숨어 있게 된 것입니다. 저희는 이틀에 한 번씩 밤에 촛불로 신호를 보내 그 애가 아직도 거기에 있는지 확인한 다음, 응답이 있으면 제 남편이

빵과 고기를 가져다주었습니다. 저희는 매일 그 애가 다른 곳으로 가버리길 바라고 있지만, 황무지에 있는 한은 어쩔 수 없습니다. 돌봐주어야지요. 주인님, 이제 사실을 다 말씀드렸습니다. 하나님을 섬기는 정직한 여인으로서 맹세하건대, 이 문제에 대해 비난받아야 할 사람은 제 남편이 아니라 접니다. 남편은 저를 위해서 그렇게 했을 뿐입니다."

그녀의 말은 너무나 진술하게 들렸고 그래서 설득력이 있었네.

"배리모어, 자네 부인의 말이 사실인가?"

"예, 주인님. 한치의 거짓 없이 전부 사실입니다."

"그렇다면 나도 자네가 아내를 위해서 한 일을 두고 문제삼지는 않겠네. 내가 한 이야기는 다 잊어버리고 둘 다 방으로 돌아가게. 이 문제에 대해서는 내일 아침에 더 이야기하도록 하지."

배리모어 부부가 나간 후 우리는 창 밖을 다시 내다봤어. 헨리 경이 창문을 열어젖히자 세차게 부는 차가운 밤바람의 감촉이 얼굴에 느껴졌네. 저 멀리 어둠 속에서는 여전히 조그만 노란 불빛이 반짝이고 있었지.

"정말 대담한 자군요. 여기에서만 보이는 곳에 위치를 잡은 것 같습니다."

헨리 경이 말했네.

"그런 것 같군요. 거리가 여기서 얼마나 될 것 같습니까?"

"클레프트 바위산 옆인 것 같은데요."

"그렇다면 여기서 3~4킬로미터도 안 되는 곳이군요."

"그럴 겁니다."

"배리모어가 음식을 날라다주어야 했으니 너무 먼 곳일 리는 없지요. 지금도 저 악한은 촛불 옆에서 기다리고 있을 겁니다. 그렇다면 좋습니다! 왓슨 박사님, 저는 탈옥수를 잡으러 가겠습니다!"

나도 헨리 경과 같은 생각을 했네. 셀든이라면 사회에 위험을 끼치는 존재이고 동정이나 변호할 가치가 없는 잔인한 범죄자 아닌가. 이번 기회에 아무에게도 해를 끼칠 수 없는 곳으로 그자를 돌려보내는 것도 우리의 의무라고 생각했네. 그의 짐승 같은 잔인성을 생각해볼 때, 우리가 가만히 있지 않으면 다른 사람들이 희생당할지도 모르는 일이 아닌가. 예를 들어 우리의 이웃인 스태플턴 남매가 그자의 공격을 받을 수도 있지. 헨리 경이 서둘렀던 것도 이런 점을 염려했기 때문이 아니었을까 싶네.

"저도 가겠습니다."

내가 말했네.

"그러면 권총을 챙기시고 신발도 갈아 신으십시오. 빨리 출발합시다. 저 악당이 불을 끄고 도망가버릴지도 모르니까요."

5분 후에 헨리 경과 나는 대문을 나섰네. 우리는 가을 바람이 불어대고 낙엽이 바스락거리는 어두운 숲을 헤치고 발걸음을 재촉했지. 무겁게 가라앉은 밤 공기에는 축축하고 썩어가는 냄새가 배어 있었어. 하늘에는 검은 구름이 끼어 있었고 그 사이로 가끔씩 달이 얼굴을 내비쳤지. 우리가 황무지에 막 들어섰을 때 가랑비마저 내리기 시작했네. 그래도 앞에 불빛은 계속 보이더군.

"무기는 가져오셨지요?"

내가 물었네.

"예, 사냥용 채찍을 가져왔습니다."

"신속하게 움직여야 합니다. 놈은 앞뒤 가리지 않고 필사적으로 저항을 할 테니까요. 저항할 틈을 주지 않도록 기습을 해서 꼭 붙잡아야 합니다."

"왓슨 박사님, 홈즈 씨는 이럴 때 뭐라고 할 것 같습니까? 악의 세력들이 날뛰는 어두운 밤에는 황무지에 나가지 말라고 말씀하신 것 같은데."

헨리 경의 질문에 대답이라도 하듯, 갑자기 어둠에 쌓인 드넓은 황무지에서 내가 전에 그림펜 늪지 근처에서 들었던 그 이상한 울음소리가 들려왔네. 밤의 적막함을 깨뜨리며 바람을 타고 들려오는 그 끔찍한 울음소리는 처음에는 길게 깔리는 저음이었다가 점점 큰 울음소리가 되었고, 다시 서글픈 흐느낌이 되어 사라졌네. 귀에 거슬리고 위협적인 그 소리는 그렇게 몇 차례를 반복하여 허공에 섬뜩하게 울려 퍼졌네. 헨리 경이 내 옷소매를 붙잡더군. 하얗게 질린 얼굴로 말일세.

"맙소사, 저게 대체 무슨 소리죠?"

"잘 모르겠군요. 황무지에서 나는 소리 같은데 전에도 한번 들은 적이 있습니다."

그 소리가 사라지자 주위에는 정적만이 흘렀네. 귀를 기울였지만 아무 소리도 들리지 않았어.

"왓슨 박사님, 조금 전의 그 소리는 사냥개의 울음소리였습니다."

갑자기 공포에 사로잡힌 듯 헨리 경이 쉰 목소리로 말했네. 등골이 서늘해지더군.

"사람들은 이 소리에 대해 뭐라고들 하나요?"

"사람들이라뇨?"

"이 지방 사람들 말입니다."

"아, 예. 하지만 이 지방 사람들은 무지한 사람들입니다. 그들이 뭐라고 하든 신경 쓸 필요가 있겠습니까?"

"말씀해주십시오. 왓슨 박사님, 이곳 사람들은 저 울음소리에 대해 뭐라고들 하나요?"

우물쭈물 넘어가려 했지만 헨리 경이 집요하게 묻더군. 그래서 대답을 하지 않을 수가 없었네.

"배스커빌 가의 사냥개가 우는 소리라고들 합니다."

내 대답을 듣더니 헨리 경은 신음소리를 내며 잠시 동안 아무 말도 하지 않았네. 그러다가 입을 열더군.

"맞아요, 그 소리는 사냥개 울음소리였어요. 몇 킬로미터 정도 떨어진 곳에서 들려온 것 같기는 했는데 확실히 어디서 나는 소리였는지는 파악하기가 어렵군요."

"바람소리에 따라 크게 들렸다 작게 들렸다 했으니까요. 혹시 거대한 그림펜 늪 쪽에서 나는 소리 아니었을까요?"

"저도 그쪽 같습니다."

"아무래도 거기가 맞는 것 같습니다. 왓슨 박사님도 저 소리가 사냥개의 울음소리라고 생각하시지요? 저는 어린애가 아닙니다. 걱정하지 마시고 사실대로 말씀해주십시오."

"제가 지난번 그 소리를 들었을 때에는 스태플턴 씨와 함께 있었습니다. 스태플턴 씨는 그 소리를 희귀한 새의 울음소리라고 했지요."

"아니, 아니에요. 사냥개 소리였습니다. 두렵군요. 배스커빌 가의 전설은 사실일까요? 제가 정말 위험에 빠지게 될까요? 설마 왓슨 박사님도 그걸 믿는 것은 않으시겠죠?"

"당연히 믿지 않지요."

"그러나 런던에서는 그 전설을 듣고 가볍게 웃어넘겼지만, 지금 이렇게 황무지의 어둠 속에 서서 저 울음소리를 듣고 나니 기분이 달라지는군요. 아차, 제 숙부님 일도 있군요! 숙부님이 쓰러져 누워계셨던 그 옆에 사냥개의 발자국이 있었다고 들었습니다. 모든 게 들어맞고 있지 않습니까? 제가 겁쟁이라고 생각하지는 않지만, 저 소리를 들었을 때 피가 얼어붙는 줄 알았습니다. 제 손을 한번 만져보십시오!"

헨리 경의 손은 마치 대리석처럼 차가웠네.

“내일이면 괜찮아질 것입니다.”

“저 울음소리가 제 머리 속을 떠날 것 같지 않습니다. 왓슨 박사님, 이제 어떻게 해야 할까요?”

“저택으로 돌아가시겠습니까?”

“그럴 수는 없지요. 셀든을 잡으러 나왔으니 끝을 봐야 합니다. 우리는 탈옥수를 쫓고 있고, 지옥의 사냥개는 우리를 쫓고 있는 셈이군요. 좋습니다! 지옥에서 온 악마들이 황무지에 다 몰려나온다고 해도 어디 한번 해봅시다.”

우리는 어둠 속에서 비틀거리며 나아갔네. 주위에는 울퉁불퉁한 언덕들이 캄캄한 어둠 속에서 그 모습을 어렴풋이 드러내고 있었고, 앞에는 노란 불빛이 계속 빛을 내고 있었지. 캄캄한 밤에 멀리 있는 불빛만큼 속기 쉬운 것이 없더군. 지평선 끝에 있는 것처럼 멀리서 반짝이다가 또 어떤 때에는 바로 몇 미터 앞에 있는 것같이 보이기도 했으니 말일세.

우리는 한참을 헤매다가 마침내 그 불빛이 비치는 곳을 발견했네. 아주 가까운 거리에 있었어. 가보니 촛농이 흐르는 촛불이 바위틈에 꽂혀 있었네. 그리고 배스커빌 저택 방향이 아닌 다른 곳에서는 그 불빛이 보이지 않도록 가려주는 가리개이자 바람막이 역할도 하는 판자가 초 양쪽에 세워져 있더군. 우리는 화강암 뒤에 웅크린 채 몸을 숨기고 촛불을 지켜보았네. 사람 하나 없는 황무지 한가운데 촛불 혼자 외로이 불 밝히고 있는 모습을 보니 기분이 묘해지더군.

"이제 어떻게 하죠?"

헨리 경이 속삭였네.

"여기서 놈을 기다립시다. 분명히 불빛 근처 어딘가에 숨어 있을 테니 곧 나타나겠지요. 한번 지켜봅시다."

내 말이 미처 끝나기도 전에 그가 나타났네. 촛불이 꽂혀 있는 바위 위로 그자의 흉악한 노란 얼굴이 보이더군. 사악한 욕망과 야수 같은 잔인함이 묻어 있는 끔찍한 얼굴이었어. 진흙으로 뒤범벅이 된데다 거친 수염하며 제멋대로 자란 머리까지 가세해, 마치 산 속의 동굴에 살았던 원시인과 그 몰골이 비슷했다네. 촛불의 불빛을 받아 탈옥수의 작고 교활한 눈이 번득거렸는데, 사냥꾼의 발소리를 감지한 영악한 야수처럼 날카로운 눈빛으로 좌우를 두리번거리며 살펴보더군.

그자는 뭔가 이상하다고 느낀 것 같았네. 배리모어와 그자 사이에만 통하는 신호를 우리가 몰랐던지, 아니면 다른 이유가 있었는지도 모르지. 어쨌든 나는 그자의 얼굴에 두려움이 어려 있는 걸 알 수 있었네. 당장이라도 촛불을 던져버리고 어둠 속으로 사라져버릴 것 같은 분위기였어.

그래서 나와 헨리 경은 거의 동시에 뛰쳐나갔지. 그러자 그 탈옥수는 우리에게 욕설을 퍼부으며 돌을 집어던지더니 벌떡 일어나 몸을 돌려 도망가더군. 작고 땅딸막하지만 단단한 체구의 사내였어. 마침 그때 운 좋게도 달이 구름을 헤치고 그 모습을 드러냈지. 우리는 그자를 쫓아 달려갔네. 하지만 그는 마치 산양처럼 날쌔게 바위들을 뛰어넘으며 엄청난 속도로 산비탈을 뛰어내려갔어. 권총으로 그의 다리를 쏘아 맞힐 수도 있었지만, 공격당할 경우를 대비하기 위해서 권총을 가져갔던 거였지 무기도 없이 도망가는 사람을 쏘려고 가져간 것은 아니었네.

우리는 둘 다 다리가 빠른데다 체력단련도 게을리 한 편이 아니었지만, 그자를 따라 잡을 수는 없었네. 달빛 아래 그자가 바위 사이를 재빠르게 헤치며 도망가는 모습이 보이더군. 그러더니 점점 멀어져 나중에는 작은 점만한 크기로 변했네. 우리는 달리고 또 달려 심장이 터질 지경이었지만, 그자와의 간격은 점점 더 벌어지기만 했네. 결국 우리는 숨을 헐떡이며 바위 위에 주저앉아 그자가 멀리 사라지는 모습을 지켜볼 수밖에 없었어.

그런데 바로 그때, 예상하지 못한 이상한 일이 벌어졌네. 우리는 바위에서 일어나 그 가망 없는 추적을 포기하고 집으로 갈 참이었어. 화강암 바위산의 뾰족한 끝 부분이 달 아래에 걸쳐 있었네. 그런데 그 바위산 위에 누군가 서 있는 것이 아닌가. 달빛을 배경 삼아 검은 윤곽만이 드러나 있기는 했지만, 틀림없는 사람이었네. 뭔가 잘못 보았을 거라고 생각하지는 말게, 홈즈. 내가 지금껏 살아오는 동안 그렇게 똑똑히 뭔가를 본 일은 없었다고 감히 이야기할 수 있으니 말일세.

내가 본 바로는 그는 키가 크고 마른 모습이었네. 팔짱을 낀 채 다리를 조금 벌리고 서 있었지. 거기다 머리까지 숙이고 있으니 마치 자신 앞에 놓인 토탄(土炭)과 화강암으로 이루어진 거대한 황무지에 관해 무슨 깊은 생각이라도 하는 것 같았네. 끔찍한 황무지의 유령일지도 모른다는 생각도 들었어. 혹시 도망간 탈옥수 셀든이 아니었을까 생각해봤지만 그 것은 아니었네. 그 사람의 위치는 셀든이 사라졌던 곳에서 아주 멀리 떨어져 있었기 때문이지. 그리고 키도 셀든보다는 훨씬 더 커 보였네. 달빛 아래 나타난 그 모습에 놀란 나는 돌아서서 헨리 경의 팔을 잡고 저것 좀 보라며 바위산 위를 가리켰지. 그러나 그자는 벌써 사라져버린 뒤였네. 뾰족한 바위산은 여전히 달빛 아래 그 모습을 드러내고 있었지만, 봉우리에 위에 있던 그 사람은 흔적도 없이 모습을 감춰버렸어.

나는 그가 있던 바위산으로 달려가서 살펴보고 싶었지만 너무 먼 거리였네. 그리고 헨리 경도 새로운 모험을 시도할 기분은 아니었을 거야. 자신의 집안에 내려오는 그 무서운 전설을 생각나게 하는 사냥개의 울음소리 때문에 겁에 질려 있었거든. 게다가 경은 바위산 위에 홀로 서 있던 그 이상한 사람을 보지 못했기 때문에, 내가 그자의 출현과 거기에서 풍겨

나오는 그 위압적인 분위기에서 느꼈던 전율을 이해할 리가

없었지.

　"틀림없이 경비대원일 겁니다."

　헨리경이 말했네.

"셀든이 탈옥한 후로 간수들이 대대적인 수색에 나섰거든요."

하긴 그의 말이 맞을지도 모르지. 그러나 좀더 알아봐야 할 필요는 있을 것 같네. 아무래도 프린스타운 교도소에 우리가 겪은 일을 신고해야겠어. 어쨌든 탈옥수 셀든을 붙잡지 못한 것은 정말이지 무척 아쉬웠네.

어젯밤에 일어난 사건에 대해서는 이 정도로 보고를 마무리 짓도록 하겠네. 친애하는 홈즈, 나는 내가 보낸 보고서들이 자네에게 적지 않은 도움이 되고 있다고 생각하는데 자네 생각은 어떤지 모르겠군. 내가 지금까지 보고한 내용 중 많은 부분이 배스커빌 저택의 사건과는 직접적인 관련이 없는 것들이네. 그러나 일단 모든 사실을 자네에게 알리고 그중 필요한 것을 자네가 스스로 선택하도록 하는 것이 최선의 방법이라고 생각한다네.

우리는 확실히 진전이 있었네. 배리모어 부부의 경우만 해도 그들의 동기를 알아내어 문제를 해결하지 않았나. 그러나 예사롭지 않은 사람들이 살고 있는 여기 황무지에 얽힌 사연에 대해서는 아직도 풀리지 않는 문제들이 남아 있네. 다음 편지에는 아마도 이 문제들에 대한 해결의 단서를 담아보낼 수 있겠지. 물론 자네가 여기 와준다면 제일 좋겠지만 말일세. 어쨌든 며칠 내로 다시 소식 전하도록 하겠네.

왓슨의 일기 발췌문

　지금까지는 사건초기에 셜록 홈즈에게 보냈던 편지들을 인용할 수 있었다. 그러나 이제는 그런 형식을 포기하고, 내가 당시에 써 놓았던 일기의 도움을 받아 기억에 의지하여야 할 시점에 왔다. 그때의 일기들을 읽어보니 당시의 상황들이 소소한 부분까지 아주 상세하게 회상이 되었다. 이제 탈옥수 추적을 포기하고 달빛 아래 황무지에서 이상한 사나이를 목격했던 그 다음 날 아침의 일부터 이야기를 시작하기로 하겠다.

10월 16일. 가랑비 내리고 안개가 낀 날.

　배스커빌 저택 주위에는 구름이 잔뜩 끼어 있고, 이따금씩 그 구름이 걷힐 때면 삭막한 황무지가 그 모습을 드러냈다. 산허리에 있는 바위들이 줄을 지어 은빛으로 반짝이고 있고,

멀리 비에 젖은 바위들도 햇빛을 받아 빛나고 있다. 집 안팎으로 분위기가 착 가라앉아 있다. 어젯밤의 사건으로 인하여 헨리 경은 심한 무기력증을 앓고 있고, 나 역시 중압감과 위기의식에 시달리고 있다. 위험은 이미 닥쳐온 듯하나 그 실체가 명확하게 보이지 않으니, 두려움이 더하는 것 같다.

이러한 느낌이 드는 이유는 무엇일까? 그 동안 계속해서 일어났던 수수께끼 같은 사건들의 배후에 혹시 어떤 불길한 존재가 있는 것은 아닐까? 배스커빌 가문에 내려오는 전설의 내용 그대로 찰스 경은 사망했다. 그리고 황무지에 나타난 괴이한 동물에 대한 농부들의 반복된 증언들은 또 어떤가. 나 역시 멀리서 사냥개 울음 비슷한 소리를 두 번이나 직접 들은 바 있다. 그렇다면 전설 속 지옥의 사냥개가 정말 존재하는 것일까? 아무리 그렇다 해도 그 지옥의 사냥개가 나타나서 실제로 발자국을 남기고 울음소리를 냈다는 것까지는 정말 믿기 힘든 일이다.

스태폴턴이나 모티머라면 그런 초자연적이고 미신 같은 이야기를 믿을지도 모른다. 그러나 내게 남들보다 뛰어난 면이 하나 있다면, 그것은 상식에 입각해 모든 것을 판단한다는 점이다. 어느 누가 뭐라 해도 나는 초자연적인 이야기들을 믿을 수 없다. 만약 내가 그런 비과학적인 이야기를 믿는다면, 입이나 눈에서 불을 내뿜는 지옥의 사냥개를 보았다고 말하는 저 무지한 농부들과 같은 수준이 되고 마는 것이다. 홈즈 또한 그런 황당한 이야기에는 조금도 신경 쓰지 않을 것이다. 그리고 나는 그의 대리인 아닌가?

그러나 어디까지나 사실은 사실이다. 나는 황무지에서 그 섬뜩한 울음소리를 두 번이나 들었다. 황무지를 어슬렁거리는 커다란 사냥개가 실제로 있다면 모든 것이 설명이 될 것이다. 그러나 그런 사냥개가 숨어 있을 만한 곳이 어디에 있는가? 먹이는 또 어디서 구한단 말인가? 그리고 어디에서, 어떤 연유로 황무지에 왔단 말인가? 또 낮에는 그 개를 아무도 못 봤다는 사실은 무엇을 의미하는가? 과학적인 시각으로 설명하기에는 너무나 어렵다는 것을 고백할 수밖에 없다.

사냥개에 관한 이야기는 별개라 치자. 런던에서 마차에 타고 헨리 경을 미행하던 남자와 경이 받은 경고 편지는 적어도 분명한 사실이었다. 물론 그 편지는 우리의 적이 보낸 것일 수도 있고, 반대로 우리를 보호해주는 친구가 보낸 것일 수도 있다. 친구든 적이든, 지금 그자는 어디에 있는 것일까? 런던에 남아 있을까, 아니면 우리를 따라 이곳까지 왔을까? 혹시 그가 바위산에서 보았던 그 정체불명의 사람과 동일인은 아닐까?

나는 그를 딱 한 번 언뜻 보았을 뿐이지만, 그럼에도 이렇게 확실히 말하는데는 나름대로 몇 가지 근거가 있어서이다.

나는 근처에 사는 이웃들을 모두 만나봤는데, 바위산에서 보았던 그자는 내가 알고 있는 이곳 사람이 아니다. 스태플턴보다는 훨씬 키가 크고, 프랭클랜드보다는 훨씬 더 말랐다. 배리모어일 가능성도 있으나 그날 그는 우리를 뒤따라오지 않았고 저택에 남아 있었던 게 확실하다.

그렇다면 런던에서처럼 우리가 모르는 그 누군가가 여기서도 우리를 미행하고 있다는 말이 된다. 결국 우리는 그에게서 벗어나지 못한 것이다. 만약 그를 잡을 수만 있다면, 우리의 모든 어려움은 끝날 수 있을 것이다. 이 한가지 목표를 위해 이제 전력을 다해야 한다.

처음에는 앞뒤 재지 않고 헨리 경에게 내 계획을 전부 이야기하려고 했다. 그러나 다시 생각해보니 그보다는 나 혼자 움직이면서 가능한 아무에게도 말을 하지 않는 것이 더 현명한 처신이라는 생각이 들었다. 요즘 헨리 경은 말도 없고 마치 넋이 나간 사람 같아 보인다. 황무지에서 그 울음소리를 들은 이후 사람이 이상하게 변했다. 나는 그의 마음을 더 무겁게 만들 이야기는 하지 않을 것이고, 내 목적을 달성하기 위해 차근차근 단계를 밟아나갈 것이다.

오늘 아침 식사 후에 작은 소동이 벌어졌다. 배리모어가 헨리 경에게 면담을 청해서 그 둘은 서재에서 잠시 동안 이야기를 나누었는데, 둘 사이에 여러 차례 고성이 오가는 바람에

당구장에 있던 나까지도 대화의 내용을 들을 수 있었다.

얼마 후 헨리 경이 문을 열고 나를 불렀다.

"배리모어가 불만이 있답니다."

헨리 경이 말했다.

"자기는 우리를 믿고 자진해서 비밀을 털어놓았는데 우리가 그의 처남을 잡으러 나간 것은 너무하지 않으냐는 말입니다."

배리모어 집사는 침착하게 우리 앞에 서 있었다.

"제가 너무 흥분해서 말씀드린 것 같습니다, 주인님. 만약 그랬다면 부디 너그러움을 베푸셔서 용서해주십시오. 그렇지만 저는 두 분이 셀든을 추적했다는 것을 알고 너무 놀랐습니다. 많은 사람들이 그 불쌍한 처남을 찾느라 혈안이 되어 있는데, 저로 인해 두 분까지 거기 가세하게 되었으니 말입니다."

"자네는 자진해서 비밀을 털어놓았다고 하는데, 그 말은 잘못된 것 같네. 자네, 아니, 자네 부인은 말하고 싶어서 말한 것이 아니라 어쩔 수 없는 상황이라 말한 것이 아닌가?"

"하지만 주인님이 저희 말씀을 듣고 그런 행동을 하시리라고는 생각하지 못했습니다. 정말로 말입니다."

"셀든은 위험인물이야. 황무지에는 인가들이 여기저기 드문드문 흩어져 있고, 그자는 흉포한 범죄자네. 얼굴만 봐도 누구나 알 수 있을 정도였지. 스태플턴 씨의 집을 보게나. 스태플턴 씨말고는 그 집을 지킬 사람이 아무도 없어. 셀든을

다시 교도소로 보내기 전에는 어느 누구도 안전을 장담하지 못한단 말일세.”

“처남은 어느 누구의 집에도 침입하지 않을 것입니다, 주인님. 그 점에 대해서는 제가 맹세할 수 있습니다. 다시는 이 나라에서 누구에게도 해를 끼치지 않을 것입니다. 주인님, 며칠 후면 필요한 준비가 다 되어 처남은 남아메리카로 떠날 예정입니다. 정말이에요. 그러니 제발, 처남이 아직 황무지에 숨어 있다는 것을 경찰에 알리지 말아주십시오. 경찰이 황무지 쪽의 수색을 포기했기 때문에 처남은 배편이 준비될 때까지 조용히 숨어 지낼 수 있습니다. 저와 아내를 곤경에 빠뜨릴 생각이 아니라면 경찰에 신고하지 말아 주십시오. 제발 부탁드립니다."

"왓슨 박사님, 어떻게 해야 할까요?"

나는 어깨를 으쓱했다.

"그가 이 나라를 조용히 떠나 준다면야 납세자들의 부담이 줄어들긴 하겠군요."

"그렇지만 그가 떠나기 전에 누군가를 해코지라도 할 수 있는 일 아니겠습니까?"

"그런 바보짓을 하지는 않을 것입니다, 주인님. 우리가 그에게 필요한 것을 전부 가져다주었는데, 범죄를 저지르면 자기가 숨어 있는 곳을 알리는 꼴이 되겠지요."

"그 말도 일리가 있네."

헨리 경이 말했다.

"그렇다면 알겠네, 배리모어."

"주님의 은혜가 함께 하시길! 주인님, 진심으로 감사드립니다! 처남이 다시 잡혀가면 불쌍한 제 아내는 슬픔을 이기지 못해 죽고 말 것입니다."

"왓슨 박사님, 우리가 중죄인을 감싸고 있는 셈이 되는군요. 하지만 이런 사정을 듣지 않았으면 몰라도 듣고 난 다음에야 어떻게 그자를 경찰에 넘기겠습니까? 그럼 이 이야기는 이걸로 끝난 걸로 해야겠습니다. 됐네, 배리모어. 그만 나가 보게."

배리모어는 감사를 표한 뒤 돌아서서 나가려다가 잠시 주저하더니 다시 돌아섰다.

"주인님이 저희에게 큰 은혜를 베푸셨으니 저희도 주인님에게 할 수 있는 가장 큰 보답을 해드리겠습니다. 제가 알고 있는 사실 가운데 말씀드리지 못한 것이 있습니다. 진작 말씀드려야 했지만, 심리가 있은 후 한참 지나서야 발견했기 때문에 아직까지 어느 누구에게도 말하지 못했지요. 뭐냐하면 찰스 주인님의 죽음에 관한 것입니다."

헨리 경과 나는 동시에 벌떡 일어섰다.

"찰스 경이 어떻게 돌아가셨는지 알고 있단 말인가?"

"아닙니다, 주인님. 그건 저도 모릅니다."

"그럼 뭘 안다는 건가?"

"찰스 경께서 그 시간에 왜 황무지로 통하는 쪽문 옆에 계셨는지 알고 있다는 말씀입니다. 그것은 어떤 여자분을 만나기 위해 거기에 계셨던 겁니다."

“여자를 만나기 위해서였다고? 숙부님이 말인가?”

“그렇습니다, 주인님.”

“그 여자의 이름은 뭔가?”

“이름은 모르지만 머릿글자는 알고 있습니다. ‘L. L.’이었죠.”

“그걸 어떻게 알았지?”

“찰스 경은 그날 아침에 편지 한 통을 받으셨습니다. 경은 따뜻한 성품을 지닌 유명인사이셨기 때문에 어려움에 처한 수많은 사람들로부터 도움을 요청하는 편지들이 많이 왔지요. 그런데 그날은 이상하게도 편지 한 통만 왔습니다. 그래서 특별히 눈이 갔지요. 쿰 트레이시에서 온 편지였는데, 주소를 보니 여성의 글씨체였습니다.”

“그래?”

“그 후에 저는 그 편지에 대해서는 잊어버리고 지냈는데, 제 아내 때문에 다시 생각이 났습니다. 몇 주전, 아내는 돌아가신 뒤로 한 번도 손대지 않았던 찰스 주인님의 서재를 청소하다가 벽난로 뒤에서 불타버린 편지의 재를 발견했습니다. 거의 다 타버렸지만 그나마 끝 부분이 조금 남아 있어서 글씨를 알아볼 수 있었지요. 편지 끝에 쓴 추신인 것 같았는데 내용은 이랬습니다. ‘신사분이라면 제발 이 편지를 불에 태워 버리세요. 그리고 10시에 그 쪽문으로 나와주시기 바랍니다’ 그리고 아래에는 L. L.이란 머릿글자가 씌어 있었지요.”

"지금 그 종이를 가지고 있나?"

"없습니다. 아내가 그 내용을 읽자마자 종이가 그만 부스러져버리고 말았거든요."

"찰스 경 앞으로 그와 같은 글씨체의 편지가 온 적은 없었나?"

"글쎄요, 잘 모르겠습니다. 그분 앞으로 왔던 편지들에 특별히 신경을 쓰지 않았거든요. 그날은 특별히 그 편지 한 통만 왔기 때문에 기억에 남아 있었지 평소 같았으면 무신경하게 그냥 넘어갔을 겁니다."

"L. L.이 누구인지는 모르겠나?"

"예, 주인님. 저도 잘 모르겠습니다. 그러나 그 여자가 누군지 알아낸다면 찰스 경의 죽음에 관련된 의혹들이 좀더 확실히 밝혀지겠지요."

"배리모어, 자네가 이런 중요한 정보를 왜 숨겼는지 이해가 되지 않는군."

"그 이유는 저희에게 곧바로 처남 문제가 터졌기 때문입니다. 그리고 다시 말씀드리지만, 저희 부부는 찰스 경을 깊이 존경했습니다. 그분이 저희에게 베풀어주신 모든 은혜를 생각하면 당연한 일이었지요. 이 일을 다시 거론하는 것은 이미 고인이 되신 찰스 경에게 아무 도움도 되지 않는다는 것이 저희가 내린 판단이었습니다. 특히 이렇게 사건에 여자가 관련

될 때는 조심스럽게 처신해야 한다고 생각했습니다. 아무리 훌륭한 분이라 해도……."

"그 편지가 숙부님의 명예를 훼손할 수도 있다고 생각한 건가?"

"그렇습니다. 편지 이야기를 꺼내보았자 좋을 게 없다고 생각했지요. 그렇지만 헨리 경께서 저희에게 이토록 고맙게 해주셨는데 그 문제에 대해 아무 말씀도 드리지 않는다면 은혜를 저버리는 일이 될 것 같아 말씀드리는 겁니다."

"알겠네, 배리모어. 이제 나가보게."

배리모어가 밖으로 나가자 헨리 경이 나를 보고 물었다.

"왓슨 박사님, 새로운 이야기를 들었군요. 어떻게 생각하십니까?"

"사건이 점점 더 미궁에 빠져드는 것 같습니다."

"제 생각에도 그렇습니다. 그러나 L. L.이 누군지 밝혀낼 수만 있다면 사건이 명확하게 밝혀지겠지요. 결국 이로 인해 문제 해결에 좀더 다가선 셈입니다. 헨리 경의 생각은 어떠신지요?"

"홈즈 씨에게 이 사실을 즉시 알립시다. 사건의 단서가 될지도 모르지 않습니까? 그분이 이 이야기를 들으면 바로 이곳으로 달려올 겁니다."

나는 곧장 내 방으로 가서 오늘 아침에 있었던 대화에 관해 보고서를 작성했다. 요즘 베이커 가로부터 오는 편지가 뜸하다. 간혹 있다 하더라도 간단한 내용들뿐이고 내가 보낸 정보와 내 임무에 대해서는 이렇다 할 내용이 담겨 있지 않다. 이를 볼 때 최근 홈즈는 공갈협박 사건에 모든 힘을 기울이고 있는 게 틀림없다. 그러나 이 새로운 정보에는 그도 관심을 가질 것이 확실하다. 그가 이곳에 온다면 큰 힘이 될 텐데.

10월 17일. 하루 종일 비가 내림.

후드득 후드득 빗물이 담쟁이 잎에 떨어지는 소리가 요란했고 처마에서도 빗방울이 뚝뚝 떨어졌다. 비 피할 곳도 없는 춥고 황량한 황무지에 숨어 있을 탈옥수 셀든이 생각났다. 불쌍한 악마 같으니라고! 지은 죄가 무엇이었든지 간에 그는 지금 그 값을 톡톡히 치르고 있다.

마차에 타고 있던 자, 그리고 달빛 아래 그 모습을 나타냈던 자에 대한 생각도 머리에서 떠나지 않는다. 얼굴을 드러내지 않은 미행자, 또는 어둠의 인간인 그도 내리는 비에 잠겨버린 밖에 있는 걸까?

저녁에는 비옷을 걸쳐 입고 비 젖은 황무지 멀리까지 산책을 나갔다. 빗줄기가 얼굴을 타고 흘러내렸고 바람은 소리를 내며 귓가를 스쳤다. 마음이 무거웠다. 신이시여, 지금 저 거대한 늪지대를 방황하는 미물들을 도와주소서! 단단한 고지

대마저 수렁으로 변하고 있으니 또 많은 생명체들이 희생될 것 같다.

나는 고독한 감시자가 나타났던 검은 바위산을 발견하고 그 뾰족한 정상에 올라 음산한 산허리를 내려다보았다. 세찬 빗줄기가 바위산의 적갈색 표면을 때리고 있었고, 먹구름은 산허리에 낮게 걸린 채 회색 띠를 이루고 있었다. 멀리 왼쪽에는 배스커빌 저택의 가느다란 탑 두 개가 안개에 반쯤 그 모습을 가린 채 나무들 위로 솟아 있는 모습이 보였다. 산허리에 옹기종기 몰려 있는 선사 시대의 집터들을 빼면 사람이 살고 있음을 나타내주는 유일한 것이 그 탑이었다. 아무리 찾아보아도 이틀 전 밤에 나타났던 그 고독한 남자의 흔적은 어디에도 없었다.

돌아오는 길에 이륜마차를 타고 가는 모티머를 만났다. 파울마이어의 외딴 농가에서 일을 마치고 나오는 길이었다. 그는 우리가 어떻게 지내는지 보기 위해 거의 하루도 거르지 않고 배스커빌 저택을 찾아올 정도로 세심하게 마음을 써주었다.

모티머는 배스커빌 저택까지 태워다주겠다며 극구 사양하는 나를 기어코 이륜마차에 태웠다. 그는 자신이 기르던 스패니얼 종 개가 없어져서 무척 걱정하고 있었다. 혹시 그 개는 황무지에서 길을 잃고 헤매고 있는 것은 아닐까. 나는 모티머를 위로했지만, 머릿속에는 그림펜 늪에 빠져 버둥거리던 조랑말의 모습이 떠올랐다. 그 개가 다시 돌아오기는 힘들다는 생각이 들었다.

마차는 울퉁불퉁한 길을 달리고 있었다.

"모티머 선생, 선생은 이 근처에 사는 사람들을 거의 다 알고 계시지요?"

내가 물었다.

"거의 그럴 겁니다."

"그렇다면 혹시 아는 사람 가운데 이름의 머릿글자가 L. L.인 여자가 있습니까?"

그는 잠깐 동안 생각하더니 대답했다.

"잘 모르겠는데요. 집시들과 막일하는 노동자들은 제가 잘 모르거든요. 하지만 이 근처의 농부들이나 상류층 사람들 가운데 그런 머릿글자의 사람은 없습니다. 아, 아니다, 잠깐만요."

잠시 후 이제야 기억이 난다는 듯 그가 말했다.

"로라 라이언즈 부인이 있네요. 그녀의 첫 글자가 L. L.이에요. 그런데 그 여자는 지금 쿰 트레이시에 살고 있는데요."

"그 여성은 어떤 분입니까?"

"프랭클랜드 씨의 딸입니다."

"예? 그 괴팍한 프랭클랜드 영감의 딸이라구요?"

"맞습니다. 그녀는 황무지에 그림을 그리러 왔던 라이언즈라는 화가와 결혼했지요. 하지만 그자는 질이 좋지 않고 못되기 그지없어 그녀를 배신했고, 결국 둘은 헤어졌습니다. 제가 듣기로는 잘못이 전적으로 어느 한 사람에게만 있었던 것은 아니라고 하더군요. 프랭클랜드 씨는 딸이 자기 허락도 없이 결혼한데다, 그것말고도 한두 가지 다른 이유로 해서 딸과 거의 의절하다시피 지냈지요. 그래서 라이언즈 부인은 괴팍한 아버지와 못된 남편 사이에서 고생이란 고생은 다한 불우한 여인입니다."

"지금은 어떻게 살고 있습니까?"

"프랭클랜드 노인이 경제적으로 도움을 준 것 같기는 한데, 그 노인도 상당히 많은 재산을 날렸기 때문에 그렇게 큰 도움은 주지 못했을 겁니다. 그러나 아무리 그녀가 잘못을 했다 하더라도 그렇게 고생을 하는데 그냥 보고만 있을 수 있겠습니까? 로라 라이언즈 부인의 불행한 사연이 알려지자, 몇몇 사람들이 그녀가 스스로 삶을 개척할 수 있도록 도와주었습니다. 스태플턴 씨도 도와주었고 찰스 경도 많은 도움을 주지요. 저도 큰 도움은 아니지만 그녀가 타자치는 일을 시작할 수 있도록 해주었답니다."

모티머는 내 질문의 의도를 알고 싶어했지만, 나는 속내를 완전히 드러내지 않은 채 적당히 그의 의문을 납득시키느라 진땀을 뺐다.

내일 아침에는 쿰 트레이시에 가봐야겠다. 모티머의 말만 듣고는 로라 라이언즈 부인이 어떤 여자인지 제대로 알 수가 없으니 말이다. 의문의 그녀를 직접 만날 수 있다면 이 의혹 투성인 사건들을 하나라도 규명하는데 상당한 도움이 될 수 있을 것이다.

나는 점점 뱀 같은 지혜를 지니게 되는 것 같다. 영리하게도 프랭클랜드의 두개골이 어떤 유형에 속하는지 물어봄으로써 모티머의 질문공세를 막아냈으니 말이다. 물론 오는 길 내내 두개골에 관한 이야기를 지겨울 정도로 들어야 했다. 아무튼 그 동안 내가 셜록 홈즈와 보낸 세월이 헛된 시간은 아니었나보다.

이렇게 비바람이 몰아치는 음산한 날 기록할 만한 사건이 하나 더 생겼다. 배리모어와 내가 금방 나눈 대화가 그것인데, 이로 인해 적절한 때가 오면 내놓을 수 있는 결정적인 카드가 하나 생긴 셈이다.

모티머는 그날 우리를 방문해 저녁 식사를 한 뒤 헨리 경과 카드게임을 했다. 배리모어 집사가 서재에 있는 내게 커피를 가져다주어서 나는 그에게 몇 가지 물어볼 기회를 갖게 되었다.

"자네 처남은 아직도 황무지에 숨어 있나? 아니면 아직도 이 근처에 숨어 있나?"

내가 물었다.

"모릅니다, 박사님. 저는 처남이 떠났기를 바랄 뿐입니다. 여기서 주변 사람들을 애태우는 사고뭉치 노릇밖에 더 했습니까? 마지막으로 음식을 놔두고 온 뒤로는 그에게 어떤 소식도 듣지 못했는데 그게 벌써 사흘 전입니다."

"그때 처남을 직접 만났나?"

"만나지 못했습니다. 그러나 다음 날 그곳에 가보니 음식은 없었습니다."

"그렇다면 확실히 자네 처남이 그때까지는 거기에 있었다는 이야기구만."

"다른 사람이 음식을 가져간 게 아니라면 그랬겠죠."

나는 자리에 앉은 채 커피를 마시려다 말고 배리모어를 쳐다보았다.

"자네 말은 그곳에 다른 사람이 있다는 이야기인가?"

"예, 박사님. 황무지에는 처남 외에 누군가 또 있습니다."

"그자가 누군지 본 적이 있나?"

"본 적은 없습니다."

"그렇다면 무슨 근거로 그런 이야기를 하는 거지?"

"한 일주일 전에 처남이 저한테 말해주었습니다. 그 사람도 처남처럼 거기서 숨어 지내는 사람인 모양입니다만, 제가 아는 한 죄수는 아닙니다. 왓슨 박사님, 솔직히 말씀드려서 저는 이런 게 정말 싫습니다."

갑자기 배리모어가 흥분한 듯 말했다.

"배리모어, 내 말을 들어보게! 나는 자네 주인과 관련된 문제만 아니라면 이 일에 대해 관심이 전혀 없네. 내가 여기 온 것은 오직 헨리 경을 돕기 위해서야. 그러니 자네가 싫다는 게 도대체 뭔지 솔직하게 말해보게."

격앙된 감정을 드러낸 것을 후회했는지, 아니면 자신의 심정을 말로 표현하기가 어려웠는지 배리모어는 잠시 멈칫했다.

"지금 벌어지고 있는 이 모든 일들이 그렇습니다."

비 내리는 황무지가 내다보이는 창문을 향해 손짓을 해가며 그가 소리쳤다.

"저곳에서 뭔가 흉악한 일이 벌어지고 있습니다! 누군가가 사악한 음모를 꾸미고 있다는 말씀입니다! 그것은 분명합니다. 그러니 헨리 경도 불행한 일을 당하시기 전에 꼭 런던으로 다시 돌아가셨으면 좋겠습니다."

"도대체 자네가 무슨 소리를 하는지 모르겠군"

"찰스 경이 돌아가신 것을 보십시오! 검시관이 뭐라고 했든 간에 끔찍한 일이 아닐 수 없습니다. 황무지에서 밤마다 들려오는 소리는 또 어떤가요? 아무리 많은 돈을 준다해도 해가 진 뒤에 그곳을 나돌아다니는 사람은 없습니다. 그런데 그런 곳에 몰래 숨어서 무언가를 기다리며 이 집을 지켜보고 있는 수상한 사람이 있다는 말입니다. 그자가 대체 무엇을 기다리고 있겠습니까? 또 저런 행위는 무엇을 의미하겠습니까? 그것은 배스커빌 집안에 뭔가 불행한 일이 닥칠 거라는 뜻이 아니겠습니까? 저는 헨리 경의 새로운 하인들이 업무를 이어받을 준비가 다 되는 그날까지 제 임무를 무사히 기쁘게 마무리 할 수 있기만을 바랄 뿐입니다."

"황무지에 나타난 그 수상한 사람에 대해 더 알고 있는 것은 없나? 셀든은 뭐라고 하던가? 그가 어디 숨어 무엇을 하고 있는지 알고 있던가?"

내가 물었다.

"처남은 그를 한두 번 본 적은 있다고 했습니다. 그러나 그자는 자기를 드러내지 않아 처남도 아는 것이 없다고 하더군요. 처음에는 경찰이 아닐까 생각했지만 그런 것은 아니고 그자도 뭔가 나름대로 사연이 있는 것 같더랍니다. 처남이 보기에 그자는 신사 같기는 한데, 무슨 일을 하는 사람인지는 자기도 모른다고 하더군요."

"그자가 사는 곳은 어디라고 하던가?"

"산에 있는 옛날 집터 중 한 곳에 살고 있다고 합니다. 선사시대 사람들이 살았던 돌집 말입니다."

"음식은 어떻게 해결하고?"

"그 낯선 사람에게는 심부름꾼 소년이 있어 필요한 것들을 가져다주는 것 같습니다. 심부름꾼 소년이 물품을 전해주는 모습을 처남이 직접 보았답니다. 물품은 아마 쿰 트레이시에서 구해왔을 테지요."

"잘 알았네, 배리모어. 이 일에 대해서는 언제 한번 다시 이야기하도록 하지."

배리모어가 나간 후 나는 창 밖을 내다보았다. 먹구름이 몰려오고 있었고 나무들은 세찬 비바람에 흔들리고 있었다. 집안에 있어도 이렇게 스산한 기분이 드는 날인데 황무지의 돌집에서 지내기는 오죽하겠는가.

혹시 마음속에 어떤 사무치는 원한이라도 있어 이런 날씨에 저런 곳에 숨어 있는 것은 아닐까? 아니면 꼭 이루고자 하는 목적이 있어 그 혹독한 고생을 견뎌내고 있는 것일까? 저 황무지에 있는 돌집에 내가 그렇게 골머리를 앓고 있던 문제의 핵심이 있을지도 모르지. 또 하루가 저물기 전에 이 핵심을 파악하기 위해 최선을 다 해야겠다.

바위산 위의 남자

지난 장까지는 일기에서 발췌한 글로 사건을 설명했다. 10월 18일까지의 일기를 소개했는데, 그 이후로 상황은 급박하게 전개되어 끔찍한 결말을 향해 치닫기 시작했다. 막바지 며칠 동안 벌어졌던 사건들은 내 기억 속에 너무도 선명하게 남아 있어서 당시에 적어둔 메모를 참고하지 않고도 이야기할 수 있을 정도다. 내가 매우 중요한 두 가지 사실을 알아낸 그날부터 이야기를 이어가겠다.

중요한 사실 중 하나는 쿰 트레이시의 로라 라이언즈 부인이 찰스 경에게 편지를 보내서 경이 죽음을 맞은 그 시각, 그 장소에서 만날 약속을 했다는 것이다. 그리고 또 하나는 황무지에 숨어 있던 그 정체 불명의 사나이를 산에 있는 돌집에서 찾아냈다는 것이다. 이 두 가지 사실을 알아내고도 이 사건을 해결하지 못한다면 나는 지혜나 용기 중 어느 하나가 부족한 사람일 것이다.

나는 그 전날 저녁에 라이언즈 부인에 대해 알아낸 사실을 헨리 경에게 말하지 못했다. 모티머가 헨리 경과 늦게까지 카드게임을 하며 함께 있었기 때문이었다. 그러나 다음 날 아침 식사 때 내가 알아낸 사실을 헨리 경에게 이야기했고, 쿰 트레이시까지 함께 가겠냐고 물었다. 헨리 경은 처음에는 흔쾌히 같이 가겠다고 했으나, 우리 둘이 머리를 맞대고 다시 한번 생각을 한 끝에 나 혼자 가는 것이 낫겠다는 결론을 내렸다. 요란하게 찾아가면 아무래도 사람들의 눈에 잘 띄어서 생각만큼 많은 정보를 캐내지 못할 수도 있기 때문이었다. 그리하여 나는 헨리 경을 남겨둔 채 가벼운 마음으로 마차를 타고 쿰 트레이시를 향했다.

그곳에 도착하자 나는 퍼킨스에게 말을 세워두도록 이른 후, 내가 찾고 있는 여인에 대해 이리저리 알아보았다. 라이언즈 부인이 살고 있는 집을 찾는 일은 그다지 어렵지 않았다. 그 집은 쿰 트레이시의 한 가운데에 자리잡고 있었는데 꽤 훌륭했다.

집에 들어서니 하녀가 별다른 격식을 따지지 않고 나를 안내했다. 내가 응접실에 들어서자, 한 여인이 레밍턴 타자기 앞에 앉아 있다가 반갑게 미소를 지으며 일어났다. 그러나 내가 낯선 사람이라는 것을 알자 그녀는 금방 웃음을 거두고 다시 자리에 앉으며 어떻게 왔느냐고 물었다.

라이언즈 부인에 대한 첫 인상은 대단한 미인이라는 것이었다. 그녀의 눈과 머리색은 연한 갈색이었고, 뺨은 주근깨가 많기는 했지만 분홍빛 홍조를 띠고 있었다. 정말 감탄할 만한 미모를 지닌 여인이었다. 그러나 나중에 다시 보니 그렇게 완벽한 미모라고 할 수는 없었다. 뭔지 모를 부자연스러운 면이 눈에 띄었다. 얼굴 표정에서는 다소 천박함이 묻어나왔고, 눈은 냉정해보였으며, 조금 벌어져 있는 입술 모양이 완벽한 아름다움과는 거리가 있었다.

물론 이러한 점들이 보인 것은 나중 일이었다. 처음 그녀를 본 순간에는 내가 뛰어난 미모를 지닌 한 여인 앞에 서 있고, 그녀가 내 방문의 이유를 물었다는 것 외에는 아무 생각이 나지 않았을 정도였다. 그 순간까지 나는 내 임무가 얼마나 세심한 주의를 필요로 하는 것인지 잊어버릴 뻔했던 것이다.

"기쁘게도, 저는 부인의 아버님과 잘 알고 있지요. 그런데 따님까지 이렇게 뵙게 되어서 반갑습니다."

이것이 얼마나 분위기 파악을 하지 못한 첫인사였는지는 그녀의 반응을 통해 알 수 있었다.

"아버지와 저는 아무 상관이 없습니다. 아버지께 빚진 것도 없고요. 그리고 아버지의 친구면 아버지의 친구지 제 친구는 아니지요. 아버지가 살아 있으면 뭐합니까? 돌아가신 찰스 배스커빌 경과 다른 고마우신 분들이 아니었다면 저는 굶어 죽었을 거예요."

"제가 부인을 뵈러 여기까지 온 이유는 바로 그 찰스 배스커빌 경 때문입니다."

그녀 얼굴에 있는 주근깨가 더욱 도드라져 보였다.

"그분에 대해 무슨 말을 듣고 싶으신 거지요?"

타자기 글자판을 신경질적으로 두드리면서 그녀가 물었다.

"부인은 그분을 알고 계시지요?"

"말씀드렸지 않습니까. 그분에게 많은 은혜를 입었다구요. 이렇게 제힘으로 살아갈 수 있게 된 것도 제 딱한 처지에 관심을 보이시며 도와주신 그분 덕택입니다."

"찰스 경과 편지를 주고받으신 일이 있으셨습니까?"

"무슨 의도로 그런 질문을 하시는 거죠?"

그녀가 화가 난 눈빛을 하고 쏘아붙였다.

"추문을 잠재우려고 여쭈어본 것일 뿐입니다. 괜한 헛소문이 걷잡을 수 없이 퍼지기 전에 이 자리에서 묻고 끝내는 것이 더 나을 테니까요."

내 말을 듣고 그녀는 잠시 동안 아무 말도 하지 않았다. 얼굴빛은 여전히 창백한 그대로였다. 그러다 마침내 할 테면 해보라는 식의 태도를 보이며 입을 열었다.

"알겠습니다. 대답해드리지요."

그녀가 말했다.

"무엇을 알고 싶다고 하셨죠?"

"찰스 경과 서신 왕래가 있으셨습니까?"

"그분이 마음을 써 주신 것이 너무나 감사해서 한두 번 편지를 주고받았습니다."

"혹시 편지를 보낸 날짜를 기억하고 계십니까?"

"기억하지 못하는데요."

"그럼 부인께서 찰스 경을 직접 만난 적은 있나요?"

"예. 그분이 쿰 트레이시에 오셨을 때 한두 번 뵈었습니다. 성격이 내성적이신 분이라서 좋은 일을 하실 때도 드러내놓고 하시는 분은 아니었지요."

"직접 만났든 편지를 주고받았든 간에, 부인께서는 그분과 자주 접촉하지 않으신 것 같군요. 그런데 어떻게 찰스 경께서 부인의 딱한 사정을 알고 도움을 줄 수 있었을까요?"

이해하기 어려운 부분에 대해 질문을 했는데, 라이언즈 부인이 아주 명쾌하게 설명을 해주었다.

"제게 은혜를 베풀어주신 신사분이 몇 분 계십니다. 그중 한 분이 스태플턴 씨예요. 그분은 친절하신 신사분으로, 찰스 경의 이웃이자 아주 친한 친구이시죠. 찰스 경께서 저에 대해 알게 된 것도 스태플턴 씨가 그분에게 제 이야기를 해주셨기 때문입니다."

나는 찰스 배스커빌 경이 선행을 베푸는데 스태플턴이 그 실무담당자 역할을 하고 있었다는 사실을 이미 알고 있었기 때문에 부인의 말이 사실일 거라고 생각을 했다.

"부인께서 찰스 경에게 편지를 보내 만나자고 요청을 한 일이 있나요?”

내가 계속해서 묻자 라이언즈 부인의 얼굴에 다시 붉은빛이 돌았다.

“정말 이상한 질문을 하시네요.”

“부인, 곤란하게 해드려 죄송합니다만 저는 그것이 사실인지를 꼭 확인해야 합니다.”

“알겠습니다. 대답해드리지요. 저는 그런 편지를 쓴 일이 없습니다.”

“편지를 쓴 일이 없다구요? 찰스 경이 돌아가시던 바로 그날, 편지를 쓰지 않으셨던가요?”

내 말을 듣자 붉은빛이었던 그녀의 낯빛이 금방 창백하게 바뀌었다. 그녀는 바짝 마른 입술을 열어 아니라고 대답했지만, 귀를 가까이 기울여야 겨우 들릴 수 있을 정도로 작았다.

“당시 일이 잘 생각나지 않나보군요.”

내가 말했다.

“부인이 찰스 경에게 보낸 편지 중 한 구절을 이 자리에서 읊어 볼까요? ‘신사분이시라면 제발 이 편지를 불에 태워버리세요. 그리고 10시에 쪽문으로 나와주시기 바랍니다’ 어떻습니까, 부인. 이래도 편지를 보낸 사실을 인정하지 않으시겠습니까?”

내 말을 듣고 그녀는 몹시 당황한 듯했다. 그러나 곧 냉정을 되찾았다.

"찰스 경을 신사라고 믿었건만 그게 아니었군요."

그녀는 흥분했는지 거친 어조로 말을 내뱉었다.

"그것은 부인이 오해하고 계신 겁니다. 찰스 경께서는 분명히 편지를 태웠어요. 그러나 때로는 타버린 편지도 내용식별이 가능한 경우가 있습니다. 자, 이제는 부인께서 그 편지를 썼다는 사실을 인정하시겠지요?"

"맞아요, 편지를 썼습니다."

그녀는 화를 내며 나에게 큰 소리로 퍼부어댔다.

"그래요, 썼어요. 그래서 어쨌다는 거죠? 그분에게 편지를 쓴 일이 몹쓸 죄라도 되나요? 나는 그분의 도움이 필요했어요. 그리고 그분이 제 청을 결코 외면하지 않을 거라고 믿었지요. 그래서 만나자고 했던 것뿐입니다."

"알겠습니다. 그런데 왜 하필 그 시간에 만나자고 했습니까?"

"그분이 그 다음 날이면 런던으로 가서 몇 달 동안 여기에 계시지 않을 거라는 사실을 바로 전날에야 알았으니까요. 그래서 어쩔 수 없이 그 시간에 만나자고 청한 겁니다."

"그렇다면 그건 그렇다 치고, 만난 장소 말입니다. 저택 안에서 만나도 될 텐데 왜 굳이 바깥에서 만나기로 한 거죠?"

"여자가 그 야심한 시간에, 그것도 혼자 사는 남자의 집에 어떻게 들어갑니까?"

"그렇겠군요. 그러면 부인이 찰스 경을 만나기로 했던 장소에 갔을 때 뭐 특이한 일은 없었습니까?"

"저는 약속 장소에 나가지 않았습니다."

"아니, 그게 무슨 말씀이십니까?"

"정말입니다. 하나님께 맹세하지만, 저는 절대로 그곳에 가지 않았습니다. 그때 피치 못할 사정이 생겨서 못 가게 되었습니다."

"무슨 피치 못할 사정입니까?"

"그건 제 개인적인 일이라 말씀드릴 수 없습니다."

"찰스 경이 죽었던 그 시간, 그 장소에서 찰스 경과 만나기로 약속은 했지만 나가지는 않았다는 말씀입니까?"

"그렇다니까요."

나는 몇 가지 더 질문했지만 그 이상 소득은 없었다.

기대한 만큼 결과를 얻지 못한 라이언즈 부인과의 장시간에 걸친 대화를 마치면서 내가 말했다.

"라이언즈 부인, 부인께서는 알고 계신 사실을 솔직하게 털어 놓지 않음으로써 중대한 책임을 떠안게 되었습니다. 제가 경찰에 이 사실을 알린다면 부인은 아주 곤란한 처지에 놓일 것입니다. 부인께서 떳떳하시다면 찰스 경에게 편지를 썼던 사실을 부인하실 필요가 없었을 텐데, 처음에 그렇게 부인하셨던 이유가 도대체 뭡니까?”

“혹시나 그 편지 때문에 괜히 남의 입에 오르내리지는 않을까 걱정되었기 때문입니다.”

“또 찰스 경에게 편지를 태워 없애달라고 부탁한 이유가 뭐지요?”

“제 편지를 다 읽으셨다면 알고 계실 텐데요.”

“다 읽었다고는 말씀드리지 않았습니다.”

“편지 내용 일부를 인용하셨지 않습니까.”

“추신만 인용했을 뿐이었지요. 조금 전에 말씀드렸다시피, 부인의 편지는 불에 태워졌기 때문에 전체 내용을 다 읽을 수가 없는 상태였습니다. 부인, 다시 묻겠습니다. 찰스 경에게 편지를 태워 없애달라고 부탁한 이유가 뭐지요?”

“정말로 개인적인 이유 때문이에요.”

“경찰의 심문을 받지 않으시려면 그런 대답으로는 부족합니다.”

“그렇다면 할 수 없군요. 말씀드리지요. 선생님이 불행했던 제 과거에 대해 들으셨다면 제가 경솔하게 결혼을 했으며, 지금은 그것에 대해 후회하고 있다는 것을 알고 계실 겁니다.”

“예, 알고 있습니다.”

“저는 결혼 생활 내내 혐오스러운 남편으로부터 괴롭힘을 당해왔습니다. 우리나라 법은 남자에게 유리하게 되어 있어요. 지금 당장 남편이 저를 강제로 데려가도 아무도 뭐랄 수 없는 것이 제 처지랍니다. 그렇게 살던 중 저는 얼마간 비용을 들이면 자유를 얻을 가능성이 있다는 것을 알게 되었고, 어쩔까 고민하다가 찰스 경에게 편지를 쓰게 되었습니다. 남편으로부터 해방되어 자유롭게 된다면 마음의 평화를 얻고 행복한 삶을 살 수 있으며, 상처받은 자존심도 회복할 수 있을 거라고 생각했지요. 저는 찰스 경이 불쌍한 사람을 기꺼이 돌봐주는 따뜻한 심성을 지닌 분이라는 것을 익히 들어 알고 있었습니다. 그래서 그분이 직접 제 사연을 듣게 되면 틀림없이 도와주실 거라고 믿었지요."

"그런데 왜 약속장소에 나가지 않으셨습니까?"

"그 전에 다른 분이 도와주셨기 때문에 찰스 경을 만날 필요가 없었어요."

"그렇다면 찰스 경에게 편지를 써서 이제 다른 분의 도움을 받았으니 만날 필요가 없어졌다고 설명했어야 했던 것 아닙니까?"

"물론 그럴 생각이었죠. 하지만 다음 날 아침 신문에서 그분이 돌아가셨다는 기사를 보았어요. 돌아가신 분에게 그런 설명을 할 필요는 없는 것 아니겠습니까?"

라이언즈 부인의 이야기에는 일관성이 있었고, 내가 아무리 집요하게 질문 공세를 퍼부어도 흔들림이 없었다. 그녀의 진술이 맞는지 확인하는 길은 그녀가 정말로 남편과의 이혼 소송을 제기했는지 여부와 그 비극적인 사건이 발생했던 시간이 언제인가를 알아보는 수밖에 없었다.

라이언즈 부인이 배스커빌 저택에 갔었는데도 가지 않았다고 거짓말하는 것 같지는 않았다. 그녀가 사는 곳에서 배스커빌 저택까지 가려면 마차가 필요했을 것이다. 그리고 그곳까지 갔다면 툼 트레이시에 되돌아온 시간은 아무리 서둘러도 새벽이나 되었을 것이다. 누구의 눈에도 띄지 않고 그렇게 몰래 외출을 하기는 불가능했을 것이다. 따라서 부인의 말은 사실이거나, 전부 다는 아닐지라도 적어도 부분적으로는 사실일 가능성이 높았다.

아무튼 나는 낙심하고 좌절한 채 그녀의 집에서 나왔다. 다시 한번 맡은 임무를 수행하기 위해 뛰고 있는 길에서 막다른 골목에 가로막힌 것이다.

그러나 라이언즈 부인의 표정과 태도를 생각하면 생각할수록, 그녀가 내게 뭔가를 숨기고 있다는 의혹이 강하게 일었다. 그녀의 얼굴이 그렇게 창백해진 이유는 무엇일까? 왜 그렇게 끝끝내 털어놓지 않고 버티려고 했을까? 그 비극적인 사건이 발생한 시간에 대하여 입을 열지 않으려는 이유는 또 무엇일까? 이런 의문들을 생각해볼 때, 아무래도 부인이 결백하다고는 생각할 수 없었다. 그러나 지금으로서는 라이언즈 부인에 대한 수사에서 더 이상의 진전은 없을 것 같기에 황무지의 돌 오두막집 쪽으로 방향을 바꾸어 다른 단서를 찾아야 할 것 같았다.

그러나 돌아오는 길에 생각해보니, 그쪽 방향은 뜬구름 잡기나 마찬가지였다. 나는 마차 밖으로 시선을 돌려 언덕 곳곳에 남아 있는 선사시대 사람들이 남긴 유적들을 바라보았다. 배리모어가 알려준 것은 그 낯선 사나이가 저 버려진 돌 오두막집들 중 하나에 살고 있다는 것뿐이었다. 드넓은 황야 이곳저곳에 흩어져 있는 돌 오두막집만 해도 수백 개가 넘었다.

그러나 나는 낯선 사나이가 검은 바위산 꼭대기에 서 있었던 것을 보지 않았던가. 그렇다면 그가 서 있었던 그 검은 바위산을 중심으로 수색해야 할 것이다. 거기서부터 시작하여 황무지에 있는 모든 돌 오두막집을 다 뒤져봐야 할 것이다.

그러다가 그 낯선 사나이를 발견하면, 권총을 들이대고서라도 그가 누구이며 그렇게 오랫동안 우리를 미행한 이유가 무엇인지 당사자의 입을 통해 직접 들어볼 작정이었다. 그자가 사람들이 붐비는 리젠트 가에서는 우리를 따돌리고 모습을 감출 수 있었겠지만, 인적이 드문 이 황무지에서는 그렇게 하기가 쉽지는 않으리라. 그러나 그 돌 오두막집을 찾아내더라도 그자가 안에 없다면, 시간이 아무리 오래 걸리더라도 그가 돌아올 때까지 기다릴 것이다. 런던에서 홈즈는 그자를 미행하다 놓치고 말았다. 그러니 내가 여기서 그 정체불명의 사나이를 잡는 개가를 올린다면 그야말로 영광스러운 일 아니겠나.

이번 사건을 수사하는 동안 행운의 여신은 수 차례나 우리에게 등을 돌렸지만, 마침내 내게 도움의 손길을 내밀었다. 행운의 여신이 보낸 사자는 다름 아닌 프랭클랜드였다. 붉은빛의 얼굴에 회색 수염을 기른 그는 내가 지나왔던 큰길에 있는 자신의 정원 문 밖에 서 있었다.

"날씨 좋죠, 왓슨 박사!"

그는 웬일로 기분이 좋은 모양이었다.

"말들도 좀 쉬게 하고 선생도 들어와서 포도주 한 잔 하면서 축하의 덕담이나 해주시오."

프랭클랜드가 자기 딸인 라이언즈 부인에게 어떻게 굴었는지 듣고 난 후, 나는 그에 대해 좋지 않은 감정을 가지게 되었다. 하지만 마부 퍼킨스와 마차를 집으로 보내고 싶던 참이었는데, 때맞춰 그렇게 할 수 있는 좋은 기회가 온 셈이었다.

나는 마차에서 내렸다. 그리고 이제부터는 걸어가겠으니 먼저 들어가서 헨리 경에게 저녁 식사 시간까지는 들어가겠다는 말을 전해주라고 마부 퍼킨스에게 말한 후, 그를 먼저 보냈다. 그리고 나서 프랭클랜드를 따라서 집 안의 식당으로 갔다.

"왓슨 박사, 오늘은 기쁜 날이오. 내 인생에 있어 길이 기억될 기념일이 될 거요!"

그가 얼굴에 웃음을 가득 머금은 채 외쳤다.

"내가 두 개의 소송사건에서 모두 승소했다오. 나는 이곳 주민들에게 법은 엄연히 존재한다는 것과, 법에 호소하는 것을 전혀 두려워하지 않는 사람이 있다는 것을 가르쳐주고자 했소. 그런데 드디어 미들턴 영감의 정원 정 중간을 보란 듯이 당당하게 걸을 수 있는 통행권을 얻게 된 거요. 이제 그 영감의 현관문에서 100미터 밖으로는 얼마든지 통행할 수 있게 됐으니, 그야말로 한방 먹인 거지. 박사는 이 점에 대해 어떻게 생각하시오? 아무리 돈 많은 부자들이라 할지라도 서민들의 권리를 하찮게 여겨 짓밟아서는 안 된다는 교훈을 가르쳐 준 사건이라고 생각하지 않소? 나쁜 놈들! 그리고 나는 펀위시 인간들이 자주 소풍을 오는 숲도 폐쇄해버렸소. 그 못돼먹은 인간들은 소유권에 대해서는 아는 게 없는지, 거기서는 떼를 지어 아무 데나 자리를 깔고 술을 마셔도 된다고 생각하고 있었소. 이 두 소송에서 내가 모두 승소했지. 존 멀랜드 경이 자신이 소유한 야생 조수 사육 특허지역에서 총을 쏘았을 때 그를 불법침입으로 고소한 이후로 이렇게 기쁜 날은 처음이오."

"대단하시네요. 어떻게 그런 승리를 이끌어내셨습니까?"

"판례집에서 프랭클랜드 대 멀랜드 사건을 찾아보시면 알

거요. 볼 만 하다오. 비용으로 200파운드나 들어갔지만 결국
내가 이겼다는 거 아니오.”

　“그렇게 승소했으니 보상이라도 받으셨겠군요?”

　“그런 거 받은 적 없소. 나는 그런 소송들을 통해 아무런
이득도 얻지 않은 것에 자부심을 가지고 있소. 나는 순전히

공적인 의무감을 가지고 행동할 뿐이오. 오늘 밤 펀워시 인간들은 틀림없이 내 인형을 만들어 불에 태울 거요. 지난번에도 그런 일이 있어서 내가 경찰들에게 요구했소. 그런 치욕스런 공개적 행위를 하지 못하도록 막아달라고 말이요. 하지만 왓슨 박사, 이 지방 경찰청은 무능한 걸로 한몫한다오. 그러니 내가 응당 받아야 할 보호를 제대로나 받을 수 있었겠소? 프랭클랜드 대 레지나 사건으로 사람들도 이 문제에 대해 관심을 갖게 될 거요. 나를 이렇게 무시한 것에 대해 언제고 후회할 때가 올 거라고 경찰에게 말했는데, 그 말이 벌써 실현되고 있소."

"어떻게 말입니까?"

내가 물었다.

노인은 짐짓 아는 체를 해가며 대답했다.

"내가 그들이 무척 궁금해하는 정보를 갖고 있기 때문이오. 하지만 나는 하늘이 두 쪽이 나도 그 악당들을 돕지는 않을 거요."

사실 그전까지 나는 어떤 핑계를 대고 이 영감에게서 도망갈까 하는 궁리를 하고 있었지만, 그 정보란 것에 호기심이 발동해서 그의 이야기를 좀더 들어봐야겠다는 마음이 생겼다. 프랭클랜드는 심사가 삐딱한 사람이라서 상대방이 큰 관심을 보일수록 자신의 속마음을 드러내지 않는다는 것을 잘 알고 있었다.

"밀렵 사건 같은 거 아닙니까?"

나는 별 관심 없는 척하면서 심드렁하게 물었다.

"하하하, 이 친구 참 뭘 모르는군. 그것보다 훨씬 더 중요한 사건이라오! 바로 황무지의 탈옥수이지."

나는 깜짝 놀라지 않을 수 없었다.

"설마 어르신께서 탈옥수가 있는 곳을 알고 계시다는 말씀은 아니겠죠?"

"물론 그자가 어디 숨어 있는지 정확히는 알지 못하오. 그러나 경찰이 그자를 체포하는 데에 결정적인 도움을 줄 수 있다는 것은 내 장담하지. 이런 생각을 해본 적은 없소? 그자를 잡기 위해서는 그자가 음식을 공급받는 경로를 찾아내어 그걸 추적하면 되지 않을까 하는 생각말이오."

그는 기분 나쁠 정도로 사건의 맥을 잘 짚고 있었다.

"그렇겠군요."

내가 말했다.

"하지만 그자가 황무지에 숨어 있다는 걸 어떻게 아십니까?"

"그자에게 음식을 가져다주는 심부름꾼을 이 눈으로 똑똑히 보았으니까 알지."

나는 순간 배리모어 생각이 나서 가슴이 철렁했다. 남의 일에 끼어들기 좋아하는 이 오지랖 넓고 심통 사나운 노인에게 걸려들다니, 심각한 일이 아닐 수 없었다. 그러나 계속해서 그의 말을 들어보니 내가 그리 크게 걱정할 필요는 없을 것 같았다.

"그에게 음식을 날라다주는 사람이 어린 소년이라는 것을 안다면 박사도 놀랄 거요. 나는 매일 지붕 위에 있는 망원경을 통해 그 소년을 지켜보고 있다오. 항상 같은 시간에 같은 길을 지나가니 그 탈옥수에게 가는 것이 아니라면 누구에게 가겠소?"

이런 다행스러운 일이 있나! 그러나 나는 겉으로는 관심 없는 척했다. 소년이라니! 배리모어도 그 미지의 사나이에게 음식을 가져다주는 사람이 소년이라고 말하지 않았던가. 프랭클랜드가 어쩌다 우연히 발견한 것은 바위산에서 보았던 그 미지의 사나이에 관한 단서이지 탈옥수에 관한 단서는 아니었던 것이다. 만약 내가 프랭클랜드 노인을 통해 그에 대한 정보를 좀더 알아낼 수 있다면, 일일이 돌 오두막집들을 뒤지고 다녀야 하는 수고를 덜 수도 있을 것이다.

그러나 일단 프랭클랜드의 말이 믿기 어렵다는 듯한 태도를 보이면서 무관심한 척하는 것이 지금으로서는 최선의 묘수라고 확신했다.

"황무지에 있는 양치기의 아들이 아버지에게 음식을 가져다 줄 수도 있지요."

　내가 그의 의견에 사소한 이의를 제기했을 뿐인데도, 이 독선적인 영감은 잔뜩 열을 받은 모양이었다. 그는 이런 천하에 나쁜 놈을 봤나 하는 표정으로 나를 쳐다보았는데, 그의 회색빛 수염이 성난 고양이의 그것처럼 바짝 곤두섰다.

　"아니, 왓슨 박사!"

　드넓게 펼쳐있는 황무지를 가리키며 그가 말했다.

　"저기 저쪽에 있는 검은 바위산을 실제로 본 적이 있소? 혹은 저기 가시덤불이 자라는 낮은 언덕너머를 보신 적은 있으시오? 저곳은 황무지에서도 바위가 가장 많은 곳이오. 저런 곳에서 어느 양치기가 자리잡고 양을 친단 말이오? 박사의 말은 어불성설이오."

　나는 잘 몰라서 그렇게 이야기했노라고 말했다. 내가 고분고분하게 나오니 기분이 풀렸는지 그는 더 많은 이야기를 늘어놓았다.

　"내가 아무 근거도 없이 그런 생각을 하게 된 것은 아니라는 것을 박사도 알게 될 거요. 내가 그 소년이 짐 꾸러미를 들고 가는 것을 한두 번 본 것이 아니란 말씀이오. 매일같이, 아니, 어떤 때는 하루에 두 번도 봤지. 아, 잠깐만! 왓슨 박사, 내가 잘못 본 건가? 지금 저 산허리에 뭔가가 움직이고 있는 게 맞지요?"

몇 킬로미터 떨어진 곳이기는 했지만, 흐릿한 녹색과 회색의 배경 속에서 작고 검은 점이 움직이는 것이 내 눈에도 분명하게 보였다.

"뭔지 확실히 보자구! 이리 오시오!"

프랭클랜드가 위층으로 뛰어 올라가며 소리쳤다.

"선생 눈으로 직접 보고 판단해보시오."

평평한 함석지붕 위에 삼각대가 놓여 있었고, 그 위에는 성능이 제법 괜찮아 보이는 망원경이 설치되어 있었다. 프랭클랜드가 망원경 렌즈에 눈을 갖다 대더니 만족스럽다는 듯 탄성을 질렀다.

"어서, 어서 오시오, 왓슨 박사. 저 소년이 언덕을 넘어가기 전에!"

정말이었다. 어깨에 조그만 짐 보따리를 맨 소년이 천천히 언덕을 오르고 있었다. 정상에 올라서자, 남루한 옷차림을 한 그 소년의 모습은 푸른 하늘과 대조되어 더 잘 보였다. 소년은 누군가 자기 뒤를 쫓아오지는 않나 경계하며 은밀하고 조심스럽게 주변을 살피더니, 언덕 너머로 사라져버렸다.

"어때요, 내 말이 맞지요?"

"그렇군요. 뭔지 모르지만 저 소년은 비밀리에 누군가의 심부름을 하는 것 같은데요."

"시골 경관이라도 그 심부름이 뭔지는 알 수 있을 거요. 하

지만 경찰은 나에게 단 한마디도 얻어듣지 못할 겁니다. 박사
도 비밀을 지켜주셔야 하오. 한마디도 입밖에 내서는 안 된단
말이오! 아셨소?”

“알겠습니다.”

“그자들의 태도에 나는 치욕을 느꼈소. 프랭클랜드 대 레

지나 소송사건의 결과가 사람들에게 알려지면 아마 모두들 분노로 몸을 떨게 될 걸. 그러나 나는 결단코 경찰을 돕지는 않을 거요. 저들은 사람들이 내 인형이 아니라 나를 불태웠어도 가만히 보고만 있었을 작자들이니 말이오. 아니, 지금 가시는 거요? 이런 경사스러운 날에 술 한잔 하셔야지, 그냥 가시면 섭섭한데!"

그는 나를 한사코 붙잡으려 했을 뿐 아니라 배스커빌 저택까지 나를 데려다주겠다고 했으나, 나는 극구 만류하고 혼자 나섰다. 길을 따라 걷다가 내 모습이 그의 눈에 보이지 않을 정도의 거리에 이르자, 황무지 쪽으로 방향을 바꿔 소년을 목격했던 바위산으로 향했다. 상황은 나에게 유리하게 진행되고 있었다. 이렇게 모처럼 내 앞으로 굴러온 행운을 잡을 기회가 왔으니, 온 힘과 인내심으로 그것을 움켜잡으리라고 다짐했다.

내가 바위산 꼭대기에 올랐을 때는 벌써 해가 저물고 있는 늦은 시간이었다. 발 밑의 긴 비탈길 한 쪽은 금빛이 도는 푸른빛을 내고 있었고, 다른 한 쪽은 회색 그림자가 드리워져 있었다. 저 멀리 지평선에는 안개가 낮게 깔려 있었고, 벨리버 바위산과 빅슨 바위산의 그 환상적인 모습이 지평선 끝에 드러나 보였다. 넓게 펼쳐진 고즈넉한 평원 위로는 갈매기인지 마도요인지 구별이 잘 가지 않는 커다란 잿빛 새 한 마리가 푸른 하늘 높이 날아다니고 있을 뿐이었다. 아치형의 광활한 창공과 그 아래 버려진 땅 사이에 살아 있는 것이라고는 그 새와 나밖에 없는 것 같았다.

황량한 주변의 모습, 내 외로운 처지, 해결의 기미는 보이지 않은 채 긴박하게만 돌아가는 임무 등을 생각하니 마음이 무거웠다. 그 소년의 모습은 보이지 않았지만, 대신 내 발 아래에 있는 바위산 틈새에 선사 시대의 돌 오두막집들이 둥그렇게 모여있는 것이 눈에 들어왔다. 그리고 그 한가운데에 비바람을 충분히 막을 수 있을 만한 지붕이 있는 돌 오두막집 하나가 눈에 띄었다. 그것을 보자 심장이 마구 방망이질 쳤다. 저 돌 오두막집은 그 미지의 사나이가 숨어 지내는 곳임에 틀림없었다. 마침내 나는 그가 숨어 있는 은신처의 문 앞까지 이르렀다. 이제 내가 그의 비밀을 밝혀내는 순간이 온 것이다.

잠자리채를 들고 나비에게 접근하는 스태플턴처럼 나는 아주 조심스럽게 그 돌 오두막집을 향해 다가갔다. 다가가면서 주위를 둘러보니 정말로 사람이 지내던 곳이라는 생각이 들어 나는 속으로 쾌재를 불렀다. 바위 사이에 나 있는 희미한 길이 돌 오두막집의 입구로 향하고 있었다. 안에서는 아무 소리도 들려오지 않았다. 미지의 사나이는 저 안에 숨어 있을지도 모르고, 아니면 황무지를 돌아다니고 있을지도 몰랐다.

흥분이 되어 내 온 몸의 신경은 한껏 곤두섰다. 나는 담배를 던져버리고 권총을 단단히 쥔 채, 재빨리 입구로 들어가 내부를 들여다보았다. 안에는 아무도 있었다.

그러나 돌 오두막집 안의 여러 흔적들로 보아 내 육감이 틀린 것은 아니었다. 미지의 사나이는 여기에 살고 있는 것이 분명했다. 그 옛날 신석기시대의 사람이 침대로 사용했을 법한 돌판 위에 방수 담요가 놓여 있었고, 조잡하게 생긴 화로에는 타고 남은 재가 쌓여 있었다. 그 옆에는 조리 기구들과 물이 반쯤 찬 양동이도 놓여 있었으며 빈깡통들도 어지럽게 널려 있었다. 눈이 내부의 어둠에 익숙해지자, 구석에 놓여 있는 작은 잔과 술이 반쯤 차 있는 술병이 눈에 들어왔다.

오두막 한가운데에는 식탁으로 사용되었을 것 같은 평평한 돌이 있었고, 그 위에 천으로 싸 놓은 작은 짐 꾸러미가 있었다. 내가 망원경을 통해 보았던 소년이 어깨에 메고 있었던 짐 꾸러미가 틀림없는 것 같았다. 꾸러미 안에는 빵 한 덩어리와 소 혓바닥 통조림 한 개, 그리고 복숭아 통조림 두 개가 들어 있었다. 내용물을 살펴본 후 꾸러미를 다시 내려놓으려고 하는데, 그 밑에 있는 메모지가 눈에 띄었다. 갑자기 가슴이 두근거리기 시작했다.

종이를 집어들고 살펴보니, 연필로 다음과 같은 내용이 적혀 있었다.

왓슨 박사님이 쿰 트레이시로 갔음.

　나는 이 짧은 메모가 대체 무슨 뜻인지 생각해내려고 그 종이를 손에 든 채 잠시 동안 멍하니 서 있었다. 이 메모에 따르면, 미지의 사나이가 미행하고 있던 사람은 헨리 경이 아니라 나라는 이야기가 된다. 미지의 사나이는 자신이 직접 나서지 않고 그 소년을 시켜 나를 미행하게 했으며, 이 메모는 그 소년이 작성한 보고서였던 것이다.

　그렇다면 나는 황무지에 온 이후로 철저히 감시당하고 있었단 말인가? 황당하기 그지 없었다. 물론 항상 눈에 보이지 않는 그 무엇인가가 정교한 그물을 쳐놓고 우리를 에워싸고 있다는 느낌이 들기는 했다. 그러나 그물을 쳐놓은 자가 너무도 가볍게 그것을 들어올리는 바람에, 결국 마지막 순간이 되어서야 그물에 걸려들었다는 것을 알게 된 것이다.

　보고서가 또 있을지도 몰랐으므로 나는 여기저기 더 뒤져 보았다. 그러나 그런 보고서 같은 것은 더 이상 나오지 않았고, 이런 특이한 장소에서 지내고 있는 사나이의 특성이나 목적을 알아볼 수 있는 어떤 단서도 발견할 수 없었다. 다만 그가 엄격한 생활습관을 지니고 있으며, 편안한 생활에는 거의 관심도 없는 사람이라는 것을 알 수 있었다.

　요새 비가 세차게 내렸는데도 지붕 사이의 갈라진 틈을 그대로 놔둔 걸 보면, 남자는 그런 모든 악조건을 감수하면서 지낼 만큼 확고부동한 목적을 가지고 있으며 그것을 이루고자 하는 강렬한 열망이 있는 것 같았다. 그는 우리의 적일까, 아니면 우연히 나타나 우리를 지켜주는 수호천사일까? 나는 이것을 알아낼 때까지 이 돌 오두막집을 떠나지 않기로 결심했다.

해는 저물어가고 있었고, 서쪽 하늘에는 주홍빛과 금빛을 띤 노을이 져 있었다. 그리고 거대한 그림펜 늪지대에 있는 웅덩이도 햇빛을 받아 표면이 붉게 빛나고 있었다. 배스커빌 저택의 탑 두 개가 눈에 들어왔고, 저 멀리 희미하게 솟아오르는 연기 속에 그림펜 마을의 모습도 희미하게 보였다. 그 언덕 뒤로 스태플턴의 집이 있었다.

해질녘의 풍경 속에서는 모든 것이 정겹고 평화롭게 보였지만, 나에게는 그런 자연의 평화로움을 느낄 여유가 없었다. 오직 시시각각 다가오는 만남에 대한 두려움으로 온몸이 떨릴 뿐이었다. 나는 신경을 바짝 곤두세우고 내 목표를 다시한번 확인했다. 그리고 어둠이 밀려오는 돌 오두막집의 한 구석에 앉아 참을성 있게 주인이 오기만을 기다렸다.

마침내 그가 돌아오는지 멀리서부터 돌을 밟는 구두 소리가 들려왔다. 그 소리는 한 발짝, 한 발짝 점점 더 가까이 들렸다. 나는 어두운 구석에 몸을 숨기고 주머니 속에 있는 권

총의 공이치기를 뒤로 당겼다. 미지의 사나이를 볼 수 있을 때까지 모습을 드러내지 않을 생각이었다.

그런데 그가 멈춰 섰는지 발소리가 한참동안 들리지 않았다. 그러다가 다시 발소리가 들리더니 돌 오두막집 입구에 그림자가 드리워졌다.

"이보게, 왓슨, 저녁풍경이 정말 아름답군."

많이 듣던 목소리였다.

"자네, 거기 안에 있는 것보다 밖으로 나오는 게 더 좋을 걸세."

황무지에서의 죽음

한동안 나는 내 귀를 의심하지 않을 수 없었고, 너무 놀란 나머지 숨도 못 쉬고 앉아만 있었다. 시간이 얼마간 지나자 겨우 감각이 돌아왔고 목소리도 낼 수 있었다. 그 동안 내 마음을 무겁게 짓누르고 있던 책임감이 일순간에 모두 흔적도 없이 사라진 듯했다. 저 냉정하고 날카로우며 빈정대는 듯한 목소리를 지닌 사람은 이 세상에서 단 한 사람밖에 없었다.

"홈즈!"

내가 외쳤다.

"홈즈 아닌가!"

"밖으로 나오게."

홈즈가 대답했다.

"권총 조심하구."

나는 조잡한 입구 아래로 몸을 숙여 빠져 나왔다. 홈즈는 바깥에서 돌 위에 앉아 있었다. 나의 놀란 얼굴을 보는 홈즈의 눈동자가 즐겁게 춤을 추는 듯했다. 그는 여위고 피곤한 듯했지만, 단정한 모습에 활력이 넘쳐 보였다. 날카로운 얼굴은 햇볕에 그을려 구릿빛으로 변했고 바람을 맞아 거칠어 보였는데, 트위드 정장에 천 모자를 쓰고 있는 모습이 황무지에서 흔히 볼 수 있는 평범한 여행자 같았다. 고양이처럼 청결함을 좋아하는 성격대로 그는 베이커 가에 있을 때처럼 단정하게 면도도 했고, 옷도 주름하나 없이 깨끗했다.

"내 평생 사람을 만나 이렇게 반가웠던 적이 없을 걸세."

홈즈와 힘찬 악수를 나누며 내가 말했다.

"또 이렇게 놀란 적도 없었겠지. 안 그런가?"

"맞네, 솔직히 그러네."

"자네만 놀란 건 아닐세. 정말이야. 내가 입구에서 스무 걸음 이내로 올 때까지만 해도 자네가 내 임시 은신처를 발견하여 그 안에 숨어 있으리라고는 생각도 못했어."

"결국 내 발자국을 보고 알아챘겠지?"

"아닐세, 왓슨. 세상의 모든 발자국 가운데 자네의 발자국을 구별해낼 수 있는 능력은 내게 없다네. 만약 자네가 나를 진짜로 속이고 싶다면 담배 구입처부터 바꿔야 할걸세. '옥스퍼드가 브래들리'라고 써 있는 담배꽁초가 저쪽 길가에 떨어져 있는 것을 발견하고 내 친구 왓슨이 이 근처에 와 있다는 것을 알았지. 지금도 그 자리에 담배꽁초가 있을 거야. 자네는 틀림없이 저 돌 오두막집에 쳐들어가기 바로 전에 꽁초를 버렸겠지."

"정확하군."

"그 정도 가지고 뭘 그러나. 그리고 자네가 감탄할 만한 인내심을 지닌 사람이라는 것을 알고 있었기 때문에, 나는 자네가 무기를 가지고 매복한 채 이 집의 주인이 돌아오기를 기다리고 있을 거라고 확신했네. 자네는 정말로 내가 범죄자라고 생각했나?"

"자네가 누군지는 몰랐어. 하지만 반드시 알아내리라 작정했었네."

"훌륭하네, 왓슨! 그런데 어떻게 나를 찾아냈지? 맞아! 탈옥수를 쫓던 날 밤에 나를 보았겠군. 그날 밤, 나는 내 뒤로 달이 떠올라 있다는 생각을 미처 하지 못하고 무심결에 그냥 서 있었어."

"맞아. 그때 자네를 보았지."

"자네는 내가 살고 있는 돌 오두막집을 발견할 때까지 모든 돌 오두막집을 샅샅이 뒤졌겠군?"

"아닐세. 자네가 부리는 심부름꾼 소년을 봤다는 사람이 있어서 이곳을 쉽게 찾을 수 있었네."

"틀림없이 그 망원경을 가진 그 노인네였겠지. 처음에는 뭔가 번쩍거리기는 하는데, 그것이 망원경 렌즈인지는 몰랐네."

그가 일어서서 돌 오두막집 내부를 들여다보았다.

"아, 카트라이트가 뭔가 갖다놓았군. 이 종이는 뭐지? 음, 자네, 쿰 트레이시에 다녀왔군?"

"그랬다네."

"로라 라이언즈 부인을 만나러 갔었나?"

"맞네."

"잘했어! 우리의 수사가 각자 평행선을 달리고 있으니, 서로가 얻은 결과를 종합해보면 이 사건의 전체 윤곽이 대강 그려지겠군."

"자네가 여기 와 있으니 정말 기쁘네. 내가 맡은 책임감과 미궁에 빠진 사건 때문에 너무나 신경이 쓰여 죽을 맛이었거든. 그런데 도대체 여기에는 어떻게 오게 된 건가? 나는 자네가 베이커 가에서 공갈 사건에 매달려 있을 거라고 생각했는데."

"자네가 그렇게 생각하는 것이 내가 바라던 바였지."

"그렇다면 자네는 나를 이용하기만 한 거군. 믿지는 못하고 말이야!"

나는 불쾌한 기분이 된 나머지 소리를 지르고 말았다.

"내가 그런 취급을 받을 정도로 자네에게 도움이 안 되는 사람이라고는 생각하지 않았네!"

"여보게, 자네는 다른 많은 사건들에서와 마찬가지로 이 사건에서도 아주 큰 몫을 담당해주었네. 내가 자네를 속인 것처럼 보였다면 용서해주게. 사실 내가 그렇게 한 데에는 자네를 위한다는 목적도 있었네. 여기 내려와서 직접 이 사건을 조사해봐야겠다는 결심을 하게 된 것도 자네에게 위험이 닥쳐오고 있다는 판단을 내렸기 때문이었어. 내가 배스커빌 저택에서 자네, 그리고 헨리 경과 함께 지냈다면, 나와 자네의 사고 범위나 시각이 똑같았을 게 분명하네. 그리고 나로 인해 막강한 우리의 적도 경계를 늦추지 않았을 것 아닌가. 사실 여기에 있으면서 나는 많은 조사활동을 벌였지. 그 활동들은 내가 배스커빌 저택에서 지냈다면 자유롭게 하지 못했을 것들이었네. 나는 이 사건에서 뒤에 숨어 있다가 결정적인 순간에 몸을 던질 준비가 되어 있다네."

"그렇더라도 나까지 속이다니, 너무 하지 않았나?"

"자네가 아는 것은 우리에게 도움이 되지 않았을 거야. 그리고 그렇게 되면 내 존재가 들통날 가능성도 있었지. 자네는 내게 뭔가 이야기해주고 싶었거나, 내 편의를 위해서 이것저것 신경을 써주려고 했을 거야. 하지만 그렇게 되면 쓸데없는 위험을 겪을 수도 있었을 걸세. 그래서 카트라이트를 데리고 온 거야. 심부름 센터에서 일하는 그 작은 소년을 기억하지? 그 애가 내게 필요한 생필품들을 가져다주었네. 빵이나 셔츠 같은 것 말일세. 그거면 나한테 충분했네. 또한 나를 위해 빠른 발이자 제2의 눈 노릇도 해주었지. 둘 다 아주 소중한 역할이었네.”

“그러면 내 보고서는 죄다 무용지물이 되었겠군!”

내가 보고서들을 작성할 때 들였던 노력과 자부심이 생각나 목소리가 떨렸다.

그러자 홈즈가 주머니에서 종이 묶음을 꺼냈다.

“여기 자네가 작성한 보고서들이 있네. 그리고 이 보고서들을 아주 자세히 잘 읽었지. 내가 손을 써 놓아서 편지들이 여기까지 오는 데는 하루밖에 걸리지 않았네. 나는 이 어려운 이 사건을 맡으며 자네가 보여준 온갖 열성과 지혜에 대해 정말 칭찬하고 싶네.”

나는 홈즈에게 속았다는 사실에 여전히 기분은 좋지 않았지만, 그가 나에 대한 찬사를 늘어놓자 어느덧 화가 풀렸다. 그리고 사실 그의 말이 옳다는 생각도 들었다. 홈즈가 황무지에 숨어 있다는 사실을 내가 몰랐던 것이 오히려 우리의 목적을 달성하는데는 큰 도움이 되었다고 느꼈기 때문이었다.

“좀 나아진 것 같군.”

내 얼굴이 밝아지는 것을 보고 홈즈가 말했다.

“그러면 이제 로라 라이언즈 부인을 방문한 결과에 대해 말해주겠나. 자네가 그녀를 만나러갔다는 것을 추측하기는 어렵지 않았네. 이 사건에서 우리에게 도움을 줄 만한 조력자로서 쿰 트레이시에 사는 사람이라고는 라이언즈 부인밖에 없다는 것을 이미 알고 있었기 때문이지. 사실 오늘 자네가 가지 않았더라면, 내일 내가 직접 그곳에 갔을 걸세."

해가 지면서 황무지에는 땅거미가 내려앉고 있었다. 공기가 쌀쌀해지자 우리는 돌 오두막집 안으로 들어갔다. 어두컴컴한 그곳에 앉아 나는 라이언즈 부인과 나누었던 대화에 대해 홈즈에게 말해주었다. 홈즈가 큰 관심을 보였기 때문에, 이야기 중 어떤 부분에 대해서는 그가 만족할 때까지 두 번씩이나 설명해주어야 했다.

"이건 가장 중요한 일인 것 같네."

내 이야기를 듣고 나서 홈즈가 말했다.

"이 복잡한 사건에서 그 흐름상 연결되지 않고 끊어진 부분이 있었는데, 이번에 자네가 해준 이야기로 그 끊어진 부분이 연결된 것 같아. 자네도 라이언즈 부인과 스태플턴 씨 사이의 관계를 눈치 챘겠지?"

"나는 둘이 그런 사이인 줄은 몰랐네."

"둘 사이의 관계가 그렇다는 것은 의심의 여지가 없네. 두 사람은 만나기도 하고 편지를 주고받기도 하는 사이야. 아주 가깝다는 말이지. 우리는 둘 사이의 이 관계를 효과적으로 이용할 수 있네. 내가 이 사실을 스태플턴 부인에게 털어놓는다면……."

"스태플턴 부인이라고 했나?"

"자네가 나에게 정보를 전해준 답례로 나도 자네에게 정보를 알려주겠네. 스태플턴 씨의 여동생으로 알려져 있는 스태플턴 양은 사실 그의 아내라네."

"맙소사, 홈즈! 그 얘기 확실한 건가? 그런데 어떻게 스태플턴 씨는 헨리 경과 자기 부인이 사랑에 빠지는 것을 그냥 보고만 있었지?"

"헨리 경이 사랑에 빠지는 것은 헨리 경 자신을 제외하고는 아무에게도 해가 될 게 없기 때문이라네. 자네도 보았겠지만 스태플턴 씨는 헨리 경이 그녀와 사랑을 나누지 못하도록 특별히 신경을 쓰고 있었지. 다시 한번 말하지만, 그녀는 스태플턴의 여동생이 아니라 부인일세."

"그런데 왜 그렇게 감쪽같이 사람들을 속였을까?"

"사람들에게 오빠와 여동생의 관계로 알려지는 것이 자신에게 훨씬 더 유리할 거라고 생각했기 때문이네."

나의 말할 수 없는 모든 본능과 막연한 의심들이 갑자기 구체화되어 그 박물학자에 집중되었다. 밀짚모자를 쓰고 잠자리채를 들고 있던 그 남자, 무심한 듯한 표정에 창백한 그 자의 얼굴이 섬뜩하게 느껴졌다. 끈질기고 교활한 그는 웃는 얼굴과 살인자의 심장을 동시에 지닌 인물이었다.

"그러면 우리의 적이 바로 그자란 말인가? 런던에서 우리를 미행했던 사람이?"

"수수께끼는 풀렸네."

"그렇다면 그 경고 편지는……. 스태플턴 부인이 보낸 것이 틀림없겠군!"

"그렇지."

그토록 오랫동안 나를 에워싸고 있던 어둠이 갑자기 걷히기 시작하더니, 괴물 같은 사악한 존재가 서서히 그 정체를 드러내기 시작했다.

"하지만 홈즈, 그거 확실한 이야기인가? 스태플턴 양이 사실은 여동생이 아니라 부인이라는 것을 어떻게 알았지?"

"그자는 자네를 처음 만났을 때 경솔하게도 자신의 과거사를 사실대로 말했지. 후에 그는 틀림없이 그것에 대해 후회했을 거야. 그자는 한때 영국 북부에서 학교 교장을 지냈었네. 학교 교장보다 뒷조사하기 쉬운 직업도 없을 걸세. 교원을 관리하는 단체들이 있어서 그곳을 수소문해보면 교직에 종사했던 사람들의 신원을 확인해볼 수 있지. 간단히 조사를 해보았더니, 극심한 운영난에 빠져 문을 닫았던 학교가 하나 있었어. 그 학교의 소유주였던 사람은 스태플턴이라는 이름은 아니었지만 그의 부인과 함께 자취를 감추었더군. 스태플턴이 한 이야기와 일치하지. 그런데다 자취를 감추었던 그 교장이 곤충학에 빠진 사람이라는 이야기를 듣고 나니, 그자가 스태플턴이라는 것이 확실해진 셈이었지."

사건을 둘러싸고 있던 어둠이 걷히고는 있었지만, 그래도 아직 많은 부분이 그림자에 가려 있었다.

"만약 스태플턴 양이 여동생이 아니라 아내라면, 로라 라이언즈 부인은 어떻게 되는 거지?"

내가 물었다.

"그 부분이 바로 자네의 조사 활동이 훌륭히 제 몫을 해준 부분 중 하나였어. 자네와 라이언즈 부인과의 대화를 통해 상황이 아주 분명하게 드러난 셈이지. 나는 라이언즈 부인이 이혼을 고려하고 있는 것에 대해서는 몰랐으니까. 결국 라이언즈 부인은 스태플턴이 미혼인 줄 알고 그와 결혼하려 하고 있다는 이야기지."

"그러면 라이언즈 부인이 속은 것을 알게 되면?"

"글쎄, 그녀가 사실을 알게 되면 우리에게 도움을 줄 수도 있을 걸세. 내일 라이언즈 부인을 만나는 것이 우리의, 아니 우리 둘이 함께 하는 첫 번째 임무가 될 거야. 그나저나, 왓슨. 자네가 있어야 할 곳에서 너무 오래 이탈해 있는 것은 아닌가? 자네의 임무 수행장소는 배스커빌 저택이라네."

붉은 노을은 완전히 서쪽으로 사라지고 황무지에는 짙은 어둠이 깔렸다. 보랏빛 하늘에서는 별들이 희미하게 빛을 내고 있었다.

"홈즈, 마지막으로 하나만 묻겠네."

내가 일어서면서 말했다.

"자네와 나 사이에 더 이상 비밀로 할 일은 없을 테니까 말해주게. 여태까지 일어난 일들은 무슨 의미를 가지고 있는 걸까? 범인의 의도가 뭐지?"

홈즈가 낮은 목소리로 대답했다.

"살인이라네, 왓슨. 교묘하고 잔인하며 계획적인 살인 말일세. 자세한 내용은 묻지 말게. 그자가 헨리 경에게 그물을 쳐놓았지만, 나도 그에게 그물을 쳐놓았네. 자네가 도와줘서 그자는 이제 거의 내 손에 들어왔네. 우리에게 위협적인 것은 단 한가지로, 우리가 미처 준비를 끝내기도 전에 그자가 먼저 공격해오는 것이지. 하루나 길어야 이틀 안에 이 사건은 마무리 될 수 있을 거야. 그러니 그때까지 자네는 아픈 아이를 정성스레 보살피는 어머니처럼 헨리 경을 보호하는데 소홀함이 없어야 하네. 오늘 자네가 한 일은 임무 자체에 속한 것이었다고 말할 수 있지만, 그래도 자네가 그의 곁을 떠나지 않았으면 더 좋았다는 생각이 들긴 하네. 앗, 저게 무슨 소리지?"

공포에 질린 채 고통스러워하는 끔찍한 비명소리가 황무지의 정적을 깨고 터져 나왔다. 그 소름끼치는 외침에 온 몸의 피가 얼어붙는 것 같았다.

“하느님 맙소사!

나는 두려움에 숨도 못 쉴 지경이었지만, 간신히 입을 열었다.

“저게 무슨 소리지?”

홈즈가 벌떡 일어나 문에 기대섰다. 어둠 속에서 그의 다부진 몸매의 윤곽이 보였다. 그는 몸을 구부려 앞으로 내민 채 어둠 속을 응시했다.

“쉿!”

홈즈가 속삭였다. 그 처절함 때문에 더 크게 느껴졌던 비명소리는 멀리 떨어진 어두운 평원 어디에서 들려왔다.

“어디서 나는 소리지?”

홈즈가 조용히 물었다. 나는 그의 떨리는 목소리에서 이 강철 같은 사나이도 마음 깊이 떨고 있다는 것을 알 수 있었다.

“왓슨, 어디서 나는 소리지?”

“저기 같은데.”

나는 어둠 속을 가리켰다.

“아니, 저쪽일세!”

다시 그 고통스러워하는 비명소리가 조용한 밤하늘을 흔들어 놓았으며, 전보다 더 크고 더 가까이 들려왔다. 이번에는 그 비명소리에 새로운 소리까지 섞여서 들려왔다. 굵게 웅얼거리는 소리가 위협적인 느낌을 주면서 지속되었고, 바다의 속삭임처럼 높아졌다 낮아졌다 했다.

"사냥개다!"

홈즈가 외쳤다.

"왓슨, 어서 가자구! 맙소사, 너무 늦지 말아야 할텐데!"

홈즈가 황무지를 빠른 속도로 달리기 시작했고, 나도 그의 뒤를 따라 달렸다. 그러나 울퉁불퉁한 땅 어디서 절망적인 최후의 비명소리가 들려왔고, 곧 이어서 뭔가가 털썩 털어지는 둔탁한 소리가 희미하게 났다. 우리는 멈춰서 귀를 기울였다. 그러나 바람 한 점 불지 않는 밤의 깊은 침묵을 깨뜨리는 소리는 더 이상 들리지 않았다.

홈즈는 괴로운 듯 이마에 손을 갖다대더니 땅을 발로 크게 굴렀다.

"왓슨, 그자가 이겼네. 우리가 너무 늦었어."

"아니, 아니야. 그럴 리가 없네!"

"두 손을 놓고 있었다니 바보 같은 짓이었어. 그리고 왓슨, 자신의 임무 수행 장소에서 이탈한 결과가 어떤 것인지 똑똑히 보게나! 하느님 맙소사, 만약 최악의 상황이 벌어졌다면 그에게 반드시 복수하고 말 걸세!"

우리는 어둠 속에서 돌부리에 걸리기도 하고 가시덤불을 헤쳐 나가기도 하면서 숨이 턱에 차도록 언덕을 올라갔다. 그러다가 다시 비탈길을 달려 내려와 끔찍한 소리가 들려왔던 방향으로 끈질기게 뛰어갔다. 바위산마다 홈즈가 열심히 살펴봤지만 황무지에는 어둠만이 짙게 깔려 있을 뿐, 그 황량한 땅 위에 움직이는 것이라곤 아무것도 없었다.

"뭐 눈에 띄는 거라도 있나?"

"아무것도 없네."

"가만, 저 소리 좀 들어봐! 무슨 소리지?"

낮은 신음소리가 우리 귓가에 들려왔다. 왼쪽이었다! 바위산 등성이를 지나 계속 그쪽으로 가다가 깍아지른 절벽으로 끝나는 방향이었다. 우리는 자갈로 뒤덮여 있는 비탈 아래를 둘러보았다. 그 울퉁불퉁한 땅 위에 사지를 길게 늘어뜨린 채 쓰러져 있는 시커먼 물체가 어렴풋이 보였다. 그쪽으로 가까이 가보니 희미하게 보였던 윤곽이 점점 뚜렷하게 드러났다. 가만히 보니 사람 하나가 땅에 얼굴을 대고 엎어져 있었다. 머리는 끔찍하게 꺾여 있었고 어깨를 구부리고 몸을 웅크린 모습이 마치 공중제비를 하는 듯한 자세였다.

그 괴이한 자세에 너무 충격을 받아서 나는 조금 전에 들었던 신음소리가 그가 죽어가면서 냈던 소리였다는 것도 한참 뒤에나 알아차릴 수 있었다. 우리가 쳐다보고 있는 그 시커먼 물체에서는 더 이상 아무 소리도 흘러나오지 않았다. 홈즈가 그에게 손을 대었다가 비명을 지르며 손을 뗐다. 그가 켠 성냥 불빛 아래로 굳어버린 손가락과 시체의 부서진 두개골에서 천천히 흘러나온 피가 웅덩이를 이루고 있는 끔찍한 모습이 드러났다. 이어 다른 곳을 비춰보다가 우리는 심장이 멎는 듯한 충격을 받고 말았다. 그것은 바로 헨리 배스커빌 경의 시체였던 것이다!

그가 입었던 특유의 붉은 트위드 정장을 우리가 어찌 잊을 수 있겠는가. 베이커 가에서 우리가 헨리 경을 처음 만난 날 입고 있던 바로 그 옷이었다. 우리는 다시 한번 그것을 분명히 확인했다. 그리고 우리의 마음속에서 희망이 사라진 것처럼 성냥불이 깜박거리다가 꺼지고 말았다. 홈즈가 신음 소리를 냈다. 그의 얼굴은 어둠 속에서도 분명히 보일 정도로 하얗게 질려 있었다.

"짐승 같은 놈!"

내가 주먹을 쥐고 소리쳤다.

"아, 홈즈. 나는 헨리 경을 이렇게 비참하게 죽게 내버려둔 나 자신을 결코 용서할 수 없을 걸세."

"자네보다 더 비난받아야 할 사람은 날세, 왓슨. 나는 이 사건을 완벽하게 해결하려다가 의뢰인의 목숨을 방치했네. 이 생활을 하면서 내가 처음 당해보는 가장 치명적인 타격이군. 그러나 내가 어떻게 알 수 있겠나. 헨리 경이 내 경고를 무릅쓰고 혼자 황무지에 나오는 목숨을 건 모험을 할 줄을 말일세."

"헨리 경의 비명 소리를 들었어야 했네. 그 비명소리를 말 일세! 하지만 그렇더라도 그를 구할 수는 없었겠지! 그를 죽음으로 몰고 간 야수 같은 사냥개는 어디에 있는 것일까? 바로 이 순간에도 바위들 사이에 숨어 있을지도 몰라. 스태플턴은 어디 있지? 그자가 이 사태를 책임져야 해."

"그래야지. 그가 이 행동에 대가를 치르는 것을 내 눈으로 꼭 보고 말겠네. 삼촌과 조카 모두가 살해당했어. 삼촌은 초자연적인 이야기라고 치부되던 전설 속의 짐승을 보고 공포에 질린 채 죽었고, 조카는 그 짐승에 쫓겨 죽을힘을 다해 도망가다가 죽고 말았네. 이제 우리는 이 남자와 짐승 사이의 관계를 입증해야 하네. 그러나 소리를 들은 것 말고는 그 짐승의 존재도 제대로 확인하지 못했네. 헨리 경은 추락사한 것이 확실하니까. 그러나 하늘에 맹세코, 그자가 아무리 교활하다 해도 나는 내일이 가기 전에 그자를 체포할 걸세."

우리는 끔찍하게 짓이겨진 사체를 보며 비통한 심정이 되어 서 있었다. 이 갑작스럽고 뭐라 말로 표현할 수 없는 재난이 우리가 짧지 않은 기간 동안 기울였던 고된 노력을 무참하게 헛일로 만들어버린 것이다. 달이 떠올랐다. 우리는 바위의 꼭대기로 올라갔다. 그 꼭대기에서 가엾은 헨리 경이 밑으로 추락한 것이다. 바위의 정상에서 우리는 황무지를 바라보았다. 황무지의 반은 은백색이었고 반은 캄캄했다. 저 멀리 수

킬로미터 밖, 그림펜 쪽에서 작은 불빛이 반짝이는 것이 보였다. 그 빛은 스태플턴의 외딴 집에서 흘러나오는 것이 분명했다. 나는 그곳을 바라보고 주먹을 흔들며 저주를 퍼부었다.

"왜 지금 당장 그자를 체포하면 안 되나?"

“이 사건은 아직 끝나지 않았네. 그리고 그자는 극도로 경계심이 많고 교활한 자야. 범행을 알고만 있어봤자 소용없고, 그것을 입증해낼 수 있느냐가 문제네. 우리가 잘못 처신하게 되면 악당이 우리의 손아귀를 벗어날 수도 있어.”

“그렇다면 우리는 이제 어떻게 해야 하나?”

“내일은 해야 할 일이 많지만, 오늘밤은 그냥 불쌍한 우리 친구를 위한 마지막 임무만 수행하도록 하세.”

우리는 가파른 비탈길을 타고 내려가 시체 앞에 다가섰다. 은색 바위에 대비되어 시커먼 시체의 형체가 더욱 도드라져 보였다. 그 뒤틀린 사지를 보자 그가 죽음의 순간에 겪었을 고통이 연상되어 슬픔이 북받쳐 오르고 눈물이 앞을 가렸다.

“도움을 청해야 하겠네, 홈즈! 사체를 저택까지 운반하려면 우리 둘의 힘으로는 어림도 없겠어. 아니, 자네 미쳤나?”

나는 너무 놀랐다. 홈즈가 뭐라고 비명 같은 소리를 지르더니 시체 위로 몸을 굽혀 살펴본 것이다. 그리고는 내 손을 잡고 웃으며 춤을 추는 것이 아닌가! 이 사람이 정말 엄격하고 자제력이 강한 내 친구 홈즈라는 말인가? 그의 내부에 이런 정열이 숨어 있었던 말인가!

“턱수염! 턱수염이 있네! 저자에게는 수염이 있어!”

“턱수염?”

“이 사람은 헨리 경이 아니야. 이 사람은…… 이런, 나의

272

이웃인 탈옥수였군!"

우리는 급히 시체를 뒤집어보았다. 그러자 덥수룩한 턱수염이 차갑게 빛나는 달 쪽을 향하고 있었다. 이마는 툭 튀어나왔고 눈은 짐승같이 푹 들어가 있었다. 그것은 바위 위의 촛불 뒤에서 나를 노려보던 탈옥수 셀든의 얼굴이었다.

순간, 모든 상황이 명확하게 파악되었다. 헨리 경이 자신이 입던 옷가지들을 배리모어에게 주었다고 말했던 것이 기억났다. 배리모어는 도피생활을 하는 셀든을 도와주려고 그 옷가지들을 주었던 것이다. 구두, 셔츠, 모자…… 모두가 헨리 경의 물건이었다. 물론 셀든의 죽음도 충분히 비극적인 사건이지만, 그래도 이 사람은 국법에 의해 적어도 사형에 처해질 죄수였다. 홈즈에게 상황설명을 해주면서 나의 마음은 감사와 환희로 부풀어올랐다.

"그러니까 이 옷 때문에 저 가엾은 친구가 죽음을 당한 거로군."

홈즈가 말했다.

"그 사냥개에게 헨리 경의 소지품 냄새를 미리 맡게 한 뒤 추적하도록 한 것이 분명해. 아마도 예전에 호텔에서 사라졌던 그 구두를 이용했겠지. 그래서 사냥개는 헨리 경의 냄새를 맡고 셀든을 쫓아왔던 것이지. 그런데 이상한 점이 하나 있네. 사냥개가 자기를 쫓고 있다는 것을 셀든은 어떻게 알았을까? 이렇게 어두운데 말일세.”

“소리를 듣고 알았겠지.”

“황무지에서 사냥개가 짖는 소리를 들었다고 해도, 이 건장한 남자가 다시 체포될 위험을 무릅쓰고 공포에 떨며 미친 듯이 도와달라고 소리지르지는 않을 걸세. 그의 비명 소리로 판단해보면, 그는 사냥개가 자신을 쫓고 있다는 것을 알고서도 한참을 쫓겼던 게 분명해. 그가 어떻게 알았을까?”

“우리의 추측이 모두 다 맞는다면 더 의문스러운 점이 있네. 왜 이 사냥개가…….”

“나는 아무것도 추측하지 않았네.”

“어쨌든 왜 이 사냥개가 오늘밤에 풀려났을까 하는 것이 의문이네. 사냥개가 항상 황무지에 돌아다니는 것 같지는 않은데 말이야. 헨리 경이 황무지에 나올 만한 이유가 없었다면 스태플턴은 사냥개를 풀어놓지 않았을 걸세.”

“내가 가지고 있는 의문이 그 두 가지 의문보다 더 풀기 어려운 것이네. 자네의 질문은 곧 풀릴 것 같지만 내 것은 영원히 수수께끼로 남아 있을 것 같거든. 아무튼 지금 문제는 이 불쌍한 자의 시체 처리 문제야. 여기 그냥 내버려두어서 여우와 까마귀의 밥이 되게 할 수는 없지 않은가.”

“경찰에 연락할 때까지 이 돌 오두막집에 놓아두는 것이 어떻겠나?”

"그렇게 해야겠군. 거기까지라면 우리 둘이서도 시체를 옮겨놓을 수 있을 걸세. 아니, 저게 누구야? 직접 행차하시다니. 저 작자, 정말 대담하군! 저자가 눈치를 챌 만한 말은 한마디도 꺼내지 말게. 단 한마디도 말야. 그렇지 않으면 내 계획이 모두 허사가 되고 말 거야."

황무지 저 쪽에서 누군가가 우리 쪽으로 다가오고 있었다. 담배를 피우며 오고 있는지 빨간 불꽃도 함께 움직이는 것이 희미하게 보였다. 달빛 때문에 활기차게 걸어오고 있는 그의 작고 민첩한 모습이 보여 그가 박물학자임을 알 수 있었다. 그는 우리를 보자 잠깐 멈춰 서더니 다시 걸어왔다.

"아니, 왓슨 박사님 아니십니까? 이런 늦은 시간에 웬일로 황무지에 나오셨어요? 그런데, 이게 뭐죠? 누가 다쳤습니까? 설마하니, 우리의 친구 헨리 경은 아니겠지요?"

그가 재빨리 내 곁을 지나 시체 위로 몸을 숙여 살펴보았다. 그는 거친 숨을 내쉬더니 손에 들고 있던 담배를 떨어뜨렸다.

"이 사람…… 누, 누구죠?"

그가 더듬거리며 물었다.

"셀든입니다. 프린스타운에서 탈옥한 자죠."

스태플턴이 유령 같은 얼굴을 우리에게 돌렸다. 그는 최대한의 자제심을 발휘하여 놀람과 실망의 감정을 억누르고 있었다. 날카로운 그의 눈길이 홈즈와 나에게 번갈아 가며 꽂혔다.

"세상에! 정말 끔찍하군요! 이 사람, 어쩌다 이 지경이 된 거죠?"

"저 바위에서 떨어져 목이 부러진 것 같습니다. 친구와 제가 황무지를 산책하고 있는데 비명 소리가 들렸어요."

"저도 비명 소리를 들었습니다. 그래서 무슨 일인가 하고 밖에 나와본 것이지요. 혹시나 헨리 경이 무슨 일을 당한 것은 아닐까 걱정이 됐습니다."

"그렇게 걱정할 만한 특별한 이유라도 있나요?"

나는 묻지 않을 수 없었다.

"제가 헨리 경에게 우리 집으로 오시라고 부탁을 드렸거든요. 그런데 아무리 기다려도 오시지를 않는 겁니다. 그런 상황에 황무지에서는 비명 소리가 들려오니 당연히 걱정이 되었지요. 그런데……."

나를 바라보던 그의 시선이 다시 홈즈에게 향했다.

"비명소리 외에 다른 소리는 못 들으셨나요?"

"못 들었습니다."

홈즈가 말했다.

"당신은 들었습니까?"

"아니오, 저도 못 들었습니다."

"그러면 왜 그런 질문을 하신 겁니까?"

276

"아, 선생도 농부들 사이에 떠도는 유령 사냥개 이야기를 알고 계시겠지요. 밤만 되면 황무지에서 그 소리가 들린다고 들 하지 않습니까. 그래서 혹시 오늘밤에도 그런 소리가 들렸나 해서 물어봤던 겁니다."

"그런 소리는 듣지 못했습니다."

내가 말했다.

"그렇다면 이 불쌍한 사람이 죽은 이유가 뭐라고 생각하십니까?"

"들킬까봐 불안한 나머지 미쳐버린 것이 틀림없을 겁니다. 그런 상태에서 황무지를 뛰어 돌아다니다가 저 위에서 떨어져 목이 부러진 것이겠지요."

"일리 있는 말씀이군요."

말을 마치고 나서 스태플턴은 한숨을 내쉬었는데, 나는 그것이 안도의 한숨이지 않을까 생각했다.

"셜록 홈즈 선생님의 생각은 어떠신지요?"

홈즈가 가볍게 인사를 하고 나서 대답했다.

"사람을 금방 알아보시는군요."

그가 말했다.

"우리는 왓슨 박사님이 여기 오신 이후로 홈즈 선생님이 와주시기만을 기다리고 있었으니까요. 그런데 공교롭게도 이런 비극적인 사건이 발생했을 때 오셔서 끔찍한 장면을 보게 되셨군요."

"정말 그렇군요. 어쨌든 저 탈옥수가 죽은 이유에 대해서는 저도 제 친구의 의견이 옳다고 생각합니다. 내일 런던으로 돌아가는데 별로 유쾌하지 않은 기억을 안고 가게 되었군요."

"아, 내일 돌아가십니까?"

"그럴 생각입니다."

"선생께서 오셨으니 우리를 곤혹스럽게 했던 사건들도 해결되겠구나 기대하고 있었는데."

홈즈는 어깨를 으쓱했다.

"성공을 원한다고 해서 꼭 그것이 이루어지는 것은 아닙니다. 수사관에게는 전설이나 소문이 아니라 사실이 필요합니다. 그리고 저는 이 사건에 그렇게 구미가 당기지 않습니다."

내 친구는 정말로 관심 없는 듯한 태도를 보이며 말했다. 그러나 스태플턴은 홈즈에게 눈길을 떼지 않다가 나를 다시 쳐다보았다.

"이 불쌍한 자를 저희 집으로 옮겨 놓으면 어떨까 생각해 보았지만, 그렇게 하면 제 여동생이 놀라 자빠질 테니 그럴 수는 없을 것 같네요. 뭔가를 가져다 저 사람 얼굴을 덮어놓으면 아침까지는 괜찮을 겁니다."

그 일은 그렇게 매듭지어졌다. 우리는 이 박물학자의 초대를 사양하고 배스커빌 저택으로 향했고, 그는 결국 혼자 자기 집으로 발걸음을 옮겼다. 가면서 뒤를 돌아보니 드넓은 황무지 너머로 천천히 사라지는 스태플턴의 모습이 보였다. 그리고 그의 뒤에는 비참하게 삶을 끝낸 한 인간이 은색 비탈길 위에 누워 있는 모습이 검은 점으로 남아 있었다.

그물 설치

"이제 사건이 거의 파악되었어."

홈즈가 황무지를 걸어가며 말했다.

"정말 강심장이로군! 자신이 만든 덫에 엉뚱한 사람이 희생된 것을 보았으면, 온 몸이 얼어붙는 듯한 충격을 받았을 텐데도 저토록 안색하나 변하지 않다니 말일세. 내가 런던에서도 말했다시피 우리는 정말 좋은 적수를 만난 걸세."

"그자가 자네가 여기 온 것을 계속 모르고 있었으면 좋았을 텐데."

"처음에는 나도 그렇게 생각했지만, 뭐 어쩔 수 없는 일 아니겠나."

"이곳에 자네가 있다는 사실이 그자의 계획에도 영향을 미치겠지? 자네 생각은 어떤가?"

"조심스럽게 움직이겠지. 아니면 다급한 마음에 마지막 수
단을 쓸 수도 있고. 영악한 범죄자들이 대부분 그렇듯 그자도
자신의 능력을 과신한 채 우리를 완전히 속였다고 믿고 있을
지도 모르네."

"그자를 즉시 체포해서는 안 되는 이유가 뭔가?"

"왓슨, 자네는 타고난 행동가야. 생각을 했으면 그것을 즉
시 행동으로 옮기고 싶어하는 성격을 지녔지. 그러나 오늘 그
를 체포한다고 해서 우리에게 유리할 게 뭐 있겠나? 우리에
게는 그를 꼼짝없이 옭아매기 위한 증거가 아무것도 없다네.
아주 교활한 자야. 그자가 직접 하지 않고 대신 다른 사람을
사주해서 범행을 저질렀다면 증거를 확보할 수도 있겠지. 하
지만 사람이 아니라 개가 등장하니 문제네. 우리가 그 무시무
시한 개를 대낮에 질질 끌고 다닌다고 해도 주인의 목에 밧줄
을 거는데는 도움이 안 돼."

"그렇다면 찰스 경 사망사건을 통해서 그자의 범죄혐의를
주장하면 되지 않을까?"

"그것은 본체가 아니라 그림자일 뿐이야. 추측하고 짐작할
뿐이라는 이야기지. 그 정도 가지고는 법정에서 웃음거리밖
에 안 되네."

"그래도 찰스 경이 사망했잖나?"

"죽은 찰스 경의 몸에는 아무 흔적도 없었네. 자네와 나는

그분의 사망원인이 순전히 공포로 인한 충격이라는 것과, 공포의 원인이 무엇인지도 알고 있네. 그러나 12명의 둔감한 배심원들에게 그것을 어떻게 이해시킬 수가 있겠나? 개가 어찌했다는 흔적이 남아 있길 했나, 아니면 이빨 자국이라도 남아 있었나? 우리는 사냥개가 시체를 물어뜯지 않는다는 것을 알고 있네. 그리고 찰스 경은 개에게 잡히기도 전에 죽었어. 하지만 우리는 이 모든 것을 입증해내야 하네. 그런데 결정적으로 우리에게는 증거가 없지 않나."

"좋아. 그렇다면 오늘밤 사건은 어떤가?"

"오늘밤 사건이라고 더 나을 것도 없네. 이 사건에서도 마찬가지로 사냥개와 셀든의 죽음 사이에 직접적인 관련이 없는데다가, 우리는 사냥개를 보지도 못한 채 울음소리만 들었네. 사냥개가 셀든을 쫓았다는 것을 증명할 증거가 없어. 또한 동기도 전혀 없네. 내 말은 현재까지 범죄사건이라고 볼 만한 요소가 전혀 없다는 이야기네. 그러니 범죄사건이라는 것을 성립시키기 위해서는 어떤 위험이라도 감수해야 해."

"그러면 그러기 위해 도대체 어떻게 해야 하나?"

"나는 라이언즈 부인에게 크게 기대를 걸고 있네. 부인도 자세한 사정을 알게 되면 우리에게 협조할 가능성이 크지. 그리고 나에게 다른 계획이 있네. 그 악마 같은 자에 관해서는 내일 하루로 충분해. 내일이 가기 전에 이 사건을 해결하고 싶네."

나는 홈즈에게 더 이상 아무것도 알아낼 수 없었다. 그는 배스커빌 저택의 문 앞에 도착할 때까지 생각에 잠긴 채 아무 말도 하지 않았다.

"같이 들어갈 텐가?"

"그렇게 하지. 더 이상 숨어 있을 이유가 없으니까. 마지막으로 한마디 하겠네, 왓슨. 헨리 경에게는 그 사냥개 이야기를 절대 꺼내지 말게. 셀든은 절벽에서 떨어져 죽은 것으로 해두자고. 그렇게 하는 것이 헨리 경이 내일 다쳐올 시련을 잘 견뎌내는데 도움이 될 테니 말일세. 자네가 보낸 편지를 내가 정확하게 기억하고 있는지는 모르겠지만, 내 기억이 정확하다면 헨리 경은 내일 스태플턴 남매와 저녁 식사를 하기로 되어있을 텐데."

"나도 같이 한다네."

"그러면 자네는 양해를 구하고 헨리 경 혼자 가도록 해야 하네. 일정을 조정하는 것이 어렵지는 않을 거야. 자, 빨리 가자고. 이러다 저녁 식사시간에 늦으면 우리끼리만 식사를 해야 할지도 몰라."

셜록 홈즈의 등장에 헨리 경은 놀라워하기보다는 기뻐했다. 그는 최근의 사건들 때문에 홈즈가 런던에서 이곳으로 오지 않을까 은근히 기대하고 있었기 때문이다. 헨리 경은 홈즈가 짐도 하나 없이 온데다, 그것에 대해 한마디 설명도 하지 않아 무척 궁금해했다. 우리는 홈즈에게 우선 필요한 물건들을 마련해준 뒤, 늦은 저녁을 들면서 헨리 경에게 그가 알고 있어도 괜찮다고 여겨질 정도만 설명해주었다.

그러나 그에 앞서 나는 배리모어와 그의 아내에게 셀든의 죽음을 알리는 내키지 않은 임무를 수행해야 했다. 배리모어에게는 마음의 부담을 덜어주는 홀가분한 소식일 수도 있었겠지만, 배리모어 부인은 앞치마에 얼굴을 묻고 슬피 흐느꼈다. 세상 사람들에게 그는 반은 짐승, 반은 악마나 다름없는 흉악한 인간이었지만, 그녀에게만은 항상 어린 시절의 제멋대로인 소년이자 자신의 손에 매달리던 어린아이로 남아 있었던 것이다. 자신을 위해 울어줄 여인 하나 없는 사람을 진정한 악마라고 해야 할 것이다.

"왓슨 박사님이 아침에 나가신 이후 저는 하루 종일 집안에서 우울하게 지냈습니다."

헨리 경이 말했다.

"약속을 지켰으니 저도 신용 없는 사람이라는 소리는 듣지 않겠지요. 혼자 돌아다니지 않겠다고 맹세하지만 않았어도 훨씬 즐거운 저녁시간을 보냈을 겁니다. 스태플턴 씨로부터 저녁 식사 초대를 받았거든요."

"말씀하신 대로 틀림없이 즐거운 저녁 식사 시간이 되었을 겁니다.”

홈즈가 차분하게 대꾸했다.

“그런데 목이 부러져 죽은 사람이 경인 줄 잘못 알고 우리가 슬퍼했던 것은 모르셨지요?”

헨리 경이 눈을 크게 뜨고 물었다.

“그게 무슨 말씀입니까?”

“셀든이 경의 옷을 입고 있었어요. 그에게 옷을 챙겨준 경의 하인이 경찰에 불려가 고초를 겪게 될까봐 걱정입니다.”

“그런 일은 없을 겁니다. 그 옷들에는 내 것이라는 표시가 없는 걸로 저는 알고 있거든요.”

“그렇다면 다행이지요. 이 댁에 있는 모든 사람들이 탈옥자 사건과 관련하여 불법행위를 했다는 것을 놓고 볼 때 참으로 다행스러운 일입니다. 원칙대로라면 양심적인 탐정으로서 나의 첫 임무는 이 집 식구들 모두를 체포하는 일이 될 겁니다. 왓슨의 보고서가 유죄를 가장 잘 나타내주는 서류죠.”

“그런데 사건의 해결에는 좀 진전이 있습니까?”

헨리 경이 물었다.

“뭐 단서라도 찾으셨습니까? 왓슨 박사님과 제가 여기 온 지도 여러 날이 지났지만 아직도 이 사건에 대해서는 뭐가 뭔지 모르겠어요.”

“조금만 있으면 사태를 보다 명확하게 설명드릴 수 있을 겁니다. 사건 자체가 워낙 복잡하기도 하고 아직 더 알아내야 할 부분이 남아 있습니다만, 잘 해결될 겁니다."

"왓슨 박사께서 먼저 말씀드렸겠지만, 저희도 황무지에서 그 사냥개 소리를 들었습니다. 아무래도 전설이 말도 안 되는 미신 같은 이야기만은 아닌 게 확실합니다. 제가 서부에 나가 있을 때 개와 연관된 일을 한 적이 있어서, 개 짖는 소리만 들어도 그게 어떤 종인지 압니다. 만약 홈즈 씨가 그 개에 재갈을 물리고 사슬로 묶어놓을 수만 있다면, 저는 홈즈 씨야말로 역사상 가장 위대한 탐정이라고 자신 있게 말할 겁니다."

"헨리 경이 도와주시기만 한다면 그렇게 재갈을 물리고 사슬로 묶을 수도 있지요."

"그렇다면 말씀만 하십시오. 뭐든지 하겠습니다."

"좋습니다. 그렇다면 이유를 묻지 마시고 제 말씀대로 해주시길 부탁드리겠습니다."

"알겠습니다."

"그렇게 해주신다면 사건을 해결하는데 분명히 큰 도움이 될 겁니다."

홈즈가 갑자기 말을 멈추고 내 머리 위쪽 벽면을 쳐다보았다. 램프 불빛이 그의 얼굴을 비쳤다. 그 얼굴이 너무 강렬한 표정을 띠고 있어서 마치 윤곽이 뚜렷한 조각상처럼 보였다. 얼굴표정을 살펴보니 뭔가 경계하는 듯 하면서도 기대감이 어려 있었다.

"뭔데?"

"뭔가요?"

헨리 경과 내가 동시에 물었다.

홈즈는 자신의 감정을 자제하느라 시선을 아래로 향하고 있었다. 그의 표정은 차분했지만 눈만큼은 환희로 가득 차 빛나고 있었다.

"제가 미술 애호가라 잠시 그림을 감상하느라 실례를 한 것 같군요."

홈즈가 맞은 편 벽에 줄지어 걸려 있는 초상화들을 가리키며 말했다.

"내가 미술에 대해 좀 안다고 하면 왓슨은 무슨 소리냐고 하겠지만, 그것은 단지 질투심일 뿐이지요. 그림을 보는 우리의 시각이 서로 다르답니다. 아주 훌륭한 초상화들이군요."

"그렇게 말씀하시니 기쁩니다."

뜻밖이라는 듯 헨리 경이 홈즈를 바라보며 말했다.

"저 그림들에 대해 아는 척하지는 않겠습니다. 제가 그림은 잘 모르지만 말이나 숫송아지를 보는 눈은 있지요. 홈즈 씨가 그림에 관심을 둘 만큼 여유가 있는 분인 줄은 몰랐습니다."

"좋은 작품을 알아볼 정도는 되죠. 참으로 훌륭한 그림들입니다. 저쪽에 있는 파란 실크 옷을 입고 있는 여자 그림은 틀림없이 넬러(1646~1723, 독일계 영국 바로크 시대 궁중화가로 초상화로 유명했음)라는 화가의 작품입니다. 그리고 가발을 쓰고 있는 저 당차게 보이는 신사 그림은 레이놀즈(1723~1792, 영국 로코코 시대의 초상화가)의 작품이 분명하구요. 저 그림들은 모두 이 집안 사람들의 초상화죠?"

"그렇습니다."

"초상화 인물들의 이름을 알고 계신가요?"

"배리모어가 가르쳐줘서 웬만큼은 알지요."

"망원경을 들고 있는 저 신사는 누구죠?"

"배스커빌 해군 소장인데, 서인도제도에서 로드니 제독 밑에서 복무했었답니다. 그리고 파란 코트를 입은 채 두루마리 종이를 들고 있는 사람은 윌리엄 배스커빌 경으로 피트 수상 밑에서 하원 의장을 지냈지요."

"건너편에 있는 기사분은 누굽니까? 검은 벨벳에 레이스 달린 옷을 입은 사람 말입니다."

"아, 저분! 저분에 대해서는 홈즈 씨도 당연히 알고 계셔야 합니다. 이 모든 불행을 낳게 한 배스커빌 가의 사냥개를 불러낸 사람, 바로 그 휴고 배스커빌입니다. 쉽게 잊혀질 수 없는 사람이죠."

나는 약간 놀란 채 관심을 가지고 휴고의 초상화를 바라보았다.

"이럴 수가!"

홈즈가 말했다.

"온순한 사람 같군요. 그러나 죄송한 말씀입니다만, 눈을
보니 악마가 숨어 있어요. 저는 좀더 건장하고 흉악한 사람일
거라고 생각했는데 뜻밖입니다."

"틀림없는 휴고입니다. 이름과 1647이라는 년도가 그림 뒤
에 기록되어 있거든요."

홈즈는 더 이상 언급하지는 않았지만 옛 악당의 초상화에
매료된 것 같았다. 저녁 식사를 하면서도 그의 눈길은 계속
휴고의 초상화에 머물어 있었다. 헨리 경이 자기 방으로 간
다음에야 비로소 나는 홈즈가 무슨 생각을 하고 있는지 알 수
있었다. 그는 침실용 촛불을 들고 나를 다시 연회장으로 데리
고 가더니, 세월의 흐름을 고스란히 떠 안은 채 벽에 걸려 있
는 초상화에 촛불을 들이댔다.

"저걸 보고 뭐 생각나는 거 없나, 왓슨?"

그림의 주인공은 곱슬머리의 남자였다. 깃털 장식이 달린
넓은 모자를 쓰고 하얀 레이스 칼라가 달린 옷을 입고 있었으
며 얼굴은 진지하고 차가워 보였다. 또한 굳게 다문 얇은 입
술은 약간 음흉하기도 하면서 고집도 있어 보였다.

"자네가 알고 있는 어떤 사람과 닮았다는 생각이 들지 않
나?"

"턱 부분이 헨리 경과 닮은 것 같은데."

"그렇게 볼 수도 있지. 하지만 잠깐 기다려보게."

그는 의자 위로 올라서서 왼손에 촛불을 쳐들고 오른 손으로 넓은 모자와 긴 곱슬머리를 가려보았다.

"맙소사, 이럴 수가!"

나는 놀라지 않을 수 없었다.

초상화의 인물이 스태플턴과 너무나 흡사했던 것이다.

"하, 자네는 이제서야 눈치챘군. 내 눈은 두발 모양이나 장식 등으로 다르게 모양을 냈더라도 그게 같은 얼굴인지 다른 얼굴인지 식별해내는 훈련을 받았지. 변장한 사람을 꿰뚫어 볼 줄 아는 능력이야말로 범죄 수사관이 제일 먼저 지녀야 할 중요한 자질이거든."

"그래도 이건 정말 놀랍군. 정말 스태플턴의 초상화 같아."

"그렇다네. 격세유전이 육체적인 면과 정신적인 측면 양쪽 모두에서 나타난 흥미로운 사례지. 한 집안의 초상화를 연구해보면 환생설을 믿지 않을 수 없네. 스태플턴은 배스커빌 가문의 사람이야. 틀림없네."

"상속문제에 관한 음모가 있었겠군."

"바로 그거라네. 저 그림이 그 동안 우리가 찾아 헤매던 연결고리들 중 하나를 분명하게 보여주고 있어. 이제 그를 다 잡은 거나 마찬가지야. 내일 밤이 가기 전에 그는 자기가 잡은 나비들처럼 우리가 쳐놓은 그물에 걸려 날개를 팔랑거리고 있을 걸세. 왓슨, 그자를 핀에 꽂아 코르크에 고정시킨 다음 카드에 기록하여 베이커 가에 있는 우리의 소장품에 추가시키세!"

홈즈가 그림 앞에서 물러서면서 큰 소리로 웃었다. 나는 그의 웃는 모습을 자주 보지 못했다. 그러나 그의 웃음은 어떤 사람에게는 항상 불길한 징조가 되었다.

나도 아침 일찍 일어났으나 홈즈는 나보다도 더 일찍 일어난 모양이었다. 내가 옷을 입고 있는데, 그가 진입로를 걸어오고 있었다.

"오늘은 무척 바쁜 하루가 될 걸세."

홈즈는 사건 해결을 위한 행동을 개시하게 된 것이 기쁜 듯 두 손을 비비며 말했다.

"그물을 여기저기 쳐놓았으니 이제 끌어올려야겠지. 오늘이 가기 전에 크고 긴 턱을 가진 커다란 창꼬치 같은 인간을 잡게 될지, 아니면 그것이 그물을 뚫고 도망갈는지 알 수 있을 걸세."

"자네 벌써 황무지에 갖다온 건가?"

"그림펜에 가서 셀든이 죽었다는 소식을 프린스타운 감옥으로 보냈지. 셀든의 죽음 때문에 이 집안 식구들이 어려움을 당하지 않도록 해놓았네. 그리고 충실한 카트라이트에게도 연락을 했어. 내가 무사하다고 안심시키지 않으면, 그 애는 주인의 무덤을 지키는 개처럼 내가 지내던 오두막집 문 앞에서 걱정하고 있을 거야."

"그 다음에는 무엇을 할 건가?"

"헨리 경을 만나야지. 아, 저기 오고 있군."

"홈즈 씨, 안녕히 주무셨습니까?"

헨리 경이 인사를 했다.

"마치 참모들과 전투 계획을 짜고 있는 장군 같습니다."

"바로 그런 상황이지요. 왓슨이 명령을 요청하고 있는 상황입니다."

"저도 기다리고 있습니다."

"좋습니다. 오늘 친구분인 스태플턴 씨와 저녁 약속이 있는 걸로 알고 있습니다만?"

"홈즈 씨도 함께 가시지요. 그들은 손님이라면 대환영이기 때문에 홈즈 씨를 보면 아주 기뻐할 겁니다."

"죄송합니다만, 왓슨과 저는 런던에 가봐야 할 것 같습니다."

"런던에요?"

"예. 지금은 저희가 런던에 가 있는 것이 더 나을 것 같아서요."

커다란 실망감이 헨리 경의 표정에 그대로 드러났다.

"이 사건이 일어나고 난 뒤부터 계속 홈즈 씨가 여기 와주시기를 기다리고 있었습니다. 이 저택과 황무지는 혼자 살기에 썩 유쾌한 곳은 아니거든요."

"헨리 경, 아무 말씀도 하지 마시고 저를 믿으셔야 합니다. 그리고 제 말씀을 따라주셔야 해요. 경께서는 스태플턴 남매에게 왓슨과 저도 함께 오고 싶어했지만 급한 볼일이 생겨 런던에 갔다고 전해주시면 됩니다. 우리는 곧 데번셔로 돌아올 겁니다. 제가 드린 말씀을 그분들에게 잊지 않고 전해주실 수 있으시겠죠?"

"꼭 그렇게 해야 한다고 하시니 그래야겠지요."

"달리 방도가 없습니다."

걱정이 되는지 헨리 경의 이마가 잔뜩 찌푸려져 있어서 나는 그의 마음을 읽을 수 있었는데, 그는 우리가 포기하고 떠나는 것으로 여기고 깊이 상처받은 것 같았다.

"그러면 언제 떠나실 겁니까?"

그가 싸늘한 말투로 물었다.

"아침 식사를 하고 곧 떠날 겁니다. 쿰 트레이시까지는 마차를 타고 가야겠지요. 그러나 다시 돌아오겠다는 약속의 의미로 왓슨의 짐을 남겨두고 가겠습니다. 왓슨, 스태플턴 씨에게 만나뵐 수 없게 되어 죄송하다고 편지를 보내게."

"저도 두 분과 함께 런던에 가고 싶습니다."

헨리 경이 말했다.

"제가 혼자 여기에 남아 있을 이유가 뭐가 있겠습니까?"

"이곳이 경이 맡으신 임무의 수행 장소이기 때문입니다. 제가 하라는 대로 다하겠다고 말씀하지 않으셨습니까? 여기에 남아 계십시오."

"알겠습니다. 그렇다면 남아 있겠습니다."

"한 가지 더 말씀드릴 게 있습니다. 메리핏 하우스에 가실 때는 마차를 타고 가시되, 그곳에 도착하면 마차를 돌려보내십시오. 그리고 스태플턴 남매에게는 걸어서 집으로 돌아갈 생각이라고 말씀하십시오."

"황무지를 걸어서 돌아오란 말씀입니까?"

"그렇습니다."

"제게 그렇게 하지 말라고 여러 차례 말씀하셨지 않습니까?"

"그러나 이번에는 그렇게 하셔도 안전할 겁니다. 제가 경의 용기와 담대함을 믿기 때문에 이런 말씀을 드리는 겁니다. 경께서는 꼭 제 말씀대로 해주셔야 합니다."

"네, 그렇다면 말씀대로 하겠습니다."

"그리고 메리핏 하우스에서 그림펜 대로까지 곧장 이어지는 그 길로 돌아오십시오. 평소 때 이용하시던 그 길을 말씀드리는 겁니다. 그 길 외에 다른 어떤 길로도 가서는 안 됩니다."

"말씀하신 그대로 따르겠습니다."

"좋습니다. 저희는 오후에는 런던에 도착할 수 있도록 아침 식사 후에 바로 출발하겠습니다."

나는 홈즈의 말을 듣고 깜짝 놀랐다. 어젯밤 홈즈가 스태플턴에게 내일 런던으로 떠날 예정이라고 말했던 것이 기억나기는 했지만, 그래도 나까지 런던으로 가리라고는 전혀 생각하지 못했기 때문이었다. 게다가 자기 스스로도 중요한 시점이라고 말한 이때에, 이렇게 우리 둘 다 없어도 되는 것인지도 이해할 수 없었다.

그러나 찜찜하더라도 그의 말대로 할 수밖에 없었다. 그래서 우리는 아쉬워하는 헨리 경에게 작별인사를 하고, 두 시간 뒤 쿰 트레이시 역에 도착하여 마차를 돌려보냈다. 플랫폼에서 자그마한 소년이 우리를 기다리고 있었다.

"선생님, 필요한 게 있으시면 말씀만 하십시오."

"이 기차를 타고 런던으로 가라, 카트라이트. 그리고 도착하자마자 헨리 경에게 내 이름으로 전보를 쳐야 한다. 내가 깜박 잊고 수첩을 두고 왔는데, 그것을 찾으면 우편으로 베이커 가로 보내달라고 말이다."

"알겠습니다, 선생님."

"그리고 지금 역 사무실에 가서 나에게 연락온 것이 있는지 알아보도록 해라."

소년이 전보를 가지고 돌아왔다. 홈즈는 그것을 내게 건네주었는데 내용은 다음과 같았다.

전보 잘 받았음. 영장 가지고 갈 것임. 5시 40분 도착 예정

레스트레이드

"오늘 아침 내가 보낸 전보에 대한 답장일세. 레스트레이드는 전문가들 가운데서 최고라네. 그의 도움이 필요할 거야. 자, 왓슨. 이러고 있을 게 아니라 시간을 유용하게 활용해야지. 자네는 얼굴을 익힌 로라 라이언즈 부인을 만나러 가는 게 좋겠군."

그의 작전 계획이 구체적인 모습을 띠기 시작했다. 스태플턴 남매는 헨리 경의 말을 듣고 우리가 황무지를 떠났다고 믿을 것이고, 우리는 그 방심한 틈을 노려 결정적인 순간에 등장할 심산이었다. 런던에서 홈즈에게 전보가 왔다고 헨리 경이 스태플턴 남매에게 이야기하면, 그들은 홈즈와 내가 런던에 있다는 것에 대해 전혀 의심을 품지 않을 것이다. 우리가 쳐놓은 그물에 걸려든 턱이 뾰족한 창꼬치 고기 같은 인간의 모습이 벌써 눈앞에 아른거렸다.

로라 라이언즈 부인은 사무실에 있었다. 셜록 홈즈가 말을 돌리지 않고 곧바로 사건에 관한 이야기를 꺼내자 그녀는 당황했다.

"저는 찰스 배스커빌 경의 사망사건을 조사하고 있습니다." 홈즈가 말했다.

"부인께서는 찰스 경과 편지를 주고받으셨으며, 그 사건과 관련해 무언가 숨기고 있다는 말을 여기 있는 제 친구 왓슨에게 들었습니다."

“숨기다니, 무엇을 말입니까?”

그녀가 따지듯이 물었다.

“부인께서 찰스 경에게 10시에 쪽문에서 만날 것을 청했다는 사실은 부인의 입으로 직접 말씀하셨던 내용입니다. 그런데 찰스 경께서는 그 시간, 그 장소에서 돌아가셨습니다. 부인과 찰스 경과의 만남, 그리고 찰스 경의 사망 사이에 어떤 관련이 있을 것 같은데 그에 대한 말씀을 해주지 않고 계시는군요.”

“아무런 관련이 없으니까요.”

“부인이 하신 말씀에 따르면 실로 묘한 우연의 일치라고 할 수 있겠군요. 그러나 우리는 결국 둘 사이에 관련성이 있음을 밝혀낼 겁니다. 라이언즈 부인, 솔직히 말씀드리지요. 우리는 이 사건을 살인 사건으로 보고 있습니다. 그리고 거기에는 부인의 친구 스태플턴 씨뿐만 아니라 그의 부인도 관련되어 있을 수 있습니다.”

이 말을 듣자 라이언즈 부인이 자리에서 벌떡 일어섰다.

“그의 부인이라고요?”

그녀가 소리쳤다.

“그렇습니다. 사람들이 그의 여동생으로 알고 있는 여자는 사실은 여동생이 아니라 그의 아내입니다.”

라인언즈 부인이 다시 자리에 앉았다. 그녀는 떨리는 손으

로 의자의 팔걸이를 잡고 있었는데, 얼마나 꽉 잡고 있었는지
분홍빛 손톱이 하얗게 변했다.

"부인이라니!"

그녀가 다시 외쳤다.

"부인이라니요! 스태플턴 씨는 결혼하지 않았어요!"

셜록 홈즈는 어깨를 으쓱했다.

"증거를 대 보세요! 증거를 대 보시라구요!"

타는 듯 이글거리는 그녀의 눈에는 어떤 말보다 많은 내용이 담겨 있었다.

"물론 증거가 있습니다."

홈즈가 주머니에서 종이 몇 장을 꺼내며 말했다.

"여기 그들 부부가 4년 전에 요크셔에서 찍은 사진이 있습니다. 사진 뒤에 밴델르에 부부라고 씌어 있지요. 부인께서도 스태플턴 부인을 본 적이 있다면, 이 사진의 인물이 그들 부부라는 것을 어렵지 않게 아실 수 있을 겁니다. 밴델르에 부부는 세인트 올리버라는 학교를 운영한 적이 있었습니다. 당시에 이들 부부를 알고 있었던 사람들이 작성한 진술서도 3장이나 있습니다. 한번 읽어보시고 확인을 해보시지요."

그녀는 건네 준 자료들을 읽어보더니 포기한 듯 굳은 표정을 하고 우리를 쳐다보았다.

"홈즈 선생님."

그녀가 말했다.

"이 남자는 제가 남편과 이혼한다는 조건 아래 저에게 청혼을 했습니다. 악당 같은 그자는 저에게 온갖 거짓말을 다 늘어놓았어요. 그가 여태까지 제게 한 말 중에 거짓말이 아닌 적이 없었습니다. 왜 그랬을까? 저는 그 남자가 저를 위해서 그랬다고 생각했어요. 하지만 제가 그에게 철저히 이용당했다는 것을 이제 알았어요. 저의 믿음을 저버린 사람에게 신의를 지켜야 할 까닭이 있습니까? 왜 스스로 저지른 악행이 초래한 결과로부터 그를 보호해줘야 합니까? 이제 뭐든지 물어보세요. 모두 다 말씀드리겠습니다. 한가지 맹세할 수 있는 것은 제가 찰스 경에게 편지를 쓸 때는 제게 친절하게 대해주셨던 그분에게 화가 미칠 줄은 꿈에도 몰랐다는 것입니다."

"부인, 저는 당신을 믿습니다."

홈즈가 말했다.

"부인께서 직접 이 사건을 다시 거론하시는 것은 고통스러운 일이 될 것 같습니다. 그러니 제가 먼저 이야기를 하고, 부인께서는 제 말에 잘못된 부분이 있는지 확인해주는 방식으로 진행을 하도록 하지요. 스태플턴이 부인에게 찰스 경 앞으로 편지를 쓰자고 했지요?"

"저는 그 사람이 불러주는 내용을 받아썼습니다."

"편지를 쓰자고 한 이유는 찰스 경에게 도움을 받기 위해서겠죠? 이혼을 하려면 법적 비용이 필요할 테니 말입니다."

"맞습니다."

"그래서 부인이 찰스 경에게 편지를 보냈지만, 그자는 부인에게 찰스 경과의 약속을 지키지 말라고 했겠죠?"

"우리의 문제를 해결하는데 필요한 돈을 다른 남자로부터 받는다는 것에 무척 자존심이 상한다고 했습니다. 자기는 비록 가난하지만 전 재산을 털어서라도 우리를 갈라놓는 장애물을 없애겠다고 했습니다."

"무척 소신 있는 사람으로 보였겠군요. 그러면 부인께서는 신문에서 찰스 경의 사망기사를 보기 전까지는 아무것도 모르셨나요?"

"예."

"스태플턴은 부인이 찰스 경과 약속을 했었다는 사실을 아무에게도 말하지 말라고 했겠지요?"

"예, 그랬습니다. 찰스 경의 죽음을 놓고 많은 의문이 제기되고 있기 때문에 만약 제가 그날 그 시간에 찰스 경과 만날 약속을 한 사실이 알려지면 저도 의심을 받게 될 것이라고 했습니다. 그렇게 겁을 주며 제 입을 막았어요."

"그랬군요. 하지만 부인도 의심을 하셨지요?"

그녀는 머뭇거리더니 시선을 아래로 향했다.

"저는 그가 어떤 사람인지 알고 있었어요."

그녀가 말했다.

"그렇지만 그가 저에 대한 신의를 지켰다면 저도 언제까지고 그에 대한 신의를 지켰을 겁니다."

"부인은 운 좋게 빠져 나오신 겁니다."

셜록 홈즈가 말했다.

"부인은 스태플턴에게 결정적 타격이 될 수도 있는 비밀을 알고 있는 사람이고, 스태플턴도 그 사실을 인식하고 있었지요. 그러나 부인은 지금 살아 계시지 않습니까. 지난 몇 달 동안 부인께서는 벼랑 끝을 걸어오신 셈이지요. 라이언즈 부인, 그럼 이만 가봐야겠습니다. 조만간 다시 연락을 드리지요."

"사건의 해결이 이제 눈앞에 보이는 것 같네. 골치 아팠던 부분들이 차츰 사라지고 있어."

런던에서 출발한 급행열차를 기다리면서 홈즈가 말했다.

"근래 들어 가장 특이하고 충격적인 범죄사건 중 하나를 조리있게 설명할 수 있게 될 걸세. 범죄학자들은 1866년에 소 러시아(지금의 우크라이나 지역)의 고드노라는 곳에서 일어났던 사건이나, 노스 캐롤라이나에서 발생한 앤더슨 살인사건 등 비슷한 사건들을 알고 있지. 하지만 이 사건에는 다른 사건과는 완전히 구별되는 몇 가지 특징이 있네. 우리는 지금까지도 이 교활한 자를 꼼짝 못하게 할 결정적인 계기를 잡지 못했어. 그러나 오늘 밤 잠자리에 들기 전까지는 그렇게 반드시 그렇게 할걸세."

런던발 급행열차가 기적 소리를 내며 역에 도착했다. 곧이어 작지만 단단한 체구에 불독같이 생긴 남자가 일등석에서 뛰어내렸고 우리 셋은 악수를 나누었다. 나는 홈즈를 바라보는 그의 존경하는 눈빛에서, 그가 처음으로 홈즈와 같이 일을 한 이후로 홈즈에게 많은 것을 배웠다는 것을 알 수 있었다.

나는 논리적인 성격의 홈즈가 현실을 중시하는 이 사람을 얼마나 빈정댔는지 잘 기억하고 있었다.

"뭐 좋은 일이라도 있습니까?"

그가 물었다.

"오랜만에 터진 큰 사건이네."

홈즈가 말했다.

"출발할 때까지는 두 시간쯤 여유가 있으니 그 동안 저녁 식사를 하도록 하세. 레스트레이드, 그 다음에는 런던의 안개에 찌든 자네의 목구멍을 다트무어의 깨끗한 밤공기로 씻어 내도록 하지. 그곳에 가본 적은 없나? 없다면 잘 됐군. 아마 이 첫 방문을 잊지 못할 걸세."

배스커빌의 사냥개

　홈즈의 결점들 중 하나는, 사실 결점이라고 할 수 있을 지 모르겠지만, 계획을 실행하는 순간까지 다른 사람에게 그 계획에 대해 말하는 것을 무척 싫어한다는 것이다. 그것은 주위 사람들보다 우위에 서거나 그들을 놀라게 하는 것을 좋아하는 홈즈의 기질 때문이기도 하고, 또 결코 운에 기대지 않으려는 그의 직업적인 신중함 때문이기도 하다.

　그러나 이런 특성은 결과적으로 홈즈의 대리인이나 보조자로 일하고 있는 사람들에게 견디기 힘든 일이다. 나도 그 때문에 힘들었던 경우가 종종 있었지만, 그래도 어둠 속을 마차로 달려가는 지금처럼 괴로웠던 적은 없었다. 우리 앞에는 커다란 난관이 놓여 있었다. 드디어 마지막 힘을 다해야 할 최후의 순간이 오고 있지만, 아직도 홈즈는 아무 이야기도 해주지 않아 나는 그가 어떤 조치를 취할 것인지 추측만 할 뿐이었다.

마침내 우리가 다시 황무지로 돌아왔음을 일깨워주듯 차가운 바람이 얼굴을 스치고 좁은 길 양쪽으로 휑하니 뚫린 공간이 나타나자, 나는 기대감으로 인해 전율을 느꼈다. 말들이 한 걸음 걸을 때마다, 마차바퀴가 한 바퀴 돌 때마다 우리는 최고로 짜릿한 모험을 향해 점점 더 가까이 가고 있는 것이다.

우리는 마부에게 신경을 쓰느라 자유롭게 이야기를 할 수가 없었다. 그래서 떨림과 기대로 인해 극도로 긴장했지만 시시한 잡담이나 나눌 수밖에 없었다. 그렇게 부자연스러운 시간이 지나가고 마침내 프랭클랜드 씨의 집을 지나서 배스커빌 저택 가까이 오자 기분이 한결 나아졌다. 우리는 저택 문 앞까지 가지 않고 진입로 근처에서 내린 후, 마차 삯을 지불했다. 그리고 마차를 쿰 트레이시로 바로 돌아가도록 한 뒤 메리핏 하우스로 걸어가기 시작했다.

"레스트레이드, 무기는 가지고 왔겠지?"

그러자 작은 키의 형사가 웃으며 대답했다.

"여부가 있겠습니까. 바지를 입고, 바지 뒷주머니가 있는 이상 항상 무언가를 넣어가지고 다니지요."

"잘했소. 나와 저 친구도 비상 사태에 대비해 준비를 했지."

"홈즈 씨는 이 사건에 대해 말씀이 없으시군요. 상황이 어떻게 전개되고 있습니까?"

"아직까지는 그냥 기다리고 있다네."

"어이구, 여기는 별로 유쾌한 곳은 아닌 것 같습니다."

레스트레이드 형사가 부르르 몸을 떨더니 음산한 언덕 비탈과 그림펜 늪 위에 끼어 있는 안개를 바라보며 말했다.

"저 앞에 불빛이 보이는군요."

"그곳이 바로 우리의 최종 목적지인 메리핏 하우스지. 지금부터는 발끝으로 조용조용 걸어가야 하네."

우리는 그곳을 향해 길을 따라 조심스럽게 이동했다. 그러다가 메리핏 하우스에서 200미터 정도 떨어진 지점에 이르자 홈즈가 우리를 멈춰 세웠다.

"이 정도면 괜찮겠군."

홈즈가 말했다.

"오른쪽에 있는 바위 뒤로 몸을 숨기면 되겠어."

"여기서 기다릴 건가?"

"그렇다네. 여기서 매복을 할 생각이야. 레스트레이드, 당신은 저기 우묵하게 파진 곳에 자리잡으시오. 왓슨, 자네는 저 집에 들어가 본 일이 있지? 집안 구조에 대해 이야기 좀 해주겠나? 창살 달린 저 창문들은 어디 창문이지?"

"부엌 창문 같은데."

"불빛이 아주 환한 저곳은 어딘가?"

“저건 식당이야. 틀림없네.”

“안쪽이 훤히 들여다보이는군. 자네가 여기 지형을 잘 아니까 저곳으로 조용히 다가가서 내부를 살펴보고 오게. 저들이 눈치채지 않도록 조심하고!”

나는 조용히 길을 따라 내려가서 키 작은 과일 나무들로 둘러싸여 있는 낮은 담 뒤에 잠시 숨어 있다가, 다시 살금살금 걸어가 창문을 통해 안이 들여다보이는 곳에 이르렀다.

안에는 헨리 경과 스태플턴, 이렇게 두 사람만 있었다. 그 둘은 둥근 탁자에 마주앉아 담배를 피우고 있었고, 탁자 위에는 커피와 포도주가 놓여 있었다. 스태플턴은 신이 나서 떠들어대고 있었지만, 헨리 경은 창백한 낯빛이었고 그냥 건성으로만 듣고 있는 듯했다. 아마도 불길한 느낌이 드는 황무지를 혼자 걸어가야 한다는 생각에 큰 부담을 갖는 것 같았다.

얼마 후 스태플턴이 일어서더니 방을 나갔고, 헨리 경은 다시 잔을 채우고 나서 의자에 기대앉은 채 담배를 피웠다. 이윽고 문 여닫는 소리에 이어 자갈을 밟으며 걸어가는 발소리가 들렸다. 발소리의 주인공은 내가 숨어 있는 담벼락의 저쪽에 있는 길을 따라 걸어가고 있는 모양이었다. 담 너머로 훔쳐보니 박물학자가 과수원 한 구석에 있는 창고 앞에 서 있었다. 그는 열쇠로 창고 문을 열더니 안으로 들어갔다. 그가 들어가자 안에서 격투를 벌이는 듯한 이상한 소리가 들렸고,

그는 1분 정도 지난 후 밖으로 나왔다. 나는 잽싸게 몸을 다시 숨겼다.

잠시 후 창고 문을 잠그는 소리가 들려왔고, 스태플턴은 내가 숨어 있는 곳을 지나 집안으로 들어가서 다시 손님과 어울렸다. 내가 본 것을 이야기해주기 위해 나는 홈즈와 레스트레이드 형사가 기다리고 있는 곳으로 살금살금 걸어 돌아왔다.

"스태플턴 부인은 그 안에 없었다는 말인가, 왓슨?"

내가 이야기를 마치자 홈즈가 물었다.

"그렇다네."

"그러면 어디에 있는 걸까? 부엌 말고는 불켜진 곳이 없는데."

"글쎄, 나도 잘 모르겠어."

나는 아까 거대한 그림펜 늪 너머에 뿌연 안개가 짙게 끼어 있다는 말을 한 적이 있다. 그런데 그 안개가 우리 있는 쪽으로 천천히 몰려왔다. 그러더니 마치 우리 옆에 있는 담벼락처럼 낮지만 두텁고 윤곽이 뚜렷한 막을 이루는 것이었다. 그리고 밤하늘에 뜬 달이 안개를 비추니 그 모습이 거대한 얼음판처럼 보였다. 멀리 있는 바위산의 봉우리들은 그 얼음판 위에 솟아있는 바위와 흡사했다.

홈즈가 그 쪽으로 얼굴을 돌려 안개가 천천히 몰려오는 것을 지켜보더니 짜증난 투로 말했다.

"왓슨, 안개가 우리 쪽으로 몰려오고 있네."

"그게 뭐 심각한 일이라도 되는가?"

"아주 심각한 일이지. 정말 심각해…… 저 안개 때문에 내 계획이 차질을 빚을지도 모르니 말이야. 헨리 경은 이제 자리에서 일어나 집에 갈 채비를 하고 있겠군. 벌써 10시야. 우리의 작전이 성공을 거둘 수 있는가와 헨리 경이 무사하게 목숨을 건질 수 있는가는, 길 위에 안개가 끼기 전에 그가 저 집에서 나오는지 여부에 달려 있네."

맑은 밤하늘에 별들이 차갑게 빛났고, 반달은 그 부드럽고 희미한 빛을 발했다. 그리고 우리 앞에는 스태플턴의 집이 그 시커먼 형체를 드러내고 있었는데, 울퉁불퉁한 지붕과 뾰족하게 솟아 있는 굴뚝이 은빛 별들로 깜박이는 하늘과 대비되어 그 윤곽을 선명히 드러내고 있었다. 아래층의 창문에서 황금색 불빛들이 흘러나와 과수원과 황무지에까지 뻗어 있었는데, 그 불빛들 중 하나가 갑자기 사라졌다. 하인들이 부엌에서 나간 모양이었다. 이제 살인자인 집주인과 그 사실을 모르고 있는 손님이 담배를 피우며 잡담하고 있는 식당에서만 불빛이 흘러나왔다.

황무지의 절반을 뒤덮고 있는 흰 양털 같은 안개가 시간이 흐를수록 점점 더 집을 향해 움직였다. 벌써 그 양털의 한 가닥은 불켜진 황금빛 창 주위를 둘러싸고 있었다. 과수원의 담벼락 중 가장 먼 쪽은 이미 그 모습을 감추었고, 나무들 마저 안개에 휩싸였다. 안개는 집의 양쪽 모서리를 천천히 에워싸더니 둑을 만들었는데, 그 둑 위로 보이는 이층과 지붕은 마치 환상 속의 바다 위에 떠 있는 이상한 배처럼 보였다. 홈즈는 화를 내며 우리 앞에 있는 바위를 손으로 치다가 애가 타는지 발까지 굴러댔다.

"헨리 경이 빨리 나와야 할 텐데. 앞으로 15분 후에는 길에도 안개가 잔뜩 낄 거고, 30분이 지나면 바로 앞에 있는 손도 안 보일 텐데, 야단났군."

"좀더 높은 곳으로 자리를 옮기는 게 어떻겠나?"

"그래, 그게 나을 것 같네."

안개가 계속 몰려와서 우리는 그 집에서 800미터 정도 떨어진 지점까지 물러났다. 그러나 짙은 안개는 은색 달빛을 받아 마치 파도처럼 천천히, 그러나 사정없이 밀려오고 있었다.

"우리가 너무 멀리 온 것 같군."

홈즈가 말했다.

"헨리 경이 여기까지 오기도 전에 위험을 당하면 안 되지. 지금 있는 곳에서는 절대로 물러서지 말아야 하네."

홈즈가 무릎을 꿇더니 땅바닥에 귀를 갖다 댔다.

"아, 다행이야. 헨리 경이 오는 소리가 들리는 것 같네."

빠르게 걷는 발걸음 소리가 황무지의 고요함을 깨뜨렸다. 우리는 바위들 사이에 웅크리고 앉아 은빛 안개 속을 응시했다. 발걸음 소리가 점점 더 커지더니 마침내 우리가 기다리고 있었던 헨리 경이 장막 같은 안개 속에서 걸어 나왔다. 그는 별빛이 초롱초롱 빛나는 바깥의 맑은 밤 공기에 놀라 사방을 휘둘러보았다. 그리고 빠른 걸음으로 우리가 숨어 있는 곳을 지나 긴 비탈길로 올라갔다. 걸어가면서도 그는 불안에 떠는 사람처럼 쉼 없이 주변을 두리번거렸다.

"쉿!"

홈즈의 작은 외침에 이어 권총을 장전하는 날카로운 소리가 들렸다.

"조심해! 드디어 온다!"

짙은 안개 속 어딘가에서 이상한 소리가 계속해서 들려왔다. 우리가 숨어 있는 곳의 50미터 앞에까지 안개가 몰려왔기 때문에, 우리 세 사람은 그 속에서 출몰하려는 두려움의 실체가 무엇인지 모른 채 그저 지켜보고 있을 따름이었다. 홈즈 가까이 있던 나는 그의 얼굴을 힐끗 쳐다보았다. 얼굴은 창백했지만 기쁨이 넘쳐 흘렀고, 눈은 환하게 빛나고 있었다.

그런데 갑자기 그가 시선을 어느 한 곳에 고정시키더니, 놀라서 입을 다물지 못했다. 레스트레이드는 공포의 비명을 지르며 머리를 숙인 채 바닥에 엎드렸고, 나는 벌떡 일어나 주머니 속의 권총을 잡았지만, 안개 속에서 튀어나온 끔찍스런 괴물 때문에 아무 생각도 할 수 없었다. 괴물 같아 보이는

그 거대한 짐승은 석탄처럼 시커먼 놈이었다. 아마 어느 누구도 그런 개를 본 적이 없을 것이다.

벌어진 입에서는 불이 뿜어져 나왔고, 눈은 광채가 돌아 번쩍거렸다. 그리고 주둥이와 목덜미도 번쩍거려 그 섬뜩한 모양새가 뚜렷이 보였다. 지금 안개 장막 속에서 우리 앞으로 튀어나온 저 시커먼 짐승보다 더 끔직하고 소름끼치며 두려운 모습의 괴물은, 제 정신이 아닌 사람이 꾸는 광란의 꿈에서도 나타나지 않을 것이다.

그 거대하고 시커먼 짐승은 헨리 경의 발자국을 쫓아 껑충껑충 뛰어갔다. 우리는 유령 같은 짐승의 모습에 놀라서 꼼짝 못하고 있다가, 그것이 우리를 지나쳐 간 후에야 비로소 정신이 들었다. 홈즈와 내가 먼저 총을 쏘았다. 적어도 그 중에 한 방은 맞았는지, 그 짐승은 끔직한 소리로 울부짖었다. 그러나 사냥개는 서지 않고 계속해서 뛰어갔다. 저 멀리서 헨리 경이 뒤를 돌아보는 모습이 보였다. 얼굴이 하얗게 질린 그는 자신을 향해 달려드는 그 끔직한 괴물을 공포감에 휩싸여 두 손을 치켜든 채 그냥 바라만 보고 있었다.

그러나 사냥개의 고통스런 울음소리로 우리의 모든 두려움은 사라졌다. 그 짐승이 상처로 아픔을 느꼈다면 그놈은 저 세상에 사는 영생불사의 존재가 아니며, 상처를 입었다면 죽을 수도 있다는 이야기가 아닌가. 나는 그날 밤의 홈즈처럼

314

빨리 달리는 사람을 보지 못했다. 나도 발이 빠르다는 소리를 듣는 편이었지만, 홈즈는 내가 작은 키의 레스트레이드 형사를 앞지른 것만큼 나를 앞질러 달려갔다. 그렇게 달리는 도중에 우리는 헨리 경의 계속되는 비명소리와 사냥개가 컹컹대는 소리를 들었다. 그 짐승은 헨리 경에게 달려들어 땅에 쓰러뜨리고 목을 물어뜯으려 하고 있었다. 그러나 다음 순간, 홈즈는 지체없이 그 사냥개의 옆구리를 향해 다섯 발의 총탄을 발사했다.

총알을 맞은 사냥개는 마지막 고통스런 비명을 내지르며 공중으로 한 번 풀쩍 튀어 오르더니, 땅바닥에 떨어져 사지를 부르르 떨다 옆으로 푹 쓰러졌다. 나는 가쁜 숨을 몰아쉬며 그 무시무시한 짐승의 머리를 향해 총을 겨누었지만, 방아쇠를 당길 필요가 없었다. 그 거대한 사냥개는 이미 죽어 있었던 것이다.

헨리 경은 정신을 잃고 쓰러져 있었다. 그의 옷을 풀어헤쳐 목을 살펴보니 다행히 상처는 없었다. 홈즈는 늦지 않게 제때 헨리 경을 구출했다는 것을 알고 감사의 기도를 했다. 헨리 경의 눈꺼풀이 꿈틀했다. 그는 기운을 내 몸을 움직이려고 했다. 레스트레이드가 헨리 경의 입에 브랜디를 흘려 붓자, 그가 정신을 차리고 잔뜩 겁먹은 눈으로 우리를 보았다.

"세상에!"

그가 중얼거렸다.

"도대체 그게 뭐였습니까?"

"그게 뭐였든지 간에 어쨌든 죽었습니다."

홈즈가 말했다.

"우리가 배스커빌 가의 유령을 영원히 쫓아버린 겁니다."

우리 앞에 뻗어 있는 사냥개는 그 크기나 힘이 엄청나게 큰 무시무시한 놈이었다. 그것은 순종 블러드하운드나 마스티프도 아니었고 그 둘의 교배종인 듯했는데, 흉악하고 난폭한 데다 덩치가 암사자만 했다. 죽어서 조용한 지금도 무지막지하게 거대한 주둥이와 작고 움푹 파인 잔인한 눈의 가장자리에서는 불꽃이 번득이고 있었다. 나는 번쩍거리는 주둥이를 손으로 살짝 문질러보았다. 개의 주둥이를 만졌던 내 손가락이 어둠 속에서 연기를 내며 번쩍거렸다.

"인이야."

내가 말했다.

"교활하게도 술수를 썼군."

홈즈가 죽은 동물의 냄새를 맡아보며 말했다.

"개가 냄새를 맡는데 방해가 될 만한 물질은 묻어 있지 않군. 이런 소름끼치는 일을 겪게 해서 정말 죄송합니다, 헨리 경. 사냥개가 나타날 것에 대비는 하고 있었지만, 설마 이런 끔찍한 짐승이라고는 미처 생각하지 못했습니다. 게다가 안개까지 끼는 바람에 사냥개를 잡는데 시간이 좀 걸렸네요."

"아닙니다. 홈즈 씨는 제 목숨을 구해주셨습니다."

"그전에 먼저 경을 위험에 빠뜨리지 않았습니까. 어때요, 일어서실 수 있겠습니까?"

"브랜디를 한 모금 더 마시면 거뜬해질 것 같습니다. 아!
됐습니다. 조금만 부축 좀 해주시지요. 자, 이제부터 어떻게
하실 참이죠?"

"헨리 경께서는 여기에 남아 기다리고 계십시오. 오늘 밤
더 이상의 모험은 무리입니다. 여기서 기다리고 계시면, 조금
있다가 우리들 중 누군가 한 사람이 경을 배스커빌 저택으로
모시고 갈 겁니다."

그는 비틀거리며 일어섰다. 아직도 얼굴은 시체처럼 창백
했고 팔다리는 부들부들 떨리고 있었다. 우리는 그를 부축해
바위 위에 앉혔다. 헨리 경은 두 손으로 얼굴을 감싼 채 떨고
있었다.

"경은 여기 계십시오. 우리는 이제 사건을 매듭지으러 가
야합니다. 지금이 중요한 때지요. 사건의 정황은 밝혀졌으니
범인을 잡아야 합니다."

홈즈가 말했다.

"그자가 집에 있을 가능성은 희박하네."

홈즈가 발걸음을 재촉하여 스태플턴의 집으로 가면서 내
게 말했다.

"총소리를 들었을 테니 그자도 자신의 목적이 달성되지 않
았다는 것을 알았을 걸세."

"여기는 그의 집에서 멀리 떨어져 있는데다가 안개까지 끼

었으니 못 들었을 수도 있지 않을까?”

“그자는 사냥개를 데려가려고 그 뒤를 따라왔을 거야. 확실히 그랬을 걸세. 아니지, 아냐, 지금쯤이면 도망갔을지도 몰라! 하지만 그래도 집을 수색해봐야지. 샅샅이 뒤져 확인해야 하네.”

현관문이 열려 있어서 우리는 안으로 뛰어들어가 각 방마다 돌아다니며 수색을 했다. 복도에서 우리와 마주친 늙은 하인은 놀란 듯 벌벌 떨었다. 식당에만 불이 켜 있었지만, 홈즈는 등불을 들고 온 집안을 구석구석 샅샅이 살펴보았다. 그러나 우리가 찾는 사람은 흔적도 보이지 않았다. 그런데 2층에 올라가보니 침실 중 하나가 잠겨 있었다.

“이 안에 누군가 있어요. ”

레스트레이드가 외쳤다.

“안에서 소리가 납니다. 문을 열어야겠어요!”

안에서 신음소리와 바스락대는 소리가 희미하게 들려왔다. 홈즈가 구둣발로 문고리 윗부분을 걷어차자 문이 활짝 열렸다. 우리 셋은 모두 권총을 들고 일제히 방안으로 뛰어 들어갔다. 그러나 필사적으로 저항할 것이라고 생각했던 악당의 자취는 거기에도 없었다. 대신에 생각지도 못한 이상한 물건들이 있어서 우리는 깜짝 놀라 한동안 그것을 바라보고만 있었다.

그 방은 작은 박물관 같았다. 벽에는 온통 유리 뚜껑이 덮여 있는 상자들이 가득고, 그 상자들 안에는 나비와 나방 표본들이 가득 차 있었다. 이 복잡하고 위험한 인간이 휴식 삼아 이런 것을 수집했던 것이다. 방 한 가운데에는 오래되고 벌레 먹은 대들보를 지탱하는 기둥이 하나 있었다. 그런데 그 기둥에 누군가가 묶여 있었다. 천으로 둘둘 휘감긴 채 입이 막혀 있어서, 처음에는 그 사람이 여자인지 남자인지도 알아볼 수가 없었다. 수건 하나가 목을 감아 기둥에 매어져 있었고, 또 하나의 수건은 얼굴 아랫부분을 가리고 있었다. 그 위로 슬픔과 모욕감, 그리고 의문으로 가득한 두 눈이 우리를 보고 있었다. 우리가 즉시 재갈을 제거하고 결박을 풀자, 스태플턴 부인은 마루바닥에 힘없이 쓰러지고 말았다. 그녀의 목에는 채찍자국이 선명하게 나 있었다.

"이런 짐승 같은 놈!"

홈즈가 소리쳤다.

"레스트레이드, 어서 부인을 의자에 앉히고 브랜디를 갖다 주세요! 부인은 학대를 받은데다 피로가 겹쳐서 기절한 겁니다."

스태플턴 부인이 다시 눈을 떴다.

"그는 무사한가요?"

그녀가 물었다.

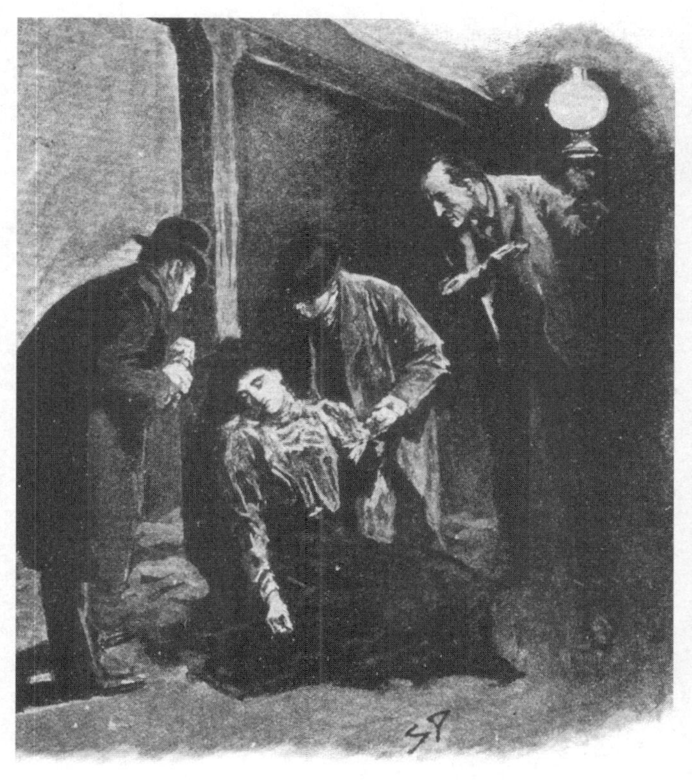

"무사히 도망갔나요?"

"그자는 우리 손을 벗어나 도망갈 수 없습니다, 부인."

"아뇨, 제 남편을 말하는 게 아니에요. 헨리 경에 대해 묻는 겁니다. 헨리 경께서는 무사하신가요?"

"네, 무사하십니다."

“사냥개는 어떻게 되었습니까?”

“죽었어요.”

그녀가 길게 안도의 한숨을 내쉬었다.

“하나님, 감사합니다! 정말 감사합니다! 아, 그 악마 같은 인간! 그가 저에게 어떤 짓을 했는지 보세요!”

그녀가 옷소매를 걷자 온통 멍이 든 두 팔이 드러났다.

“이건 아무것도 아니에요. 정말입니다! 그자는 제 마음과 영혼도 고문하고 상처를 주었어요. 그자가 저를 사랑한다는 헛된 희망을 품고 있는 동안만큼은 저도 학대와 외로움과 기만을 견딜 수 있었지만, 이 사건을 통해서 이제 알았어요. 제가 그에게 철저히 이용당했다는 사실을 말이에요.”

감정이 격해져서 그녀는 이야기를 하며 흐느꼈다.

“부인은 이제 그자에 대해서는 일말의 미련도 없으시겠지요?”

홈즈가 물었다.

“그러면 어디로 가야 스태플턴을 찾을 수 있는지 우리에게 말씀해주시지요. 부인은 지금까지 남편의 악행을 도왔으니 이제 우리를 돕는 게 속죄하는 것입니다.”

“그자가 도망칠 만한 곳은 딱 한 곳밖에 없어요.”

그녀가 대답했다.

“늪 한가운데에 섬이 있는데, 거기에는 옛날에 주석을 캤던 폐광이 있어요. 그자는 거기에다 사냥개를 숨겨놓고 만일의 사태에 대비하여 은신처를 마련해놓았지요. 아마 그곳으로 도망쳤을 겁니다."

창밖에는 흰 양털 같은 짙은 안개가 끼어 있었다. 홈즈가 창 쪽에다 등불을 갖다댔다.

"자, 보세요."

홈즈가 말했다.

"오늘 같은 밤에는 누구도 그림펜 늪에서 길을 찾지 못할 겁니다."

그녀는 잘됐다는 듯 웃음을 지으며 박수까지 쳤다. 그녀의 눈과 치아가 증오 섞인 기쁨으로 번득였다.

"길을 찾아 그곳에 들어갔더라도, 확실히 다시 빠져 나오기는 힘들겠군요."

그녀가 말했다.

"저희는 그림펜 늪지대에 길을 표시하는 말뚝을 박아놓았지요. 그러나 이렇게 안개가 잔뜩 낀 밤에 그 말뚝들이 보이기나 하겠습니까? 아, 제가 오늘 그 말뚝들을 다 뽑아 버릴걸 그랬어요. 그랬으면 당신들이 그자를 붙잡아 처단할 수 있었을 텐데……."

안개가 걷히기 전에는 추적을 할 수가 없었다. 그 동안 레스트레이드는 집을 지켰고, 홈즈와 나는 헨리 경을 데리고 배스커빌 저택으로 돌아왔다. 헨리 경에게 스태플턴 남매의 이야기를 더 이상 숨길 수 없었다. 결국 그는 사랑했던 여자에 대한 진실을 알게 되었지만, 그 충격을 잘 견뎌냈다.

그러나 그날 밤 겪은 충격으로 신경이 쇠약해지고 고열로 앓아 눕게 되어 모티머 선생의 치료를 받아야만 했다. 나중에 헨리 경과 모티머는 세계일주여행을 다녀오게 된다. 헨리 경은 그 불길한 영지의 주인이 되기 전만 해도 건강하고 활기찬 사람이었다. 그는 세계 일주 여행을 통해서 자신의 본 모습을 되찾게 되었던 것이다.

이제 이 희한한 이야기를 끝낼 시점이 된 것 같다. 나는 이 이야기에 담겨 있는 음산한 공포, 그리고 불명확한 추측에 그칠 수밖에 없었던 부분을 독자들이 이해할 수 있도록 설명하고자 한다. 우리는 오랫동안 음산한 공포에 떨어야 했고, 막연한 부분에 대해서는 추측만 할 수 있을 뿐이었다. 그러다 결국 사건은 비극적으로 끝을 맺었다.

사냥개가 죽은 그 다음 날 아침, 안개는 걷혔고 스태플턴 부인은 우리를 그들 부부가 늪지를 지나는 길을 발견한 곳으로 안내했다. 그녀는 열성을 다해 기쁜 마음으로 스태플턴을 추적하는 우리를 도왔는데, 이런 모습을 보며 그 동안 그녀가 얼마나 심한 고초를 겪었는지 알 수 있을 것 같았다. 늪 주위에는 단단한 토탄(土炭) 토양의 반도같이 생긴 곳이 있었는데, 그곳은 점점 더 세력을 넓혀가는 늪에 자리를 빼앗겨 면적이 줄어들고 있었다. 우리는 일단 그곳에 부인을 남겨두고 수색을 계속했다.

녹색 거품이 부글거리는 웅덩이와 더러운 수렁 때문에 이곳에 처음 오는 사람들이 늪을 건너는 것은 불가능했다. 단단한 토탄 토양의 반도같이 생긴 곳의 끝 부분에서부터 여기저기 작은 막대기들이 박혀 있었는데, 그것들을 보니 길이 덤불 사이에 지그재그 모양으로 나 있음을 알 수 있었다. 무성한 갈대와 빽빽하게 나 있는 가느다란 수생식물들이 악취와 독성 기포를 우리 얼굴에 뿜어댔다. 발을 한 걸음만 잘못 디뎌도 다리가 허벅지까지 잠겼고, 그럴 때마다 몇 미터 앞까지 물결이 출렁거렸다. 걸을 때마다 진흙에 발이 빠져 걸음을 옮기기가 어려웠고, 그럴 때면 악마의 손이 우리 발목을 잡아 저 깊숙한 곳에 있는 사악한 세계로 끌고 들어가는 듯한 느낌이 들었다.

우리는 누군가가 이 위험한 길을 우리보다 먼저 지나간 흔적을 발견했다. 진흙 수렁 위의 황새풀 덤불 한 가운데에, 꺼먼 물체 하나가 툭 튀어나와 있었다. 홈즈가 그것을 잡느라 발을 잘못 디뎌 허리까지 늪에 빠지고 말았다. 우리가 홈즈를 잡아 끌어당기지 않았다면, 그는 다시는 단단한 맨 땅을 밟아

보지 못했을 것이다. 그가 낡은 검정 구두 하나를 치켜들었다. 그 안쪽에 '토론토, 메이어스'라고 새겨진 글씨가 보였다.

"진흙으로 목욕할 만한 가치가 있었네."

홈즈가 말했다.

"이게 바로 우리의 친구 헨리 경이 잃어버린 구두라네."

"스태플턴이 도망가다가 저기에 버린 모양이군."

"그랬겠지. 사냥개가 헨리경을 추적하도록 이 구두를 이용해서 훈련시킨 후에도 계속 가지고 있었나보군. 그는 자기의 음모가 실패로 돌아갔다는 것을 알고 도망치면서도 이 구두를 버리지 않고 가지고 가다 이 지점에 던져버렸어. 그가 적어도 이곳까지는 무사히 왔다는 이야기네."

그러나 우리의 추측을 뒷받침할 만한 흔적은 많았지만, 그 이상을 알아낼 수는 없었다. 진흙이 계속 솟아올라와 더 이상 늪에서 발자국을 찾기가 불가능했던 것이다. 늪을 건너 단단한 땅에 가서도 발자국을 열심히 찾아보았지만 아무 흔적도 볼 수 없었다. 땅은 거짓말을 하지 않았을 테니, 스태플턴은 지난밤 안개를 뚫고 자신의 은신처에 가려고 혼신의 힘을 다했지만 결국 그곳에 가지 못했다는 이야기가 된다. 무자비하고 잔인한 스태플턴은 거대한 늪의 어딘가에 영원히 묻혀버린 것이다.

스태플턴이 흉포한 사냥개를 숨겨두었던 늪지 가운데의

섬에서 우리는 그 자취를 많이 찾아냈다. 커다란 원동차, 그리고 쓰레기가 반쯤 차 있는 수레가 예전에 이곳이 광산이었음을 보여주고 있었다. 그 옆에는 광부들이 기거했던 오두막 집들의 부서진 잔해가 널려 있었다. 광부들은 주변을 둘러싸고 있는 늪에서 나는 악취 때문에 모두 이곳을 떠났으리라.

그중 한 곳에는 여러 군데 물어뜯긴 흔적이 보이는 뼈다귀들이 못에 매달린 쇠사슬과 함께 흩어져 있어서 그곳이 개를 숨겨 기른 곳이라는 것을 알 수 있었다. 뼈의 잔해 가운데는 갈색 털이 엉겨붙어 있는 해골도 있었다.

"개의 뼈라네!"

홈즈가 말했다.

"맙소사, 털이 곱슬곱슬한 스패니얼 종이네. 모티머 선생이 다시 애완견을 보기는 힘들겠군. 어쨌든 이곳에 사건을 해결하는데 도움이 되는 단서가 남아 있을 것 같지는 않군. 스태플턴은 개를 숨겨둘 수는 있었지만 소리는 어쩌지 못했어. 그래서 낮에도 듣기 끔찍한 소리가 들려왔던 걸세. 비상시에는 메리핏 하우스 헛간에 사냥개를 숨겨두었지만, 그것은 위험한 짓이었네. 그래서 그 동안 쏟아 부은 모든 노력이 열매를 맺을 때라고 생각한 특별한 날에만 개를 풀었지. 깡통 속의 이 물질은 사냥개에게 발라준 형광 도료가 틀림없네. 물론 배스커빌 가에 전해 내려오는 지옥의 사냥개 전설에서 착상을 하여 이러한 것을 발라주기도 했겠지만, 늙은 찰스 경에게 공포를 느끼게 해서 죽게 만들려는 목적도 있었겠지. 불쌍한 탈옥수 셀든은 어두컴컴한 황무지에서 괴물 같은 짐승이 쫓아오자 비명을 지르며 도망쳤을 거야. 우리도 그런 경우에 처했다면 같았을 걸세. 우리 친구 헨리 경도 괴물 같은 개가 어

어둠 속에서 자신을 덮치려고 쫓아오는 것을 보았을 때 그랬지 않았나. 이것은 정말 희생자들을 죽음에 몰아넣을 수 있는 교활한 계략이었지. 거기다 아무리 간이 큰 사람이라 해도 그 무시무시한 짐승을 감히 자세히 들여다 볼 수는 없었을 걸세. 그러니 사람들은 잘 알지도 못하고 지옥의 사냥개가 출현했다느니 하면서 공포에 떨었던 거지. 왓슨, 런던에서도 내가 말했지만 저기에 잠들어 있는 사람보다 더 위험한 사람을 상대해본 적은 없었네.”

홈즈가 군데군데 녹색으로 보이는 거대한 늪을 긴 팔로 가리켰다. 그 늪은 황무지의 갈색 산비탈로 이어지고 있었다.

회고

으스스 춥고 안개가 낀 11월의 마지막 날이었다. 홈즈와 나는 베이커 가의 거실에서 따뜻한 난로 앞에 앉아 있었다. 데번셔에서의 비극적인 종말 이후, 홈즈는 아주 중요한 두 가지 사건에 열중하고 있었다. 첫째는 넌파레일 클럽의 유명한 카드 스캔들에 관련된 업우드 대령의 악행을 밝혀내는 것이었고, 두 번째는 의붓딸을 살해했다는 혐의를 받고 있는 불행한 몽팡시에 부인을 변호하는 일이었다. 그러나 부인의 의붓딸 카레르는 6개월 후 뉴욕에서 발견되었는데, 결혼까지 한 것으로 알려졌다.

홈즈는 어렵고 중요한 사건들을 계속하여 성공적으로 해결해서 기분이 최고조인 상태였다. 나는 그런 분위기에 편승해 홈즈에게 배스커빌 사건의 수수께끼에 대한 상세한 이야

기를 들을 수 있었다.

　사실 나는 그런 기회를 참을성 있게 기다려왔다. 홈즈는 둘 이상의 사건을 동시에 다루지 않으며, 과거의 사건을 기억해내느라 현재의 사건을 논리적으로 처리하는 데 소홀하지 않는다는 것을 잘 알고 있었기 때문이다. 그러던 중에 마침 그 사건을 자연스럽게 물어볼 수 있는 좋은 기회가 왔다. 끔찍한 일을 겪은 헨리 경은 그 충격으로 인해 몸과 마음이 몹시 안 좋아진 상태였고, 나는 헨리 경에게 그러한 상태를 치유하는데는 여행이 좋으니 다녀오라고 권했다. 그래서 그는 모티머와 함께 장기 여행을 하고 있었는데, 그 여행 도중에 런던에 들른 김에 우리를 방문했던 것이다.

바로 그날 오후의 일이었다.

"그 사건의 전모는 말이지."

홈즈가 말했다.

"자신을 스태플턴이라고 칭했던 사람의 관점에서 보면 간단하네. 처음에 그의 범행동기를 제대로 파악하지 못한 채 일부 드러난 사실만을 알았던 우리에게는 당연히 그 사건이 무척 복잡하게 보였지. 나는 두 차례에 걸쳐 스태플턴 부인과 대화를 나누었는데, 그것이 이 사건의 해결에 아주 도움이 되었네. 그때까지 불명확했던 사건의 전모가 모두 파악이 되었으니까. 나의 사건 목록에서 B로 시작하는 사건을 찾아보면 그 사건에 관한 기록을 볼 수 있을 걸세."

"홈즈, 기억을 더듬어 대략적인 사건의 전모를 설명해줄 수 있겠나."

"좋지. 그러나 내가 모든 사실을 다 기억해낼 수 있다는 보증은 못 하겠네. 정신을 다른 일에 집중하게 되면 과거의 일들은 자꾸 잊혀지니 말일세. 자기가 맡은 사건에 대해서는 모르는 것이 없어서 그 분야의 전문가와도 상대할 수 있는 변호사라 해도, 재판이 끝나고 한두 주만 지나면 그 사건에 대해서는 까맣게 잊어버리는 것처럼 말이야. 그래서 언제나 최근의 사건만이 기억에 남는다네. 배스커빌 사건도 카레르 사건 때문에 확실히 기억이 나지 않을 걸세. 내일이면 또 다른 사건에 신경을 쓰게 되어 아름다운 프랑스 숙녀와 악명 높은 업우드의 기억도 잊혀지겠지. 그러나 사냥개 사건에 대해서는 가능한 한 사실에 가깝게 설명하도록 하겠네. 혹시 내가 잊고 넘어가는 부분이 있다면 이야기해주게.

내 조사에 의하면 조상들의 초상화는 거짓말을 하지 않았어. 그 초상화들을 통해 나는 스태플턴이 정말 배스커빌 가의 후손이라는 것을 알게 되었네. 그자는 찰스 경의 남동생인 로저 배스커빌의 아들이었어. 평판이 아주 나빴던 로저 배스커빌은 남아메리카로 도망쳐서 결혼도 하지 않은 채 죽은 것으로 알려져 있었지. 그러나 사실 그는 결혼을 했었고 아이까지 하나 있었네. 그 아이가 바로 스태플턴이야. 그의 본명은 아버지와 같았지. 코스타리카 출신의 미녀인 베릴 가르시아와 결혼을 한 그는 상당한 액수의 공금을 횡령하고, 이름도 밴델르에라고 바꾼 후 영국으로 도망와서 요크셔 동부에 학교를 세웠네.

그가 이런 특별한 사업을 시작하게 된 것은 고향으로 돌아오던 중에 우연히 폐병에 걸린 교사를 알게 되었기 때문이었네. 그는 이 사람의 능력을 이용해 큰 성공을 거두었지. 그러나 프레이저라는 이름의 그 교사가 죽고 나자 학교는 평판이 갈수록 나빠져 구제불능으로 전락하고 말았네. 밴델르에 부부는 이름을 스태플턴으로 바꾸고 앞으로의 계획을 세운 후, 남은 재산을 정리해 영국 남부로 왔지. 그는 또 곤충학에도 취미가 있었네. 나는 그가 곤충학에 관한 한 권위자라는 것을 대영 박물관에서 알게 되었지. 요크셔에 살던 시절, 그는 이름 모를 나방에게 밴델르에라는 이름을 붙여주기도 했네.

이제 그의 생애 중에서 우리가 가장 큰 관심을 갖고 있는 부분에 대해 이야기하겠네. 그자는 자신이 귀중한 재산을 독차지하는 데 방해가 되는 사람은 두 명뿐이라는 것을 면밀한 조사를 통해 알게 되었지. 처음 데번서에 왔을 때 그의 계획은 아주 막연한 것이었지만, 자기 아내를 동생이라고 속인 것을 보면 처음부터 뭔가 나쁜 짓을 저지를 목적이었던 것은 분명하네. 그가 구체적으로 계획을 세우지는 않았지만 그녀를 미끼로 이용할 생각을 가진 것만은 확실했지.

그의 목적은 배스커빌 가의 재산을 가로채는 것이었네. 이 목적을 위해서 수단과 방법을 가리지 않을 것이며 어떤 위험도 감수하리라고 각오를 했지. 그가 제일 먼저 한 일은 될 수 있는 한 조상들의 집 가까이 거처를 마련하는 것이었고, 그 다음 한 일은 찰스 배스커빌 경을 포함한 이웃들과 사귀어두는 것이었지.

찰스 경은 스태플턴에게 배스커빌 가문에 전해 내려오는 사냥개에 대해 말해주었는데, 이는 결과적으로 자신의 죽음을 스스로 자초한 꼴이 되고 말았지. 그자를 그냥 스태플턴이라는 이름으로 계속 부르기로 하겠네. 스태플턴은 찰스 경의 심장이 약해서 충격을 받으면 사망할 수도 있다는 것을 모티머 선생을 통해 알게 되었지. 또 찰스 경이 미신을 믿는 경향이 있으며 기분 나쁜 배스커빌의 전설을 진지하게 받아들이고 있다는 것도 알게 되었네. 그는 즉시 천재적인 머리를 굴려 찰스 경을 살해할 방법을 찾기 시작했어. 자신이 직접 살인을 하지 않고 뭔가를 이용해서 살인을 하는 방법을 말일세. 교묘하게 법망을 빠져 나갈 심산이었던 게지.

결국 그런 방법을 생각해낸 스태플턴은 아주 교묘하게 계획을 실행에 옮기기 시작했네. 평범한 범죄자라면 사나운 사냥개로 만족했겠지만, 그는 인위적인 수단을 사용해 그 짐승을 악마처럼 보이게 만들었지. 그의 천재적인 면모가 여실히 드러난 부분이었어. 그는 그 사냥개를 런던 풀햄로드의 로스 앤 맹글스라는 곳에서 샀는데, 거기에 있는 개들 중에서 제일 흉포하고 힘이 센 놈이었어. 스태플턴은 그 개를 데리고 기차를 탔네. 역에서 내린 후에는 누구에게도 들키지 않으려고 일부러 황무지를 지나 먼 길을 걸어 집으로 돌아왔지. 그는 곤충 채집을 하면서 이미 그림펜 늪을 통과하는 길을 알아두고 있었고, 그 사냥개를 숨겨둘 만한 장소도 마련해두었네. 그렇게 스태플턴은 만반의 준비를 해놓고 기회가 오기만을 기다렸지.

그러나 그 기회라는 것이 그리 쉽게 오지는 않았네. 밤에 찰스 경을 집밖으로 끌어낼 수가 없었기 때문이야. 스태플턴은 여러 차례 사냥개를 데리고 몰래 기회를 엿보았지만, 아무 소용이 없었네. 그러던 중 그 사냥개가 농부들의 눈에 띠어 배스커빌 가의 전설이 사실인 것처럼 알려지게 되었지. 스태플턴은 그의 아내가 찰스 경을 꾀어내기 바랐지만 그녀는 뜻밖에도 남편의 말을 듣지 않았네. 그녀는 찰스 경을 유인해서 남편의 손에 넘겨주는 노력을 하지 않던 거지. 그래서 스태플턴은 부인을 위협도 하고, 이런 말을 해서 유감스럽지만 폭력을 쓰기도 했어. 그러나 그녀는 꿈쩍도 하지 않았네. 아내가 남편의 음모에 끼어들려고 하지 않는 바람에 스태플턴의 계획은 한동안 벽에 부딪히게 되었지.

한편, 찰스 경은 불운한 여인 로라 라이언즈 부인을 돕는데 스태플턴을 대리인으로 내세웠네. 그런데 스태플턴은 이것을 자신 앞에 놓인 난관을 헤쳐나갈 돌파구로 삼았지. 그는 자신이 혼자 사는 남자라고 속이면서 라이언즈 부인에게 접근을 한 후, 그녀를 자기 뜻대로 움직였네. 남편과 이혼한다면 그녀와 결혼을 하겠다는 말까지 했어. 그런데 찰스 경이 모티머 선생의 권고에 따라 저택을 떠나려한다는 사실을 알게 되자 그도 동의하는 척은 했지만, 사실은 다급해졌지.

스태플턴은 즉시 계획을 실행에 옮겨야 했네. 그렇지 않으면 자신이 노리고 있는 찰스 경이 손아귀에서 벗어날 수도 있었기 때문이지. 그래서 스태플턴은 라이언즈 부인이 찰스 경에게 편지를 쓰도록 했네. 찰스 경이 런던으로 떠나기 전날 밤에 만나자고 부탁했던 그 문제의 편지 말일세. 그러나 스태플턴은 그럴듯한 구실을 내세워 라이언즈 부인이 약속장소에 나가는 것을 막았어. 이렇게 해서 드디어 스태플턴은 기다렸던 기회를 잡게 되었지.

스태플턴은 그날 저녁에 쿰 트레이시에서 돌아와 지옥의 개처럼 보이도록 사냥개에게 형광도료를 칠한 다음, 약속 시간에 맞춰 찰스 경이 기다리고 있을 배스커빌 저택의 쪽문으로 사냥개를 데리고 나갔네. 그 개는 주인의 명령에 따라 쪽문을 뛰어 넘어 찰스 경을 쫓아갔고, 그는 비명을 지르며 오솔길을 달려 도망갔네. 그런 음침한 곳에서 주둥이에는 불이 번쩍거리고 눈은 이글거리는, 커다랗고 시커먼 짐승이 달려든다고 생각해보게. 상상만 해도 끔찍한 일이지.

　결국 찰스 경은 오솔길이 끝나는 곳에서 심장마비로 쓰러져 죽고 말았네. 사냥개는 풀밭을 달렸고, 찰스 경은 길을 따라 달렸기 때문에 길 위에는 사람의 발자국밖에 남아 있지 않았던 것일세. 찰스 경이 쓰러지자 사냥개가 다가가서 냄새를 맡았을 테지만, 경이 죽은 것을 알고는 다시 돌아갔을 거야. 모티머 선생이 발견했던 개 발자국은 그때 생긴 발자국이었네. 스태플턴은 사냥개를 다시 그림펜 늪의 은신처로 즉시 데려다놓았지. 내막을 모르는 경찰들은 우왕좌왕 헤맸고, 주민들은 공포에 떨었지. 그러다 결국에는 우리한테까지 의뢰가 들어오게 된 것일세.

　찰스 배스커빌 경의 사망 사건에 대한 사연은 이렇게 길다네. 자네도 이 살인계획이 얼마나 간교하게 짜여져 있는지는 알 걸세. 엄연히 사람을 죽인 진범인데도 살인죄를 구성하기가 거의 불가능할 정도였으니까. 그자의 유일한 공범인 사냥개는 그자를 결코 배신하지 않았고, 해괴하면서 상상도 못할 도구들은 음모를 실행하는데 아주 효과적이었네.

　이 사건에는 스태플턴 부인과 로라 라이언즈 부인, 이렇게 두 명의 여인이 관련되어 있었는데, 그 두 여인 모두 스태플턴을 의심했네. 스태플턴 부인은 남편이 찰스 경과 관련해서 모종의 음모를 꾸미고 있다는 것과 사냥개를 몰래 기르고 있다는 것을 알고 있었지. 라이언즈 부인은 이런 사실들을 전혀 알지 못했지만, 찰스 경이 그녀와의 약속 시간에 사망했다는 사실에 불안을 느꼈네. 찰스 경과의 약속시간을 알고 있는 사람은 약속 당사자 외에는 스태플턴 밖에 없었거든.

그러나 스태플턴은 두 여인 모두를 자신의 손에 넣고 흔들었기 때문에, 그녀들을 의심하거나 두려워하지 않았네. 그는 자신의 목적을 절반은 이루었지만, 더 어려운 일이 여전히 남아 있었어.

스태플턴은 캐나다에 있는 상속자의 존재를 전혀 몰랐던 것 같네. 어쨌든 그는 모티머 선생에게 그 이야기를 듣고 곧 헨리 배스커빌 경에 대해 알게 되었고, 경의 도착에 관해서도 상세히 알게 되었지. 처음에 스태플턴은 헨리 경이 데번셔에 오기 전, 런던에 있을 때 살해하려고 했네. 그자는 아내가 찰스 경에게 덫을 놓는 일에 협조하기를 거부한 이래로 믿을 수가 없어서, 자기 눈으로 아내의 일거수 일투족을 감시해야 마음이 놓였지. 그래서 부인을 런던까지 데리고 온 것이었네. 난 그들이 크레이븐 가에 있는 맥스버러 프라이빗 호텔에서 묶었다는 것을 알아냈네. 그곳도 카트라이트가 증거를 발견하기 위해 찾았던 호텔 중 하나였지.

스태플턴은 그 호텔 방에 아내를 감금한 후, 수염을 달아 변장하고 베이커 가에서 기차역으로, 기차역에서 노섬버랜드 호텔까지 모티머 선생을 미행했네. 그의 아내는 스태플턴의 계획을 눈치채고 누군가가 위험에 처했다는 것을 알았지만, 남편의 야만적인 학대가 두려워 위험에 처한 사람에게 경고 편지를 쓸 생각을 감히 하지 못했지. 편지가 스태플턴의 손에 들어가기라도 하는 날에는 그녀 자신도 무사하지 못할 거라는 생각 때문이었네. 결국 그녀는 우리도 알고 있는 것처럼 급한 대로 타임스의 사설에서 단어를 오려 붙여 편지를 써 보냈네. 그 편지를 헨리 경이 받았는데, 그것이 위험을 알리는 첫 경고였지.

스태플턴에게는 헨리 경이 입던 옷을 얻는 일이 매우 중요했네. 사냥개가 헨리 경을 뒤쫓으려면 먼저 그의 체취를 기억하고 있어야 했거든. 스태플턴은 기민하고 대담하게 이 작업을 시작했네. 그자는 틀림없이 호텔의 구두닦이나 객실 여종업원에게 뇌물을 주어 자신의 작업을 돕게 했을 것일세. 그런데 우연히도 처음에 훔쳐온 구두가 새 것이어서 쓸모가 없었지. 그래서 스태플턴은 그 새 구두를 제자리에 갖다놓고 헌 구두를 다시 훔쳐오게 했네.

그런데 이 구두분실 소동은 그자의 의도를 확실히 나타내주는 것이었네. 이때부터 나는 이 사건에 실제로 개가 등장하겠구나 하는 확신을 가지게 되었으니 말일세. 새 구두에는 관심이 없고 낡은 구두만을 손에 넣으려고 한다면 그렇게 밖에 가정할 수 없지 않겠나. 사건이 괴이할수록 더 신중하게 조사해볼 필요가 있지. 또한 사건을 복잡하게 만드는 부분을 충분히 생각한 후 과학적으로 작업을 하면, 사건이 명확하게 규명될 가능성이 아주 높네.

그리고 다음 날 아침 모티머 선생과 헨리 경이 우리를 방문했네. 스태플턴에게 미행을 당하고 있는 줄도 모르고 말이지. 그가 베이커가에 집과 우리의 외모에 대해서 파악하고 있었다는 사실과 그 동안의 그의 행적을 종합적으로 볼 때, 스태플턴의 범죄 경력은 결코 배스커빌 사건에만 국한되지는 않았을 걸세.

지난 3년 동안 서부 지방에서는 네 건의 대형 강도사건이 발생했는데, 그 중 어느 하나도 아직까지 범인이 체포되지 않았어. 뭔가 시사하는 바가 있지 않은가? 그 네 건의 강도 사건 중 가장 최근 사건은 지난 5월에 발생한 포크스톤 코트 강도 사건이지. 복면을 쓴 단독 범인이 자기를 보고 놀란 한 어린 급사에게 잔인하게 총을 난사하여 유명해진 사건이네. 스태플턴은 틀림없이 이렇게 범죄를 저질러 줄어든 재산을 보충했을 걸세. 그자는 이미 몇 년 전부터 그처럼 앞뒤 가리지 않는 위험인물이 되어가고 있었던 거야.

그날 아침 그자가 우리를 보기 좋게 따돌리고 사라진 것이나, 마부에게 대담하게도 내 이름을 팔아 우리를 놀라게 한 것들은 그가 임기응변에 뛰어나 자라는 것을 보여준 사례였네. 그자는 내가 런던에서 이 사건을 맡게 되었다는 사실을 알았네. 따라서 런던에서는 자기의 목적을 이룰 가망성이 없다고 생각했지. 그래서 다트무어로 돌아가 헨리 경이 오기를 기다렸던 것이네.”

“잠깐만!”

내가 말했다.

“자네의 설명을 잘 알아듣겠네. 그런데 빠뜨린 것이 하나 있어. 스태플턴이 런던에 있는 동안 누가 사냥개를 돌봤을까?”

“나도 그 문제에 관심이 갔네. 아주 중요한 문제니 말일세. 스태플턴에게는 분명히 믿을 만한 심복이 있었네. 비록 그 심복에게 모든 계획을 알려주지는 않았겠지만 말일세. 안소니라고 하는 늙은 하인이 바로 그 심복이었지. 그 노인과 스태플턴 부부와의 인연은 스태플턴이 학교를 경영했던 수년 전으로 거슬러 올라가네. 그러니까 노인은 스태플턴 남매가 사실은 부부관계라는 것을 틀림없이 알고 있었을 걸세. 그 노인도 자신의 나라에서 어느 날 갑자기 사라졌다가 도망나온 자라네. 안소니란 이름이 영국에서는 흔한 이름이 아니지만, 안토니오라는 이름은 스페인이나 중남미 국가들에서는 흔하다는 사실을 생각해보면 짐작가는 바가 있을 거야. 스태플턴 부인처럼 그 사람도 영어를 잘하긴 하지만, 혀짧은 소리를 내는 듯한 특이한 억양을 가졌더군. 나는 그 노인이 스태플턴이 표시해둔 길을 따라 그림펜 늪을 건너는 것을 직접 목격하기도 했네. 비록 그 노인은 사냥개가 어떤 목적으로 쓰이는지는 몰랐다 하더라도, 주인이 없는 동안 그 개를 돌본 것은 분명하네.

그 뒤 스태플턴 부부는 데번셔로 갔고, 이어 자네와 헨리 경도 곧 그리로 갔지. 그 당시 내가 어떻게 조사활동을 하고 있었는지 한마디 하고 넘어가겠네. 〈타임스〉에서 단어들을 오려 붙여 만든 편지를 살펴볼 때, 그 편지지에 내비치는 무늬가 있는지 유심히 들여다보았던 것을 자네도 기억하고 있을 걸세. 그렇게 조사하다가 나는 옅은 화이트 재스민 향을 맡게 되었네. 향수의 종류에는 75가지 정도가 있는데, 그 향수를 서로 구별할 수 있는 능력은 범죄 전문가에게는 필수요건이지. 내 경험에 비추어보더라도 단번에 향을 구별할 수 있느냐가 사건 해결의 성패를 좌우하는 경우가 많았네. 그 향은 이 사건에 여인이 개입되었다는 것을 암시했기 때문에, 내 관심의 촛점은 스태플턴 부부로 향하기 시작했지. 그래서 이 사건에는 사냥개가 관련되었음을 확신했고, 범인이 누군지도 이미 짐작하고 있었던 것이네. 서부 지방으로 떠나기 전에 벌써 말일세.

나는 스태플턴을 감시해야겠다고 생각했네. 그러나 내가 자네와 함께 있으면 그렇게 할 수 없으리라는 것은 자명했지. 보나마나 그자는 경계를 더욱 강화할 것이기 때문이었어. 그래서 내가 런던에 있는 것처럼 자네를 비롯해 모든 사람을 속인 것일세. 그리고 나서 카트라이트를 데리고 몰래 황무지로 갔지. 나는 자네가 생각했던 것처럼 그렇게 심한 고생을 겪지는 않았어. 그 정도 어려움은 사건을 수사하는데 장애가 되지 못하네.

나는 대부분의 시간을 쿰 트레이시에서 보내다가 사건의 현장 가까이 있어야 할 때만 황무지의 돌 오두막집을 이용했지. 나와 함께 그곳에 갔던 카트라이트가 시골 소년으로 변장하고서 나에게 커다란 도움을 주었어. 음식이나 깨끗한 옷가지들에 관해서는 그 애한테 전적으로 도움을 받았네. 내가 스태플턴을 감시하고 있을 때, 카트라이트는 자네를 자주 지켜보았어. 그렇게 해서 나는 손바닥 보듯이 상황을 파악할 수 있었던 것일세.

전에도 말했지만, 자네가 보낸 보고서들은 베이커 가에서 쿰 트레이시로 바로 전송되었기 때문에 신속하게 받아볼 수 있었네. 자네의 보고서는 나에게 큰 도움이 되었어. 특히 스태플턴이 얼떨결에 사실대로 밝힌 자신의 경력은 결정적이었지. 그 때문에 나는 스태플턴 부부의 신분을 확인해볼 수 있었고, 마침내 내가 어떤 방향으로 수사를 진행해야 하는지 방향을 확실히 잡을 수가 있었네. 그런데 사건은 탈옥수 셀든과 배리모어 부부 사이의 관계로 인해 더욱더 복잡해졌지. 그러나 이 문제도 자네가 매우 적절하게 매듭지어주었네. 물론 직접 관찰해본 결과 나도 자네와 같은 결론을 얻었지만 말일세.

자네가 황무지에서 나를 발견했을 때, 이미 나는 사건의 전모를 완전히 파악하고 있었네. 그러나 그자를 법정에 세울 만큼 확실한 혐의를 잡지는 못했지. 그날 밤 스태플턴이 헨리 경을 살해하려했지만, 불운한 탈옥수 셀든이 죽고 말았다는 것으로는 스태플턴의 살인죄를 입증하는 데 큰 도움이 되지 않았네. 그자를 현행범으로 체포하는 것 외에는 다른 대안이 없어보였어. 그러기 위해서는 헨리 경을 아무런 보호도 하지 않은 채 홀로 황무지로 내보내 미끼로 이용할 수밖에 없었네.

우리는 결국 그렇게 했고, 헨리 경이 심한 충격을 받는 대가를 치른 후에야 사건을 해결하고 스태플턴을 파멸로 몰고 가는 성공을 거두었네. 사건을 해결해나가는 과정에서 헨리 경을 그런 섬찍한 위험에 노출시킨 것은 비난받을 일이었어. 그러나 나는 그렇게 끔찍하고 온 몸을 마비시킬 듯한 짐승이 출현하리라는 것과, 안개가 그토록 짧은 시간에 엄청나게 빠른 속도로 몰려올 줄은 전혀 예상하지 못했네. 전문가와 모티머 선생은 우리가 사건을 해결하느라 치른 대가인 헨리 경의 심신쇠약 증세를 일시적인 현상이라고 했네. 오랜 동안 여행을 다니면 헨리 경의 피폐해진 정신뿐 아니라 상처받은 감정도 치유될 수 있을 걸세. 스태플턴 부인에 대한 그의 사랑은 깊고 진실했네. 그래서 이 추악한 사건에서 그가 느낀 가장 큰 슬픔은 그녀가 자신을 속였다는 것이라고 할 수 있겠지.

이제 이 사건 전체에서 스태플턴 부인이 했던 역할을 이야기하는 일만 남았네. 사랑 때문이었는지 두려움 때문이었는지, 아마도 두 가지 모두일 가능성이 제일 높지만, 그녀가 스태플턴의 영향력 아래에 있었던 것은 틀림없는 사실이었어. 왜냐하면 그 두 감정은 결코 양립하지 않는 것이 아니기 때문이지. 어쨌든 그 영향력의 효과는 아주 확실했네. 스태플턴의 명령에 따라 그녀는 그의 누이동생으로 사람들에게 알려지는 것에 동의했네. 스태플턴은 그녀를 살인의 공범자로 만들려고 애를 썼지만, 그녀는 그렇게 호락호락하지 않았네. 그는 그녀에 대한 자신의 영향력의 한계를 느꼈지.

그녀는 위험을 무릅쓰고 남편 모르게 헨리 경에게 수 차례 계속해서 경고를 했어. 스태플턴은 헨리 경이 자신의 부인에게 사랑을 고백하는 것을 보고 질투심에 사로 잡혔던 것 같네. 모두 자기가 꾸민 각본의 일부였음에도 불구하고 그는 불같이 화를 냈고, 결국 그 동안 억눌러 감춰왔던 그의 성질이 드러나고 말았지. 그래도 스태플턴은 자기 부인과 헨리 경이 가까워지도록 했네. 그렇게 둘 사이의 관계가 가깝게 되면서 헨리 경은 메리핏 하우스에 자주 드나들게 되었어. 이를 통해 스태플턴은 자신의 목적을 이룰 기회를 얻을 수 있었지.

그러나 사건이 발생한 그날, 스태플턴 부인이 갑자기 등을 돌렸네. 탈옥수의 죽음에서 뭔가 심상치 않은 기미를 느꼈던 것이지. 또 헨리 경이 식사를 하러오기로 한 그날 저녁, 사냥개가 헛간에 묶여 있는 것도 알게 되었네. 그녀는 남편의 계획적인 범죄에 대해 따지듯 캐물으며 그를 비난했고, 스태플턴은 다른 여자의 존재를 처음으로 드러내며 한바탕 격전이 벌어졌어. 그녀가 남편에 대해 가지고 있던 신뢰는 한순간에 불같은 증오로 변했고, 스태플턴은 아내가 자신을 배신할 것이라고 생각했네. 그래서 그는 그녀를 묶어 두었지. 그녀가 헨리 경에게 경고를 하지 못하도록 말일세.

온 마을 사람들이 헨리 경의 죽음을 배스커빌 가에 내린 저주 때문이라고 여기게 되면, 사람들은 분명 그랬을 테지만, 부인도 결국 그의 뜻에 따라 현실을 받아들이고 입을 닫을 것이라는 게 그의 생각이었네. 어쨌거나 나는 스태플턴이 이 부분에서 판단착오를 일으켰다고 생각하네. 우리가 그곳에 없었다고 해도, 그는 파멸에 이를 운명이었어. 다혈질의 스페인 여성들은 그렇게 깊은 상처를 준 남자를 가볍게 용서하지는 않거든. 왓슨, 이제 기록을 보지 않고서는 이 희한한 사건을 더 자세히 설명할 수 없을 같네. 중요한 내용을 빠뜨리지는 않았는지 모르겠군."

"찰스 경이야 연로한 분이었으니까 그렇게 사냥개로 위협만 해도 죽음으로 몰고 갈 수 있었다지만, 헨리 경은 젊지 않은가? 스태플턴이 찰스 경에게도 같은 방법을 쓸 생각은 아니었을 것 같은데."

"그 사냥개는 난폭한 데다 굶주린 상태였지. 그 모습만으로는 공포로 죽게 만들지는 못한다 해도, 적어도 저항이 불가능할 정도의 무력한 상태로는 만들었을 걸세."

"물론 그렇기야 하겠지. 이제 이해하기 힘든 점이 하나 남았네. 스태플턴 말일세. 그가 꾸민 대로 일이 풀렸다면 그는 배스커빌 가의 엄청난 재산을 상속받았을 테지. 그런데 그런 그가 아무에게도 자신의 신분을 밝히지 않은 채, 먼 곳도 아니고 바로 배스커빌 저택 근처에 살고 있었다면 틀림없이 사람들이 이상하게 생각했을 걸세. 스태플턴에게 사람들의 그런 의혹을 불식시키고 별 탈 없이 상속자로서의 권리를 주장할 수 있는 무슨 묘책이라도 있었을까?"

"그건 정말 어려운 문제일세. 그렇게 어려운 질문을 할 때면 나는 자네의 기대가 부담스럽다네. 내 수사 영역은 과거와 현재야. 인간의 미래 행동까지 예측한다는 것은 어려운 일이지. 스태플턴 부인은 남편이 그 문제를 몇 번인가 이야기한 적이 있었다고 했네. 세 가지 가능한 방법이 있었다고 하더군. 첫 번째는 남아메리카에서 소유권을 주장하여 그곳에 있는 영국 관계자들 앞에서 자신의 신원을 증명한 뒤, 영국까지

오지 않고 재산을 얻는 방법이네. 아니면 될 수 있는 한 짧게, 필요한 기간 동안만 영국에 머물면서 교묘하게 변장을 하는 방법을 쓰는 거지. 그것도 아니면 공범자를 끌어들여 각종 증빙자료와 서류 등을 이용해서 그를 상속자인 것처럼 내세워 재산을 상속받게 한 후, 나중에 그 공범자에게 재산을 청구하는 방법을 쓸 수도 있었을 걸세. 우리도 겪어봐서 알지만, 스태플턴 같이 간교한 자라면 어떤 수를 써서라도 틀림없이 자신의 목적을 달성할 수 있었을 걸세. 왓슨, 지난 몇 주 동안 아주 힘들었네. 그러니 하루 저녁 정도는 즐겁게 보내도 되지 않을까. 나에게 오페라 '위그노'의 특별석 표가 있네. 자네, 레즈게의 노래를 들어본 적이 있나? 30분 안에 준비하고 출발하세. 가다가 마르치니 식당에 들러서 간단히 저녁을 들기로 하지."

『배스커빌의 사냥개』 해설

정태원(추리소설비평가)

코난 도일은 셜록 홈즈가 가장 인기를 얻고 있을 때인 1893년 12월 『마지막 사건』에서 홈즈를 모리어티 교수와 함께 스위스의 라이헨바흐 폭포에서 떨어져서 죽은 것으로 묘사한다. 이렇게 홈즈를 죽인 이유는 홈즈 창작에서 벗어나 더 중요한 일을 하기 위해서였다. 많은 독자들이 작가와 출판사에 항의했지만 도일은 다시 홈즈 이야기를 집필하지 않았다.

그로부터 8년 후인 1901년, 『배스커빌의 사냥개』가 〈스트랜드〉 8월 호부터 1902년 4월 호까지 8회에 걸쳐 연재되었다. 이 작품이 연재되자 엄청난 반향을 일으켰다. 셜록 홈즈가 화려하게 부활한 듯한 인상을 주었기 때문이었다.

그러나 결국 그렇지 않은 것이 밝혀졌다. 이 스토리는 홈즈가 죽기 전에 일어난 사건을 쓴 왓슨의 회상록으로, 홈즈는 역시 죽은 상태 그대로였던 것이다. 독자들이 강력하게 압력을 넣었지만 코난 도일은 홈즈를 라이헨바흐 폭포에서 살려낼 생각이 없었다. 그럼에도 불구하고 〈스트랜드〉 사무실 밖에는 잡지를 사려는 독자가 길게 줄을 섰다.

『배스커빌의 사냥개』의 연재방법은 아주 교묘해서 독자는 언제나 조마조마해하며 다음 호를 기다려야 했다. 예를 들면 1회는 홈즈와 모티머 의사의 다음과 같은 대화로 끝난다.

"발자국을 발견하셨단 말씀입니까?"

"네."

"남자 발자국이었습니까, 여자 발자국이었습니까?"

모티머는 잠시 이상야릇한 표정으로 우리를 바라보았다. 그리고 거의 속삭임에 가까운 작은 목소리로 대답했다.

"홈즈 씨, 그것은 엄청나게 커다란 개의 발자국이었습니다!"

『배스커빌의 사냥개』가 연재되는 동안 〈스트랜드〉의 발행부수는 3만 부 이상 늘었고, 홈즈를 부활시키라는 독자의 소리는 그 후로도 끊이지 않았다.

그렇다면 홈즈 이야기를 다시는 쓰지 않기로 한 도일은 왜

『배스커빌의 사냥개』를 썼을까?

여기에는 다음 같은 계기가 있었다.

1901년 3월, 도일은 보어 전쟁 때 남아프리카에서 걸린 장티 푸스가 재발해서 노퍽 주의 크로머에서 요양을 하고 있었다. 그곳 골프장에서 우연히 플레처 로빈슨을 만났다. 플레처는 〈데일리 익스프레스〉의 기자로, 보어 전쟁의 전장에서 알게 된 친구였다.

일요일 오후, 바람이 강해서 골프를 포기하고 로얄 링크스 호텔에서 차를 마실 때, 민화(民話)를 취미로 수집하던 플레 처는 무시무시한 마견(魔犬)에 대한 전설을 도일에게 들려주 었다. 악마 개나 유령 개의 전설은 영국 전체에 유포되어 있 는데, 이런 무시무시한 개들은 사람이 없는 길에 나타나 목격 자에게 불행이나 죽음을 주는 것이 보통이었다.

이런 개들의 공통점은 강렬한 유황 냄새, 빛을 발하는 눈, 커 다란 몸(뉴펀들랜드 개 같다고 하는데 그것보다 훨씬 크다), 그리고 폭발하며 사라지는 것이었다. 그리고 그 개에 가까이 있던 사 람은 정신을 잃었다고 데번을 19세기에 방문한 사람이 기록하 고 있다. 마지막 점을 제외하면, 도일은 마견의 특징을 훌륭 하게 묘사한 것 같다.

데번의 전설에 나오는 마견은 악마 사냥꾼을 데리고 다니 는 일도 있다.

밤에 눈이 빛나는 개를 데리고 있는 사냥꾼을 만난 한 남자가 그에게 말을 걸었다.

"뭔가 잡았나? 내게도 하나 나누어주게."

사냥꾼은 그에게 보따리를 하나 주었는데, 그가 집에 돌아와 열어보니 자기 아이의 사체였다는 것이다.

이와 비슷한 이야기로 영국의 옛 저택에는 동물들이 죽음의 전조가 되는 일이 자주 있었다고 한다. 영주의 죽음 전에 여우, 하얀 올빼미, 용상어 등이 나타나는 것이 흉조였다.

데번주 옥스넘 가의 하얀 새 이야기는 민요로 전해질 정도로 잘 알려져 있다. 1641년에 제임스 옥스넘이 발표한 팜플렛을 보면, 2주 동안에 일가족 네 명이 급사했는데 사람이 죽을 때마다 하얀 새가 침실에 나타났다고 한다.

도일은 개를 싫어했지만 다트무어에 전해오는 마견 전설이 마음에 들어, 둘이서 스토리를 합작하자고 플레처에게 제안했지만 플레처는 거절했다.

그러나 플레처는 자신의 집이 있는 다트무어로 도일을 초청해 프린스타운의 라우즈 더치 호텔에 같이 묵으면서, 도일과 함께 황량한 다트무어를 하루에 21킬로미터나 걸으며 자세히 조사하고 다녔다.

이때 본 신석기 시대의 거석 유물, 토(타워)라고 부르는 거암, 주석 채굴장, 프린스타운의 흉악범 감옥, 늪지 등은 작품에 그대로 사용됐다. 플레처의 사용인이었던 해리 배스커빌이 안내에 동행했는데, 후에 해리는 코난 도일이 자신의 이름을 빌려 헨리 배스커빌을 만들었다고 주장했다. 그러나 다트무어에서 헨리라는 이름은 흔해서 묘지에는 실제 배스커빌 가의 묘도 남아 있다.

도일은 어머니에게 편지를 썼다.

"저는 『배스커빌의 사냥개』라는 작품을 쓸 생각입니다. 이것은 가장 무서운 이야기가 될 것 같습니다."

도일은 이미 1898년에 『여우의 왕』(The King of the Foxes)이라는 사냥 이야기를 〈윈저 매거진〉에 발표했다. 여우로 보인 동물은 사실 거대한 늑대였는데, 그는 그 늑대를 이번에도 등장시키려고 생각했다. 이 단계에서는 아직 홈즈를 사용할 생각은 없었다고 도일은 J. E. 호더 윌리엄즈에게 말했다.

그러나 플롯이 구체화되면서 전체를 통합하는 인물이 필요했고, 여기에는 새로운 인물을 창조하는 것보다 셜록 홈즈를 재기용하는 쪽이 편하다고 생각했던 것이다.

도일은 홈즈를 다시 등장시킨다는 조건으로, 원고료를 보통의 두 배인 1,000단어에 100파운드로 올려 〈스트랜드〉에게 요구했다. 그리고 원고료의 30퍼센트를 플레처에게 주었다. 물론 도일은 책머리에 플레처 로빈슨에게 보내는 헌사를 실었다.

그런데 이 헌사는 기묘하게 3종류가 있다. 〈스트랜드〉에
『배스커빌의 사냥개』가 연재되었을 때는 주석으로 다음과 같
이 썼다.

이 이야기의 발상은 친구 플레처 로빈슨이 알려준 것이다. 로빈
슨은 전체 구성과 지방 묘사의 자세한 부분에서 나를 도와주었다.
A. 코난 도일

1902년 런던의 즈사에서 단행본으로 나왔을 때의 헌정사다.

친애하는 로빈슨
이 이야기는 자네가 들려준 잉글랜드 서부의 전설에 기초한
것이네. 세세한 이야기와 아낌없는 원조에 대해 감사를 표하네.
헤일즈미어 하인드헤드에서,
A. 코난 도일

그 후 영국판은 모두 이렇게 쓰여 있다. 그러나 같은 해에
뉴욕의 매클루어 필립스사에서 출판된 최초의 미국판은 조금
다르다.

친애하는 로빈슨
이 작은 이야기는 자네가 들려준 잉글랜드 서부 지방의 전설
에서 아이디어를 얻어 쓰게 되었네. 그런 이야기를 해주고 작품
을 쓰는 동안 자네가 준 도움에 깊이 감사하네.
A. 코난 도일

　이런 차이에 대한 혼란은 코난 도일 자신이 셜록 홈즈 전집 서문에서 다음과 같이 정리했다.

　『배스커빌의 사냥개』는 플레처 로빈슨이 그의 고향 다트무어 근교의 무시무시한 개 이야기를 해준 데서 시작되었다. 이 작품의 발단은 그 이야기에서 시작됐지만 플롯이나 전개는 모두 나 자신의 창작이다.

　『배스커빌의 사냥개』의 원고는 모두 뉴욕의 매클루어 필립스사로 보내졌다. 원고는 책으로 만들어진 후 홍보를 위해 전국 서점에 한 매씩 보내져 액자에 넣어 진열되었다. 몇 년이 지나 수집가들이 이 흩어진 원고의 일부를 모으는데 성공했지만 완벽한 원고는 모아지지 않았다. 이 원고는 현재 뉴욕 공공 도서관에 소장되어 있다.

　『배스커빌의 사냥개』의 사건발생 연도는 1889년으로, 왓슨의 기록 중에서 가장 유명하고 가장 인기 있으며 일반인들이 가장 뛰어난 작품이라고 생각한다. 초자연적인 요소, 고딕 취미, 고전적인 추리소설의 요소를 모두 갖추고 있기 때문에 셜로키언이나 일반 독자들도 좋아하는 작품이다.

　가장 좋은 시기의 홈즈와 왓슨 캐릭터도 이 작품의 매력이다. 게다가 왓슨이 활약하는 장면도 많기 때문에 왓슨 팬에게는 특히 인기가 높다.

홈즈는 모티머 의사의 의뢰를 받고 일단 사건 수사에 나서지만, 얼마 후 자신은 다른 사건 때문에 헨리 배스커빌을 도울 수 없다고 한다. 그래서 왓슨이 홈즈 대리로서 다트무어의 배스커빌 저택에 가게 된다. 나중에 극적인 등장을 한 홈즈는 왓슨의 훌륭한 솜씨를 칭찬한다. 『레이디 프랜시스 커팩스의 실종』이나 『외로운 사이클리스트』에서 왓슨을 헐뜯는 것과는 차이가 있다.

작품에 길게 인용한 일기에서 왓슨은 그 문학적 재능을 유감없이 발휘하는데, 배스커빌 저택이나 그림펜 늪지대를 묘사한 부분은 독자를 음산하고 공포스런 분위기로 끌어들인다.

사건은 배스커빌 가에 전해오는 마견 전설을 배경으로 찰스 배스커빌의 의문의 죽음, 그 상속인 헨리 배스커빌에게 일어나는 이상한 사건(구두 분실과 경고장), 프린스타운 교도소의 탈주범, 배리모어 집사의 수상한 행동, 스태플턴 남매, 어디선가 들려오는 짐승의 소리 등이 적절히 배합되어 숨가쁘게 진행된다.

존 딕슨 카는 이 작품을 홈즈 스토리 중에서 홈즈가 스토리를 지배하는 것이 아니라 스토리가 홈즈를 지배하는 유일한 작품이라고 평했다.

런던 대학의 존 서덜랜드 교수는 『배스커빌의 사냥개』에 대해 다음과 같은 의문을 제시했다.

마견은 왜 그림펜 늪에 빠져 죽지 않았을까?

스태플턴의 하인 앤소니는 왜 도망갔을까?

스태플턴은 왜 간단하게 헨리를 사살해서 늪에 빠트리지 않았을까?

베릴은 왜 도망가지 않았을까?

또 다른 셜로키언들도 이 작품의 비논리성에 대해 많은 의견을 내었다. 호텔에서 헨리의 구두를 훔친 사람이 모티머 의사라고 추리하고 그가 범인과 한패라고 주장하는 의견이 있었다.

이것들은 이 작품의 구성상 약점에 불과하다. 마견 전설을 이용한 살인으로 재산을 뺏으려는 범죄를 묘사한 도일은 작품 마지막에서 앞뒤를 맞추기 위해 무리하게 구성을 했는지도 모른다.

그런데 이 작품 역시 도일이 1898년에 발표한 단편 「브라질 고양이」(The Brazillian Cat)에서 그 원형을 볼 수 있다. 어느 남자가 남미 아마존 지류 리오 네그로의 원류에서 포획한 맹수 브라질 고양이를 이용해 사촌을 죽이고 유산상속을 노린다는 이야기다.

최근 코난 도일의 셜록 홈즈 유작에 대해 문의가 많이 있었는데 공식적인 미발표작이나 유작은 없다.

한때 『지명 수배된 남자 사건』(The Case of the Man Who Was Wanted)을 코난 도일의 유작으로 많은 사람들이 믿었다. 이 단편은 〈코스모폴리턴〉 1948년 8월 호와 〈선데이 디스패치〉 1949년 1월 호에 도일의 이름으로 발표되기도 했다.

하지만 진짜 작가는 아서 휘태커였다. 휘태커는 1910년 자신이 쓴 작품을 코난 도일에게 보냈다. 당시 일자리가 없던 건축기사였던 휘태커가 코난 도일에게 합작을 제안한 것이었다. 물론 도일은 이 제안을 거절했지만 휘태커에게 보낸 정중하게 쓴 답장에 이렇게 썼다.

"등장인물을 바꾸어 자신 혼자서 이 플롯을 발전시키는 것은 어떤가? 아니면 이 플롯을 10파운드에 팔지 않겠는가? 다만 실제로 사용할지 어떨지 보증은 할 수 없다네."

사실 도일은 이 원고를 사용하지 않았다. 휘태커는 10파운드에 원고를 팔았지만 원고 카피와 코난 도일의 편지는 받아두었다.

1930년에 도일이 사망하고 도일의 서류 속에서 잠자고 있던 이 단편은 도일의 전기를 쓰기 위해 자료를 모으고 있던 헤스키스 피어슨에 의해 1942년에 발견됐다. 그후 도일 전기에 스토리 일부가 소개되었고(1943) 잡지에 전문이 소개되었다(1948~1949).

이때는 이미 퇴직한 휘태커는 '코난 도일 재단'에 편지를 보내 진짜 저자가 자신이라는 것을 밝혀 도일의 유족을 당황하게 했다. 곧바로 휘태커는 함구료로 150파운드를 받았다.

마치 왓슨이 쓴 것 같은 문체로 쓰여진 스토리는 위조 수표를 사용해 열 두 은행에서 돈을 빼내는 남자의 사건을 다루고 있다. 범인은 유유히 경찰의 손을 벗어나고 마지막에 홈즈가 그 소재를 밝히는 내용이다.

| 셜록 홈즈 사건 발생 연표 |

발표연도	제 목
1874	글로리아 스콧(회상) Gloria Scott, The
1879	머스그레브 가의 의식(회상) Musgrave Ritual, The
1881	주홍색 습작 (Study in Scarlet, A)
1883	얼룩 끈(모험) Speckled Band, The
1886	입원 환자(회상) Resident Patient, The
1886	독신 귀족(모험) Noble Bachelor, The
1886	제 2의 얼룩(귀환) Second Stain, The
1887	라이게이트의 지주들(회상) Reigate Squires, The
1887	보헤미아의 스캔들(모험) Scandal in Bohemia, A
1887	입술이 비뚤어진 남자(모험) Man with the Twisted Lip, The
1887	다섯 개의 오렌지 씨(모험) Five Orange Pips, The
1887	신랑의 정체(모험) Case of Identity, A
1887	빨강 머리 연맹(모험) Red-headed League, The
1887	죽어 가는 탐정(인사) Dying Detective, The
1887	블루 카벙클(모험) Blue Carbuncle, The
1888	공포의 계곡 (Valley of Fear, The)
1888	누런 얼굴(회상) Yellow Face, The
1888	그리스어 통역(회상) Greek Interpreter, The
1888	네 명의 기호(Sign of Four, The)
1888	배스커빌의 개(Hound of the Baskervilles, The)
1889	너도밤나무 숲(모험) Copper Beeches, The

발표연도	제목
1889	보스콤 계곡 미스터리(모험) Boscombe Valley Mystery, The
1889	주식중개인(회상) Stockbroker's Clerk, The
1889	해군 조약(회상) Naval Treaty, The
1889	종이 상자(인사) Cardboard Box, The
1889	기사의 엄지손가락(모험) Engineer's Thumb, The
1889	등이 굽은 남자(회상) Crooked Man, The
1890	위스테리아 저택(인사) Wisteria Lodge
1890	실버 블레이즈(회상) Silver Blaze
1890	버릴 코로넷(모험) Beryl Coronet, The
1891	마지막 사건(회상) Final Problem, The
1894	빈 집(귀환) Empty House, The
1894	금테 코안경(귀환) Golden Pince-nez, The
1895	세 학생(귀환) Three Students, The
1895	외로운 사이클리스트(귀환) Solitary Cyclist, The
1895	블랙 피터(귀환) Black Peter
1895	노우드의 건축업자(귀환) Norwood Builder, The
1895	브루스 파팅튼 설계도(인사) Bruce-Partington Plans, The
1896	수수께끼의 하숙인(사건) Veiled Lodger, The
1896	서섹스의 흡혈귀(사건) Sussex Vampire, The
1896	쓰리 쿼터의 실종(귀환) Missing Three-quater, The
1897	애비 농장(귀환) Abbey Grange, The
1897	악마의 발(인사) Devil's Foot, The
1898	춤추는 인형(귀환) Dancing Men, The
1898	퇴직한 물감장수(사건) Retired Colourman, The

발표연도	제 목
1899	찰스 오거스터스 밀버튼(귀환) Charles Augustus Milverton
1900	여섯 개의 나폴레옹(귀환) Six Napoleons, The
1900	소어 다리(사건) Problems of Thor Bridge, The
1901	프라이어리 스쿨(귀환) Priory School, The
1902	쇼스콤 올드 플레이스(사건) Shoscomebe Old Place
1902	세 명의 가리데브(사건) Three Garridebs, The
1902	레이디 프랜시스 커펙스의 실종(인사) Disappearance of Lady Frances Carfax, The
1902	유명한 의뢰인(사건) Illustrious Client, The
1902	레드 서클(인사) Red Circle, The
1903	창백한 군인(사건) Blanched Soldier, The
1903	세 박공의 집(사건) Three Gables, The
1903	마자린의 보석(사건) Mazarine Stone, The
1903	기어다니는 남자(사건) Creeping Man, The
1909	사자 갈기(사건) Lion's Mane, The
1914	마지막 인사(인사) His Last Bow

| 셜록 홈즈 관련 연표 (1852~1987) |

이 연표는 셜록 홈즈, 존 왓슨, 아서 코난 도일의 생애에서 중요한 사건과 정전에 기록된 사건을 정리한 것이다. 왓슨은 사건의 발생한 날짜를 바꾸거나 밝히지 않아 정확한 날짜에 대해서는 오랫동안 논쟁이 계속 되었다. 여기서는 윌리엄 S. 베어링 굴드가 정리한 날짜를 사용했으며 다른 추정도 가능하다.

발생일	사 건
1852년 8월 7일	존 H 왓슨 탄생(추정)
1854년 1월 6일	셜록 홈즈 탄생(추정)
1859년 5월 22일	아서 코난 도일 스코틀랜드의 에든버러에서 탄생
1872년 여름	셜록 홈즈, 제임스 모리어티 교수를 가정교사로 맞았을 가능성 있음.
9월	왓슨 런던 대학 의학부에 입학(추정)
10월	홈즈, 대학에 입학(추정) (옥스포드의 크라이스트 처치 칼리지이지만 캠브리지라는 설도 있다)
1874년 8~9월	홈즈 대학 재학중 글로리아 스콧 사건 해결, 첫 사건
1877년 (또는 1878년)	홈즈 런던에서 탐정 상담을 개시. 대영박물관 가까운 몬태규 가에 사무실을 빌려 성공의 비결을 배우기 시작했다. 초기의 사건에는 탈튼 살인사건, 와인상인 뱀버리 사건, 알루 미늄 지팡이 사건, 클럽 풋의 리 콜레티와 그의 부인 사건 등이 있다.

발생일	사 건
1878년 6월	왓슨 런던 대학에서 의학박사 학위를 따고 네틀리 육균 병원에서 군의관 코스
11월	왓슨, 제 5 노섬버랜드 퓨질리어 연대에 외과조수로 부임. 인도에 출정한 후 아프가니스탄으로 감.
11월 23일	홈즈는 배우로서 미국에 간 것 같다.
1880년 봄	왓슨, 버크셔(제 66연대)에 배속
7월 27일	왓슨, 마이완드 전투에서 부상. 용감한 전령병 머레이가 구해줌.
8월 5일	홈즈 미국에서 귀로에 오름.
1881년 1월	왓슨, 새 하숙을 찾음. 크라테리온 술집에서 만난 옛 친구 스탬포드가 홈즈를 소개한다. 다음날 홈즈와 왓슨은 베이커 가 221B를 방문.
3월	홈즈와 왓슨이 처음으로 같이 조사한 『주홍색 습작』 사건.
1882년 6월	아서 코난 도일, 사우스시의 부슈 빌라 1호에서 개인 병원 개업
1883년 4월	「얼룩 끈」 사건
1885년 8월 6일	아서 코난 도일, 루이즈 호킨스와 결혼 (루이즈는 1906년 사망)
1886년 8월	왓슨, 아메리카에서 콘스탄스 아담스 만남.
1886년 10월	「입원 환자」 사건 / 「독신 귀족」 사건 / 「제 2의 얼룩」 사건
11월	왓슨, 콘스탄스 아담스와 결혼하고 켄싱턴에서 개업
1887년 4월	「라이게이트의 대지주」 사건
5월	「보헤미아의 스캔들」 사건
6월	「입술이 비뚤어진 남자」 사건

발생일	사 건
9월	「다섯 개의 오렌지 씨」 사건
10월	「신랑의 정체」 사건 / 「빨강머리 연맹」 사건
11월	「죽어 가는 탐정」 사건 『주홍색 습작』 〈비튼의 크리스마스 연간〉에 실림
12월	왓슨 부인 콘스탄스 사망
12월 27일	「블루 카번클」 사건
1888년 1월	『공포의 계곡』 사건
4월	「누런 얼굴」 사건
9월	「그리스어 통역」 사건 『네 개의 기호』 사건 / 『배스커빌의 사냥개』 사건
1889년 4월	「너도밤나무 숲」 사건
5월	왓슨, 메리 모스턴과 재혼 파쿠아 의사로부터 패딩튼 지구의 진료소 인수
6월	「보스콤 계곡 미스터리」 사건 / 「주식중개인」 사건
7월	「해군조약」 사건
8~9월	「종이상자」 사건
9월	「기사의 엄지손가락」 사건 / 「등이 굽은 남자」 사건
1890년 2월	『네 개의 기호』 〈리핀코트〉에 발표
3월	「위스테리아 장」 사건
9월	「실버 블레이즈」 사건
12월	「버릴 코로넷」 사건
12월~3월	프랑스 정부와 관련된 「중대한 사건」을 해결
1891년 1~4월	범죄계의 나폴레옹, 모리어티 교수의 악의 소굴에 도전

발생일	사 건
4월 24일	「마지막 사건」 홈즈는 대륙까지 쫓아온 모리어티 교수와 대결하고 스위스의 라이헨바흐 폭포에서 사망했다고 알려짐.
5월 4일	홈즈, 공백 시대에 들어감 (1894년 4월 5일까지).
7월	왓슨, 〈스트랜드〉에 「보헤미아의 스캔들」 발표
1891년~1892년	91년 말부터 1892년 초에 메어리 왓슨 사망
10월	「셜록 홈즈의 모험」 출판. 조셉 벨 박사가 서문을 썼다.
1893년 11월	첫 홈즈 연극 '시계 밑에서' (Under the Clock) 런던에서 상연
12월	「마지막 사건」을 〈스트랜드〉에 발표. 독자의 강력한 반발을 사다.
1894년 4월 5일	셜록 홈즈 귀환, 「빈 집」 사건에서 모리어티 교수의 유명한 부하 체포
5월	왓슨, 패딩턴 진료소를 팔고 베이커 하숙으로 돌아옴.
11월	「금테 코안경」 사건 제 2 단편집 「셜록 홈즈의 회상」 출판
1895년 4월	「세 학생」 사건 / 「외로운 사이클리스트」 사건
7월	「블랙 피터」 사건
8월	「노우드의 건축업자」 사건
11월	「부르스 파팅튼 설계도」 사건
1896년	셜로키언들이 '공백의 해'로 부르는 해. 기록에 남은 사건이 적다.
10월	「수수께끼의 하숙인」 사건
11월	「서섹스의 흡혈귀」 사건
12월	「쓰리 쿼터의 실종」 사건

발생일	사 건
1897년 1월	「애비 농장」 사건
3월	「악마의 발」 사건
1898년 7월	「퇴직한 물감 장수」 사건
8월	「춤추는 인형」 사건
1899년 1월	「찰스 오거스터스 밀버튼」 사건
11월 6일	윌리엄 질렛 주연의 연극 '셜록 홈즈' 뉴욕에서 상연
1900년 6월	「여섯 개의 나폴레옹」 사건
10월	「소어 다리」 사건
1901년 5월	「프라이어리 스쿨」 사건
8월	『배스커빌의 사냥개』 〈스트랜드〉에 발표 그러나 홈즈가 죽기 이전의 사건이어서 부활을 원하는 독자의 꿈은 이루어지지 않았다.
1902년 5월	「쇼스콤 올드 플레이스」 사건
6월	「세 명의 가리데브」 사건
7월	「레이디 프랜시스 커펙스의 실종」 사건
8월 9일	코난 도일, 공적을 인정받아 버킹검 궁전에서 나이트 작위를 받음.
9월	「유명한 의뢰인」 사건 / 「레드 서클」 사건
10월	왓슨 3번째 결혼
1903년 1월	「창백한 병사」 사건
5월	「세 박공의 집」 사건
여름	「마자린의 보석」 사건
9월	「기어다니는 사람」 사건

발생일	사 건
10월 8일	셜록 홈즈 은퇴 도일, 성 요한 기사단의 그레이스 훈작사를 받음.
1904년 크리스마스	아메리카의 게임 회사, 파커 브라더스 사에서 셜록 홈즈 카드 게임 발매
1905년	단편집 『셜록 홈즈의 귀환』 출판
1907년 8월	「사자 갈기」 사건 도일, 3명의 아이를 가진 진 레키와 재혼
1910년 6월 4일	「얼룩 끈」 런던 아델파이 극장에서 상연.
1912년 7월	로날드 녹스가 홈즈에 대한 첫 연구 『홈즈 스토리에 대한 문학적 연구』를 옥스포드의 학생지 〈블루 북〉 에 발표함.
1912년~1913년	홈즈는 영국 정부의 의뢰로 대 독일 첩보활동을 한다. 그는 아일랜드계 미국인 앨터몬트가 되어 폰 보르크가 이끄는 독일 스파이 조직에 들어간다.
1914년 8월	「마지막 인사」 사건
1914년~1918년	왓슨, 다시 육군에 들어가 군의관으로 근무
1916년	윌리암 질렛, 영화 '셜록 홈즈'에 주연
1917년	셜록 홈즈 『마지막 인사』 출판
1920년	홈즈는 콘스탄티노플에서 활동 (빈센트 스탈릿의 『221B의 셜록 홈즈 연구』에 의함)
1921년	아서 코난 도일 경의 희곡 '왕관의 다이아몬드' 잉글랜드에서 상연
1923년	담배회사 터프에서 홈즈 스토리에 등장하는 인물의 시가렛 카드 나옴. 알렉산더 보그라프스키의 칼라 그림
1924년	아서 코난 도일 경의 자서전 『회상과 모험』 출판

발생일	사 건
1927년 3월	〈스트랜드〉가 셜록 홈즈 콘테스트 개최
3월 5일	마지막 단편 「쇼스콤 올드 플레이스」 〈리버티 매거진〉에 발표, 〈스트랜드〉에는 4월 발표 단편집 「셜록 홈즈 사건집」 출판
1929년 7월 24일	왓슨 사망(추정)
1930년 7월 7일	아서 코난 도일 크로보로에서 사망 셜록 홈즈 전집 더블데이에서 출판 정전 60편을 수록하고 크리스토퍼 몰리가 서문을 씀.
1933년	빈센트 스탈릿의 「셜록 홈즈의 사생활」 출판
1934년	미국 첫 셜로키안 협회 「베이커 스트리트 일레규라스(BSI)」 뉴욕에서 탄생. 발기인은 크리스토퍼 몰리
1935년 6월	런던 셜록 홈즈 협회(Sherlock Holmes Society of London) 첫모임 첫 BSI 지부 뉴욕에 탄생
1939년	영화 '배스커빌의 개' (20세기 폭스) 제작 공개 베이질 라스본과 나이젤 브루스가 홈즈와 왓슨 역을 한 첫 영화
1944년	엘러리 퀸이 편집한 「셜록 홈즈의 재난」 출판 그후 발매 금지
1946년 11월 19일	기관지 〈베이커 스트리트 저널〉 창간
1948년	E. V. 녹스가 쓴 셜록 홈즈의 추모 기사 〈스트랜드〉에 게재
1950년	〈스트랜드〉 폐간
1951년	영국 페스티발에서 베이커 가의 하숙을 복원한 방이 전시됨. 뒤에 퍼블릭 하우스 '셜록 홈즈' 2층으로 옮김.
1954년	애드리안 코난 도일 과 존 딕슨 카의 패스티쉬 단편집 「셜록 홈즈의 공적」 출판

발생일	사 건
1957년 1월 6일	셜록 홈즈 사망(추정)
1967년	윌리엄 S 베어링 굴드의 『주석판 셜록 홈즈 전집』 출판
1968년	런던 셜록 홈즈 협회가 스위스 라이헨바흐 폭포 투어를 주최 여성 셜로키안 협회 '셜록 홈즈의 모험' 탄생
1974년	니콜라스 메이어의 소설 『7% 용액』(The Seven-Percent Solution) 출판, 뒤에 영화화되어 흥행 성공 존 가드너의 『모리아티의 귀환』 출판
1978년 1월 6일	폴 조반니의 희곡 『피의 십자가』가 뉴욕주 버팔로에서 상연
1987년	『주홍색 습작』 발표 100주년